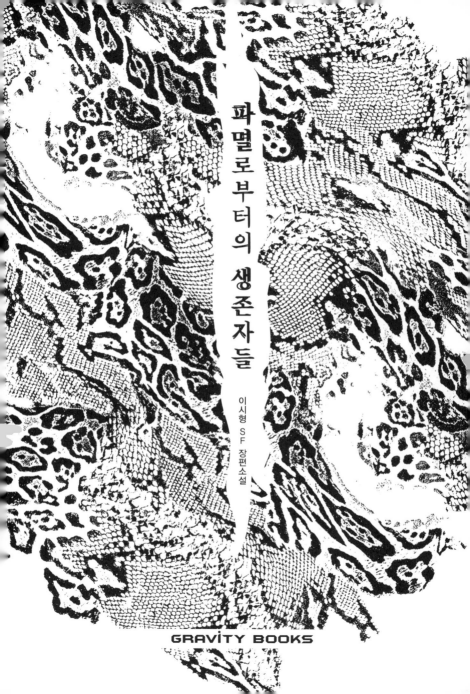

파멸로부터의 생존자들

이시형 SF 장편소설

GRAVITY BOOKS

그것은 갑자기 생겨났다.

　인간이 인지할 수 없는 찰나의 순간에 허를 찌르듯 사람들 앞에 그 모습을 드러냈다. 눈앞에 나타났지만 사람들은 선뜻 이것의 존재를 인정하기 어려웠다. 이전에 단 한번도 그런 모습을 보지 못했기 때문이다. 만약 이것이 이전에도 존재했다면 사람들은 문자로 기록하거나 그림으로 라도 기필코 남겨 놓았을 것이다. 그렇지 못했다면 분명 사람들의 입에서 입으로 부모에서 자식으로 필사적으로 다음 세대에 전달하려 했을 것이다. 하지만 상상할 수 없는 짧은 순간에 이것은 전세계에 걸쳐 동시에 나타났다. 사실 동시라는 시간성은 무의미하고 단순히 인간의 관점인지도 모른다. 하지만 이것은 그렇게 극적으로 나타났고. 그들의 눈에 비친 이것이 그들의 머리에 전달되고, 이는 다시 그들로 하여금 각각의 다른 언어로 말하게 하고 또한 탄성을 자아내게 하고 놀라게 했다. 만약 어떤 존재가 이런 경이로운 광경을 연출하려는 의도가 있었다면 아마도 자신의 열등감을 극복하려던 것인지도 모른다.

　사람들은 처음에 이것이 장벽이라고 생각했다. 그동안 인간들이 벌인 반목과 갈등을 먹이와 자양분으로 삼아 서서히 응축되어 덩어리가 되어가다가 어느 순간 무엇인가로 자극을 받아 일순간 터져버리듯 생겨나 사람들 사이를 가로막았다고 생각했다. 그런 주장을 증명이라도 하듯 이것은 나라 전체를 구분 지어 갈라놓았다. 어떤 나라는 남과 북으로 갈라놓기도 하고, 어떤 나라는 팔레스타인처럼 나라의 특정영역을 고립시키기도 했다. 나타난 시간만 동일할 뿐 전세계에 걸쳐 제 각각 다양한 모습으로 펼쳐졌으며, 전체 대륙에 걸쳐 위용을 뽐내듯 어느 순간 우리 앞에 존재하게 된 것이다.

그리고 이것은 다른 그 무엇보다 사람들을 매혹하여 끌리게 만든다. 수많은 블록덩어리로 이루어진 이 거대 장벽의 블록 하나하나는 마치 손으로 빚은 것과 같이 매끈한 직사각형 형태를 갖고 있으면서도, 그 모서리들은 고무풍선의 곡선처럼 매끄럽고 둥글둥글하다. 개별적인 블록의 크기는 차이가 있지만 대략적으로 가로 1~1.7미터, 세로 0.3~0.5미터, 높이 0.2~0.4미터 정도의 직육면체 형태이다.

또한 그 색깔은 투명하고 아주 밝다. 옅은 분홍이나 붉은 계열에서, 파란색과 노란색과 같은 투명하고 밝은 원색의 색상을 띄고 있다. 하지만 그 투명한 색상은 정확하게 정의 내리기 힘들다. 어떤 사람은 하늘과 같은 영롱한 하늘색이라고도 하고, 어떤 사람은 분홍색 솜사탕과 같다고도 얘기한다. 그렇게 부르는 이유는 비춰지는 햇빛이나 조명에 따라 그 색상이 요동치듯 움직이는 것처럼 보이기 때문이다. 사람들이 저마다 그렇게 얘기하는 것은, 그들이 일찍이 그런 색깔을 경험해 보지 못했기 때문이기도 하다. 그래서 어떤 사람들은 그 색깔이 마음의 반영이라고 얘기한다. 마음이 혼탁하거나 번민이 가득할수록 무엇인가로 정의 내리기 어려운 혼탁한 색상으로 보이지만, 차분하고 안정될수록 한가지의 영롱한 색으로 아름답게 보인다고 주장하기도 한다.

하여튼 그 색상을 단정하긴 어렵다. 누구나 흔하게 그것을 얘기하지만 누구라도 자신 있게 이것을 얘기하지 못한다. 그 색깔을 부르기 어렵고, 그 절대적이며 매혹적인 모습 때문에 기괴한 느낌 마저도 들지만 이걸 보는 사람은 누구나 아름답다 라는 표현을 주저하지 않는다. 아니 이것이 사람들로 하여금 그들의 뇌를 지배해서 그 표현을 이끌어 내는 술책을 부려서 그런 것일 수도 있다. 그래서 처음 이것이 사람들 앞에 나타났을 때 아주 많은 사람들이 가까이에 가서 손으로 만지고 싶어했다. 눈으로 비치는 그 질감은 마치 말랑거리는 실리콘과 같아 보이고, 옅은 플라스틱 같아 보이기도 한다. 아님 저 멀리 지중해의 외딴 섬 앞 바다에서 햇빛을 받아 아른거리는 산호초의 질감을 갖고 있기도 하다. 그래서 사람들은 이것을 '무지개 벽(Rainbow wall)' 이라고 불렀다.

하지만 아름다운 것을 손을 대려면 늘 그만한 대가가 있는 법이다. 그 아름다운 모습과 색상에 반한 사람들이 이를 만지려다 다쳐나가거나 목숨을 잃기도 하고, 또 어디론가 사라져 갔다. 어떤 사람들은 손이 절단되기도, 가까이에서 보려다 눈이 실명되기도 했다. 다리를 잃은 사람도 있었고, 구경 나온 군중에 밀린 어떤 사람은 흔적도 없이 그대로 타버리듯 없어지기도 했다. 이를 느낀 사람들은 엄청나게 뜨거운 무언가에 신체가 예리하게 절단된다는 느낌이었다고 한다. 어찌 보면 이것은 인간을 향한 명백한 경고이다. 누구든 자신에게 가까이 오는 자들은 그만한 희생을 감당하라는 예고이고, 이를 어긴 사람들은 그 대가를 치러야 한다는 것이다. 하지만 인간의 호기심은 역사적으로도 수많은 희생을 요구했지만 이에 굴복하지 않았고, 그럴 때마다 용기를 낸 값비싼 희생은 새로운 가치를 알게 해주었다. 그런 희생과 도전의 역사가 힘든 과정이긴 했지만, 인간들에게 세대를 거쳐 수많은 지식을 물려주었기 때문이다.

하지만 이것은 인간들의 어떠한 탐구와 노력에도 자신의 실체를 알려주지 않았다. 이것을 분석하기 위해 수많은 학자들이 도전했다. 세계적인 학자들이, 또는 아직 이름이 알려지지 않았지만 이를 통해 이름을 알리려 몰려드는 풋내기 학자들까지 많은 이들이 관심을 가지면서 너나 할 것 없이 쉽게 이것의 실체를 밝힐 수 있다고 생각했다. 하지만 다가가면 다가갈수록 이는 점점 더 많은 미스터리만 안겨주었다. 인간의 지성을 뽐내는 수많은 분석장비들과 관측장비들이 동원됐다. 하지만 이것이 분명 거시적인 규모에서 인간의 시야에 나타난 것이 사실이지만, 현미경 등 미세 관측장비를 이용한 분석에서는 그 실체가 드러나지 않았다. 분자구조, 원자구조 따위가 없는 미스터리 한 대상이다. 거시적으로 분명히 나타난 실체가 미시적인 규모에서 그 속살을 공개하지 않는다는 것은 분명 누군가의 장난같이 느껴진다. 가시광선, 자외선, 감마선, X선, 전파 등 어느 전자기파와도 반응하지 않으며, 그 실체가 드러나지 않으나 우리 앞에 당연하게도 펼쳐져 있는 저것은 과연 무엇이란 말인가.

그래서 학자들은 이것이 암흑물질을 기반으로 만들어진 것이 아닐까 생각했다. 실체는 있지만 3차원 공간만 인식할 수 있는 인간 인식의 한계가 대표적으로 저것이라는 것이다. 이론물리학자들의 주장과 같이 우리 세계가 사실 11차원 이상의 고위 차원으로 이루어졌다고 한다면 기껏 3차원 공간에 살고 있는 존재가 높은 차원의 존재를 파악하는 것은 애당초 불가능한 것일 수도 있다. 산업혁명과 아이작 뉴턴, 아인슈타인을 가졌던 찬란한 인간의 문명이 이토록 초라하고 무기력했단 말인가.

과학자들의 호기 있는 자신감과 별도로 대중들의 관심은 점점 멀어져 갔다. 마치 늘 우리에게 많은 영향을 주고 있지만 그 존재를 잊고 살아가는 공기나 하늘 같이 인간들은 점점 눈앞에 펼쳐진 저것의 모습에 지쳐가기도 익숙해지기도 하면서 외면하기 시작했다. 어쩌면 처음의 그 치열했던 관심과 흥미를 다 소진해버리면서 잊혀져 가고 있는 것이라고도 볼 수 있다. 사람들은 점점 자신의 일상으로 돌아가기 시작했다.

하지만 한가지 문제가 있다. 저것이 인간 사회에 가로 놓여있는 이상 자유로운 왕래가 사실 어려워진 것이다. 처음에는 교각들을 이용해서 이동했다. 상품이나 차량이동도 대형교각을 통해 이루어졌고, 주변에 안전장벽을 놓으면서 사람들이 다치게 되는 일도 아주 적었다. 특히 학교나 TV등을 통해 안전교육이 거의 매일같이 이루어지면서 과거와 달리 호기심에 이것에 접근해서 다치거나 하는 일은 현저하게 줄어들었다. 하지만 시간이 지나면서 이것의 크기가 점점 부풀어 오르듯 커졌다. 마치 지구 어딘가의 균열이 있는 틈을 통해 나온 물질이 이것의 내부로 자꾸만 주입되어 부풀어오르는 것처럼 한번 부풀어 오른 이것의 크기는 하늘과 땅속까지 엄청난 속도로 성장하듯 커져 갔다. 부풀어오른 직사각형 블록들은 그 끝을 알 수 없는 정도로 계속 커지다가 마치 녹아내리 듯이 하나의 덩어리로 합쳐지고 있었다. 그러면서 아주 큰 벽이 만들어지고 있었다. 이젠 교각들을 통해 이동하는 것도, 땅속을 통해 이동하는 것도 어려워졌다. 결국은 비행기나 배를 이용한 이동 이외에 가로막힌 양쪽이 손을 잡고 교류하는 것은 사실상 불가능해졌다.

이런 지리적 소통의 어려움이 그토록 오래 가리라고 생각하는 사람은 많지 않았다. 하지만 장벽으로 인한 소통의 단절이 지속되면서 뜻하지 않은 문제들이 발생하게 되었다. 지리적 격리는 마음도 멀어지게 되었고 그런 과정에 반목도 싹트게 되었다. 무엇보다 중앙정부의 역할이 결정적으로 약화되는 계기가 되었다. 각국의 정부도 국토의 분리로 통합적인 정책수행에 어려움을 겪을 수밖에 없는 것은 마찬가지였다. 물리적인 제약은 전 국토의 균형 잡힌 성장을 가로막았고 이는 곧 지역적인 불만을 가중시킬 수밖에 없었다. 그동안 성장에서 밀려나 낙후되어 있던 지역은 더욱 소외될 수밖에 없었고, 발전하던 지역은 그 성장세가 둔화되었다며 불만의 목소리를 점점 키워나갔다. 이것이 발생하기 전에도 가졌던 지역적인 불만은 이것이 마련한 장벽으로 더욱 촉발하는 계기가 되었다.

또한 이것은 내실 있는 경제 성장도 가로막게 되었다. 경제 전반에 파급효과가 큰 제조업 분야는 직접적인 타격을 받을 수밖에 없게 되었다. 자동차, 기계산업 등 부품 제조업체 인프라를 필요로 하는 기술집약형 제조업일수록 눈앞에 가로막힌 물리적인 장벽으로 정상적인 부품 조달이 어려워졌고 이는 결국 제조업의 몰락을 촉발하는 계기가 되었다. 제조업의 몰락은 대규모 실업을 확산시켰고 이는 국가 전체에 엄청난 부담과 혼란을 야기했다.

제조업의 붕괴와 더불어 장벽으로 인한 물류망의 고비용 구조와 비효율성의 증가는 정상적인 상품조달의 어려움을 가져 왔으며 특히 시중에는 생필품 마저도 부족하게 되었다. 특히 시장을 교란시키는 극심한 사재기 등이 성행했는데 이런 사재 기를 통해 막대한 부를 축적한 부류들이 사회 부유층으로 대 두되면서 장벽이 가로막힌 사회는 점차 지금과는 다른 계층구 조를 보이게 되었다. 제조업을 기반으로 안정적으로 성장하며 국가 발전을 떠받치던 중산층의 붕괴는 소비감소와 이를 통한 생산 동력 감소, 절대 빈곤층 증가를 유발했다. 이는 다시 국 가 재정악화를 가져왔고 복지, 교육 등이 우선순위에서 차츰 멀어져 가면서 사람들에게 희망이라는 단어를 빼앗아 갔다.

또한 권력의 비호 하에 성장한 그들의 탐욕은 끝이 없었으 며 이를 통해 경제구조를 악화시킨 것은 물론 막강한 자본력 을 바탕으로 정치권을 포섭해, 환경을 점차 그들에게 유리하 게 만들어 버렸다. 이제는 언론과 사회구조도 그들 편에 섰으 며 그 누구도 막아설 수 없는 브레이크 없는 질주를 하게 되었 다. 결국 시민들이 그동안 피 땀 흘려 쌓아왔던 민주주의, 시 민사회라는 찬란한 금자탑은 하루아침에 모래성과 같이 무너 져 버렸다. 그 끝없는 탐욕은 시민사회 라는 단단한 구조물을 뿌리채 흔들어 버렸으며 차츰 그 끝을 알 수 없는 파멸의 길로 들어서고 있었다.

그들의 탐욕이 거대해질수록 일반 시민들의 삶은 더욱 비참

해졌으며, 희망을 거세당한 하층민들의 분노는 하늘을 찌르게 되었다. 특히 장벽으로 가로막힌 남쪽 지방은 전국 곳곳에서 정부의 무능을 규탄하는 시위가 끊이지 않게 되었다. 산발적인 시위는 점점 규모화되었고 그 기세는 마치 들불처럼 불타올랐다. 정부 규탄 시위가 끊이지 않자 신유통 세력들은 그들이 포섭했던 정치세력을 결집시켜 이번 기회에 자신들만의 독자 정부를 만들고자 하는 야심을 노골화했다. 시장 안정화라는 명목으로 그동안 눈에 가시와도 같던 정책으로 그들의 야욕을 가로막던 허울좋은 정부를 더 이상 지켜보고만 있을 수는 없었다. 정부는 그들의 이익에 반대만 하는 사악한 집단이었던 것이다. 이미 추악한 그들 편에 선 야당 세력들에게 시장 자유를 가로막는다는 논리로 그들을 견제하게 만들었다.

이렇게 이것은 국가의 모습도 점점 와해시켜 나갔다. 어쩌면 장벽이 어떤 존재의 의도로 인해 만들어졌다고 한다면 분명 인간사회의 갈등과 반목을 목적으로 만들어졌다고도 볼 수 있다. 남쪽인 전라−경상권과 북쪽인 경기−충청권을 사이로 장벽이 가로막힌 한반도 남한은 점점 돌이킬 수 없는 사이로 멀어져 갔다.

중앙정부의 입장에서는 이런 상황을 잘 알고 있었다. 남쪽 지역의 물리적인 통제와 지원이 어려워지자 필사적으로 이에 대한 지원정책을 진행했다. 불만을 무마시키기 위해 중앙정부는 막대한 물류비를 지원해가면서 남쪽 지역의 지원을 강화해 나갔으나, 북쪽 진영에서 보았을 때는 더욱 이해가 가지 않는 처사라고 생각했다. 이번 계기에 남쪽과 북쪽이 균형적인 발전을 이루어야 한다고 주장한 북쪽 진영은 한발도 물러서려 하지 않았다. 또한 남쪽 주민들의 입장에서도 정부의 지원에도 불구하고 물리적인 지원의 한계는 남쪽 지역 주민들의 불만이 하늘을 찌르게 만들었다.

결국 장벽이 생긴 후 처음으로 선거가 치러졌다. 그 선거는 북쪽진영을 대변하는 현재의 집권당과 남쪽 진영을 대변하는 야당세력 사이에 벌어진 강대강의 유례없는 대결 선거가 펼쳐졌다. 결국 선거는 집권세력이 과반수를 상회하는 결과로 끝이 났고, 이는 곧 북쪽 진영 중심의 정책이 펼쳐지는 계기가 되었다. 결국 여러 가지 문제로 대립과 반목을 겪던 양 진영은 돌이킬 수 없는 국면으로 치닫고 있었다.

그 반목이 정점을 치닫고 있을 때 남쪽 지역은 돌연 독립을 묻는 국민투표를 실시하게 되었고, 결국 압도적인 표 차이로 마침내 독자적인 자치정부를 선포하게 되었다. 유통재벌에 의한 새로운 독자 정부가 만들어진 것이다. 어쩌면 장벽이 막아선 상황에서 피할 수 없는 과정이기도 한 것일지도 모른다. 중앙정부는 강력한 경고와 대대적인 군사작전을 예고했다. 이에 불안감을 느낀 남쪽진영은 정부군의 주요 군사시설에 대한 기습적인 미사일 공격을 감행했고 이 과정에서 수많은 군사력과 민간인 피해가 발생했다. 이에 대해 정부군도 남쪽 진영의 군사시설에 대대적인 폭격으로 응수했고 수많은 피해를 야기시켰다. 이제 양 진영의 관계는 점차 더 이상 돌이킬 수 없는 상황으로 치닫게 되었다.

결국 그런 과정이 지속될수록 일반 대중들의 삶은 점점 더 피폐해져 갔다. 도시 난민층이 급격하게 늘어났고, 많은 사람들이 희망을 포기하고 그들의 삶의 터전을 버릴 수밖에 없었다. 그런 와중에 그들의 지친 삶을 어루만진다는 이교도가 은연중에 성행하게 되었다. 스스로를 메시아로 지칭한 교주는 지금의 설명할 수 없는 혼란기가 종말이 임박했다는 증거이며 곧 다가올 휴거에 대비해야 한다며 수많은 사람들을 현혹시켰다. 지친 사람들의 영혼을 어루만지고 천국에 갈 수 있다는 그의 달콤한 말은 나락으로 떨어져 삶의 바닥을 경험하고 있는 사람들의 눈과 귀를 멀게 했고, 이로 인해 영혼마저 착취해 나가기 시작했다. 그들의 영향력은 삽시간에 남쪽 지역 전체에 걸쳐 영향을 미치게 되었고 새한국 정부의 수뇌부까지 포섭해 가면서 기성종교까지 위협하는 지경에 이르게 되었다. 세상의 변화는 그들에게 달콤한 기회를 마련해 주었고 그들은 그들 앞에 펼쳐진 그런 기회를 절대 놓치지 않았다. 세상은 점차 과거 신이 지배하던 시대처럼 변화해 가고 있었으며 이성보다는 신념이 지배하는 세계로 다시 접어들고 있었다.

한편 장벽을 사이에 둔 양 진영의 충돌이 격화될수록 장벽은 지속적으로 폭탄 투하를 받게 되었다. 폭탄투하로 균열이 생긴 외벽 부분은 마치 곪아가듯 서서히 검게 변색되기 시작했다. 한번 검게 그을린 변색은 마치 암 덩어리처럼 전체 벽에 걷잡을 수 없이 번져 나갔고, 아름답고 찬란하던 자태는 어느덧 흉측스러운 몰골로 변하며 전쟁이 일어나지 않은 지역까지 전세계로 번지듯 퍼져나가기 시작했다. 이런 현상에 대해 학자들은 외부와 차단되었던 부분들이 내부에 있는 미지의 물질과 반응하면서 발생되는 일종의 부패라고도 얘기했고, 어떤 사람들은 인간의 만행과 갈등이 결국 이런 낯선 물질마저도 오염시킨다며 경악해했다.

장벽의 이런 변화와는 상관없이 진영간 한치의 양보도 없는 무자비한 피의 보복의 이어지고 있는 상황에서 장벽 내부에는 조용하고 차분한 변화가 일어나고 있었다. 아주 작은 움직임이 포착된 것이다. 처음엔 변색과정이 빨라지면서 나타나는 것이라고 생각했으나 시간이 지남에 따라 내부에 무엇인가가 움직이고 있다는 것이 뚜렷하게 포착되었다. 그리고 그 움직임이 격화될수록 그 끝을 알 수 없던 장벽의 높이는 점점 더 낮아지기 시작했다. 한번 줄어들기 시작한 장벽은 풍선에 바람이 빠지듯 계속해서 줄어들기 시작하더니 10여 미터 높이까지 낮아졌다. 높은 장벽을 방패 삼아 끝이 없는 전쟁을 이어가던 양 진영은 장벽이 내려가자 당황해했다. 오랫동안 계속

된 그 장벽은 어느덧 각각의 진영을 결속해주는 존재였고, 상대의 공격을 막아주는 벽이기도 했으며, 오래 전부터 타협하기 어려웠던 서로를 안전하게 가로막아주는 아주 고마운 존재이기도 했기 때문이다. 벽을 사이에 두고 서로 잘 보이지 않던 양쪽은 그 장벽을 사이에 두고 무자비하게 비난하며 으르렁댔지만, 그 장벽 덕분에 자신들의 치부를 안전하고 편리하게 숨길 수 있었다. 벽은 이 모든 것을 편리하게 했고, 그들이 벌인 만행들을 변명해줄 훌륭한 핑계거리가 되어주고 있었던 것이다. 그렇게 장벽은 양 진영 모두가 의지하는 안락한 존재가 되어왔던 것이다.

그런 장벽이 점차 줄어들어 이젠 약 5미터 높이로 낮아졌을 때였다. 내부에서 갑자기 어떤 생명체가 튀어나왔다. 인간의 나태함을 비웃듯 그것은 모든 인간이 잠들어있는 어두운 밤에 그 길고 끝이 없을 것 같던 장벽을 찢고 나와 조용히 잠자고 있던 인간들에게 전례 없는 공포를 안겨주었다. 마치 그 아름답던 모습이 인간으로 인해 흉측한 괴물로 변해버린 것에 분노라도 하듯이 한 두 마리 씩 나오던 그 괴생명체는 그 이후로 수를 셀 수도 없을 만큼 나타나 인간의 교만과 방심을 비웃듯 무차별적인 공격을 이어나갔다. 인간 사회는 이들의 기습적인 공격 앞에 손쓸 사이도 없이 하나 둘씩 무너져갔다. 길이가 2~3미터가 넘는 이 괴생명체는 단숨에 인간사회를 쑥대밭으로 만들어 버렸다. 거대한 도마뱀을 연상시키는 이 생명체는 그 큰 발톱과 이빨로 인간을 갈기 갈기 찢어버렸으며, 그 딱딱하고 뾰족한 뿔로 인간들을 사정없이 찔러댔다. 특히 맹렬하고 야만적인 공격성은 민간인들의 어떤 공격에도 주저하지 않았다. 이들에게 자비 따위는 없었다. 마치 인간을 공격하기 위해 만들어진 총본산과도 같았다. 어떤 소통도 불가능했으며 오로지 인간 파괴라는 목적성만을 부여받은 듯 끝도 없이 인간을 할퀴고 물어뜯었다.

한편 장벽을 두고 충돌을 일삼던 양 진영은 갑작스러운 장벽의 부재와 새로운 적의 출현에 당혹했다. 그 장벽의 안락함이 사라지자 마치 뜨거운 햇빛에 자신들의 모습이 드러난 것처럼 어색했으나 그들의 진영까지 파고들은 새로운 적은 극적으로 그들을 다시 손잡고 화해하게 만들었다. 전례 없는 괴생명체의 공격에 인간사회는 동요하기 시작했지만 장벽의 붕괴는 반목을 일삼던 인간사회가 다시 협력하게 만들었다. 인간사회는 다시 과거의 상처를 치유하고 생존을 위한 미래로 찬란하게 나아가고자 하고 있는 것이다. 이 얼마나 숭고하고 장엄한 광경인가.

괴생명체의 공격에 움츠려 들며 피폐해지던 인간사회는 세계 곳곳의 소탕작전에서 잇단 승전보를 이어가면서 지역적인 교두보를 마련해 나가기 시작했다. 지역적으로 괴생명체를 소탕한 지역은 섹터화해서 군사자치지구를 만들어갔고 그 수를 점점 늘려나갔다. 많은 지원병들이 몰려 들었다. 여기서 만족할 수는 없었다. 다시 지구를 인간의 영역으로 만들기 위해서는 어떤 희생을 치르고서라도 투쟁하고 싸워나가야 했다. 한반도에서도 양 진영에 맞춰져 있던 총부리는 괴생명체를 향해 겨누어지기 시작했다. 대대적인 군사협동작전이 본격적으로 시작되면서 한반도에서도 서서히 인간이 통제하게 된 섹터의 수가 확대되었다.

하지만 대체 이 거대한 장벽과 이 괴생명체는 무엇이란 말인가?

종교계에서는 그런 얘기도 했다. 성경에 등장한 뱀과 같은 파충류가 다시 지구상에 등장해 인간들을 위협하고 있는 것이 파멸의 시작과 끝이라는 주장이다. 인류 태초의 과거에는 그 현란한 혓바닥으로 신의 뜻을 거스르게 해서 선한 인간을 타락시킨 것처럼, 문명의 멸절 위험을 겪고 있는 현재는 그 끝을 알 수 없는 잔인한 폭력으로 인간을 송두리째 멸망시키려 하고 있다며 우려하고 있다. 그리고 이는 곧 세상이 재편되고 변화를 준비해야 한다며 정상적인 사람들까지도 동요하게 만들었고 이성이 아닌 신념이란 수단으로 그들을 움츠리게 만들었다.

과학계에서는 이런 주장도 했다. 무엇인가가 이것들이 생겨나도록 씨를 뿌리고 조성했다는 것이다. 일부에서는 유럽에서 이루어지고 있는 입자 가속 충돌실험이 이런 장벽을 만들었다고도 얘기한다. 사실 지금까지도 이런 신기술을 통해 수많은 물질을 발견하고 그럴 때마다 새로운 지식을 갖게 되었지만 새털만 한 지식을 가진 불안전한 인간이란 존재가 벌인 무지의 실험이 가져올 결과가 무엇일까라고 예측하는 것은 사실 매우 어려운 문제다. 어찌 보면 이 실험을 반대해왔던 사람들이 우려했던 바와 같이 그동안 인간이 인지하지 못했던 새로운 입자나 차원을 규명한다 할지라도 그 만큼의 대가를 요구하게 될 수도 있다.

하지만 한편으론 인간이 인식하는 것처럼 모든 것엔 물질적인 씨앗 따위는 처음부터 아예 없을 수도 있다. 아주 오래 전 세포가 생겨나고, 5억년 전의 무수한 생명들이 대폭발과 같이 발생한 것에 어떤 씨앗이 있었을까? 만약에 5억년 전 대폭발이 있었다면 그 전에 그런 생명체를 가능하게 한 씨앗들은 왜 보이지 않는가? 또한 더 거슬러 올라가면 아무런 존재도 없던 유독한 가스투성이 이 지구엔 왜 하필 세포라는 생명의 씨앗이 생겨났는가? 그럼 생명의 씨앗은 결국 독성이 가득한 무기질의 기체들이란 말인가? 빅뱅이 어떤 것의 씨앗으로 기인해서 우주가 생겼다기 보다는 그런 환경이 조성이 되어 발생한 것처럼 우리 생명들도 무엇인가의 씨앗에서 기인한 게 아닐 수도 있다. 단지 그런 환경이 만들어졌고, 결과적으로 이것이 방향성을 만들어 제동장치 없이 펼쳐지게 되었을 수도 있다.

그럼 현재 지구에서 벌어지고 있는 장벽과 그에 수반된 괴생명체들은 지구에 그런 조건이 형성되어서인가? 아니면 사악한 인간이 이런 환경을 자초할 만큼 잘못된 만행을 반복해서인가? 그것도 아니면 그런 골치 아픈 얘기와는 별도로 아주 긴 시간의 구석진 곳에서 벌어지는 사소하고 자연스런 현상인 것인가?

무더운 여름 밤이 이어져 가고 있다. 이 끈적한 더위와 잠든 사람들의 규칙적인 숨소리, 새벽을 치닫고 있는 밤의 끝자락. 그리고 더위에 반쯤 젖어있는 군복, 천장에 달린 대형 선풍기와 창문의 빛을 통해 길게 늘어져 있는 막사 밖의 경계조명. 이런 낯선 곳에 왜 자신이 있는 것인가. 이런 저런 생각들이 길고 무더운 밤의 발목을 잡는 그림자가 되어 숙면을 방해하고 있다.

이호영 소대장은 당직 근무일 때는 더더욱 잠을 이루기 어렵다. 더위에 지쳐 세면장에 간 이 소대장은 거울에 비친 자신의 모습이 어색하게 느껴진다. 깜깜한 빈 공간에 우두커니 거울 앞에 서있는 사람이 낯설기도 애처롭게도 느껴진다. 어쩌면 지금 이런 적막함 속에 오랜만에 찬찬히 바라보는 본인의 모습이 어색해서 그런 거란 생각도 든다. '거울 앞에 서 있는 저 남자가 자신이 맞는 건가?', 또한 '그렇게 거울 속에 비친 그 모습이 다른 사람에도 그렇게 보이고 있는 건가' 하는 생각도 든다.

그날은 유독 정전이 심했던 것 같다.

선풍기가 돌다 멈추다를 반복하다 보니 불면의 밤이 이어지고 있었다. 밤새 더위로 온몸에는 땀이 흘러 두통마저 생겼다. 높은 습도와 무더위로 인해 수면 중인 군인들의 몸에서 흘러

나오는 땀이 막사 안 공기를 채우면서 찜찜한 느낌을 떨칠 수 없었다. 늘 그렇게 불면증이 그를 힘들게 한다. 불면증은 밤마다 그를 힘들게 했지만 어느덧 친숙한 동반자가 되어가고 있었다. 그런 친숙함이 그의 영혼마저 갉아먹는 것이 아닌지 걱정될 때였다. 아마도 새벽 3시쯤이었던 것 같다. 갑자기 사이렌이 울렸다.

"이 시간에 무슨 훈련이야······잠이라도 재우고 나서 훈련을 시켜야 할 것 아냐! 해도 해도 너무한 거 아냐?"

새벽 3시 사이렌은 심하다고 생각이 들었다. 왜냐면 그 괴물들은 좀처럼 새벽 공격은 하지 않기 때문에 당연히 모의훈련이라고 생각했다.

막사 안에선 몇 명이 투덜거리는 소리가 들렸다.

"대체 전기는 언제쯤 제대로 들어오는 거야······"

"에어컨 바람은 고사하고 선풍기 바람이라도 쐰 게 언제인지 기억도 안 난다······"

하지만 비상벨이 연신 울린다. 이건 실제 상황이다.

"지금 SE지역 보급창고가 공격을 받고 있는 상황입니다. 모든 대원들은 신속하게 장비를 챙겨서 이동해주시기 바랍니다."

선잠을 깨면 늘 신경이 날카롭다. 하지만 실제 상황이라니 하루하루가 힘들단 생각이 든다. 이동중인 트럭 안에서 전 중령의 날카롭고 짜증나는 고함이 이어진다.

"정신들 똑바로 차려! 실제 상황이야. 니네 도마뱀과 몇 번 전투했다고 이젠 긴장도 안되냐? 사는 게 귀찮다고 다른 사람 목숨까지 위태롭게 만들 거야? 우린 캠핑하러 온 대학생이 아냐. 수건 돌리기는 전쟁 끝나고 집에 가서 친구들하고나 하란 말이야."

"다시 한번 말하지만 여긴 전쟁터야. 우리가 무너지면 아무 희망도 없다고!"

새벽부터 듣는 전 중령의 잔소리는 늘 신경을 곤두세운다. 이른 새벽이 인간의 소유였던 적이 있던가? 새벽은 그 의식을 꺼버리는 무거운 졸음만큼이나 인간을 무기력하고 부정적으로 만든다. 그래서 잠을 못 잔 날카로운 신경은 한없이 나쁜 느낌을 갖게 만든다. 갑자기 주먹으로 전 중령의 얼굴을 갈겨버리고 싶은 생각이 오늘 처음은 아니지만, 오늘은 더더욱 그런 생각이 졸음과 피곤함을 밀어내고 정신을 차리려는 이 소대장의 머리에 솟구친다.

트럭이 멈추고 문이 열리자 마자 사방에서 파충류 비린내가 진동한다. 빈 속에 특히 불면증에 시달린 새벽 공복에 맡게 되는 이 냄새는 속에 있는 모든 것을 꺼내게 할 만큼 구토감을 느낀다. 옆에 있는 이병욱 상병은 그런 역겨움과 눈앞에 펼쳐진 파충류의 날뛰는 광경이 별 것도 아니라는 듯이 태연하게 담배를 피우고 있다. 이런 상황에서 오랫동안 지내오면서 이젠 전투도 그의 일상으로 받아들이기 시작한 것 같다. 겉으로는 연약해 보이지만 적극적이며 두려움과는 거리가 먼 친구다.

이 소대장이 맡고 있는 2소대는 보급창고 수리 및 보호를 맡기 위해서 투입됐다. 피해 상황이 심각했고, 희생자가 많은 지역이다. 지하 2층에 있는 보급창고는 지반 균열로 이미 뒤쪽 모서리 냉장 컴퓨터서 부분에 균열이 있었고, 아마도 여기를 통해서 침입이 시작된 것으로 보인다. 하지만 외부에서 여기까지 지하로 오기 위해선 땅을 파고 들어와야 되는데 그런 식의 침입이 있을 때까지 경계인원들이 인지를 못했고, 경비가 허술했단 말인가?

상황을 전 중령에게 보고했다.

전 중령은 그럴 리가 없다고 연신 얘기하며 그 쪽 처리나 잘하라는 원론적인 얘기뿐이다.

"파충류를 안고 들어오지 않는 이상, 여기 땅을 파지 않고 들어오는 방법은 없습니다. 대체 어떻게 들어옵니까?"

"파충류 평균 체온이 얼마야? 또 파충류 앞발로 가할 수 있는 압력이 얼마야? 여기 지반 평균 강도가 얼마나 되는지 이 소대장이 재어본 적 있어? 그런 기본적인 상식도 모르면서 그런 네 머리 속의 상상을 그리도 쉽게 내려? 시키지도 않은 것 신경 쓰지 말고 거기 피해 상황이나 빨리 파악해서 보고해! 넌 지금 뭐가 중요한지도 몰라?"

스스로의 고정관념에 휩싸인 사람은 어떤 다른 시각도 받아들이려 하지 않는다. 또 몇 번의 운 좋은 성공은 그런 스스로의 신념과 가치관을 정당화시킨다. 그래서 사람은 변하기 어렵다. 특히 그 성공이 스스로의 역량이 아닌 외부의 도움인 경우에는 더더욱……

울타리 경계를 맡고 있는 1소대쪽 상황이 심각해 중대장이 직접 지휘를 하고 있다. 생각보다 심각한 상황이다. 전기펜스가 일부 훼손되어 있었고, 외부 접근 시 자동 주입되는 약품 투여장치도 일부가 작동을 안 하고 있었다. 이렇게 침투 지역만 보란 듯이 훼손 되어있는 것도 의아한 일이었다. 그래서 장 중대장은 훼손된 펜스 중심으로 파헤쳐진 땅을 뒤지고 있었다. 지면은 어지럽혀져 있었고, 군데군데 파충류가 만들어 놓은 듯한 동굴과 같은 구멍이 지면에 몇 개가 펼쳐져 있다. 포크레인 투입되는 시간이 지연되다 보니 우선 의심되는 구멍을 소총조가 직접 파헤쳐 들어가는 탐색이 지속되고 있다. 위험한 일이었다. 시야확보도 어렵고, 아직 사살되거나 도망가지 못한 파충류들이 숨어 있을 수 있다. 박격포, 고속유탄발사기, 대전차 로켓까지 가용화력이 총동원됐다.

단지 근접전 가능성이 있어서 되도록 소총조를 중심으로 조심스럽게 수색을 진행하고 있다. 생체탐지기는 여전히 인근에 생명체가 있음을 알려주고 있지만 정확도가 다소 떨어진다. 구식방법이긴 하지만 파충류 추적에 특화 훈련을 받은 군견들의 탐지가 지금 같은 상황에선 더 신뢰할 수 있다. 우리의 충실하고 믿음직스러운 충견들은 연신 구멍 근처에 자신의 후각을 집중하고 있다. 군견을 이끌고 있는 박 일병도 긴장한 표정이 역력하다. 그의 표정에선 여러 번 다짐이라도 하는 것처럼 몇 초를 망설이다가 소총을 조준하며 조심스럽게 내부에 들어가고 있다. 박 일병 일행이 들어간 후 무전을 기다리던 다음 조가 투입될 준비를 하고 있다.

그런 상황에서 갑자기 비명소리와 자동소총 소리가 들렸

다. 군견들이 요란하게 짖는 소리도 같이 들린다. 군견들의 이런 소리는 다시 한번 공포감과 긴장감을 만든다. 어김없이 파충류 떼가 나타나기 때문이다.

같이 수색에 나선 소대원 3~4명이 일제히 사격을 시작하면서 다시 주변은 긴장감이 돌기시작 했다. 나머지 소대원들도 전원 지표면 구멍 주위로 몰려 들었지만. 구멍 내부 사정을 알 수가 없다. 또한 한정된 공간에 아군이 다수 있다 보니 소총사격으로 지원하기엔 무리가 있었다. 일단 지금 상황에선 구멍에서 신속히 철수하는 것이 최선의 방법이다.

"박 일병 신속히 철수해! 시야가 확보 안되니 지금 당장 사격 멈추고 철수해!"

"나머지 소대원은 구멍 인근으로 집결 바란다. 괴생명체 출현에 대비하라!"

소대원 전체가 총성이 계속되는 구멍 근처에 모여 들었지만 지금은 해줄 수 있는 게 없다. 투입된 박일병 일원이 빨리 나오는 걸 기다릴 수밖에 없다. 땅속에서는 기관총 소리가 여전히 들리고 있다.

"박 일병 들리나? 들리면 대답하라!"

장 중대장의 다급한 무전에도 대답이 없는 상황이다.

그때 다시 총소리가 섞인 다급하고 긴장된 목소리로 박 일병의 목소리가 들려온다.

"중대장님…여기 상황이……않좋습니다. 잘 보이지 않는데 엄청 많은 놈들이 있는 것 같습니다……"

"그래 알았다. 위험하니 지금 즉시 철수해."

"하지만 지금 이 일병 부상이 심하고 퇴로를 확보할 수 없는 상황입니다."

"지금 상당히 위험하니 우선 후퇴가 급하다. 되도록 빨리 철수해."

장 중대장이 긴급하게 지시를 내리고 있다.

갑자기 지속되던 총성소리가 멈추었다. 외부에서 보았을 때 긴박한 땅 속의 상황이 지표면에서 느껴지는 듯 여전히 움직임이 감지되고 있었다. 그렇다고 지금 다시 대원을 투입하기도 어렵다. 짧지만 고민되는 시간이 흘러간다. 대원들을 구할 수 있는 마지막 시간일수도 있다.

"제가 한번 들어가 볼게요"

이 상병이 무표정하게 얘기한다. 이 상병은 연약해 보이지만 수많은 전투경험이 있고, 근접 전에서도 별다른 부상조차 당하지 않은 것으로 중대에서도 유명하다. 그리고 무엇보다 숨은 냉혈한으로도 유명하다.

"그럼 깊게는 들어가지마. 최소 지표면 입구에서 10여 미터 내에 있지 않으면 포기하고 즉시 올라와! 알았어? 그리고 한 병장과 윤 일병이 같이 엄호해줘!"

태연한 얼굴의 이 상병이 2명의 부대원을 이끌고 다시 구멍 속을 낮은 자세로 들어가기 시작한다. 들어간 지 약 5분 여 만에 무전이 들린다.

"생존자는 없는 것 같습니다. 찢겨진 시체가 여기저기 널려져 있습니다."

이 상병의 담담한 목소리가 무전으로 들려온다.

"그럼 지금 즉시 철수해"

이 상병의 보고에 의하면 시체의 훼손 정도를 볼 때 이번 침입한 파충류는 크기가 상당할 것이라고 한다. 굴속에서 발견된 파충류 사체의 꼬리 크기 자체도 성인 팔뚝 크기 정도라고 하니 최근 주변지역 파충류 크기가 커지고 있다는 목격이 사실로 확인되고 있다. 대형 파충류의 발견이 부쩍 잦아지는 것은 일본 등지에서 북상해온 대형 종들의 유입이 크게 늘어났고, 또한 기후 등의 영향으로 번식력이 왕성해지면서 급격하게 개체수가 증가한 것으로 보인다. 특히 상대적으로 군사력이 미비했던 남부지방의 개체들이 연일 각 도시를 초토화시키면서 북상해서 올라오고 있는 것도 원인으로 추정된다. 한반도의 온난화로 더 이상 기존의 북방한계선은 의미가 없는 듯하다. 문제는 현재 지표면 밑에서 꿈틀거리고 있는 파충류다.

"폭탄조는 지금 즉시 구멍 난 땅속에 갖고 온 수류탄, 크레모아 등 모을 수 있는 데로 모아서 투입해! 그리고 분대 별 기관총 조는 구멍에 집중 사격하고, 유탄 발사조도 대기할 수 있도록!"

이 상병이 갖고 온 파충류의 꼬리는 어마어마한 크기다. 이 정도 크기라면 몸체 크기가 얼마나 되는지 상상할 수 없다. 장중대장이 계속해서 지시를 내리고 있다. 파헤쳐진 땅속 굴속 내부에 대한 대대적인 포격으로 주변 일대는 또다시 거대한 전쟁터를 방불케 한다.

그때였다. 예측하기 어려운 그 짧은 순간 갑자기 거대한 파충류 무리가 대대적으로 땅속에서 솟구쳐 올라왔다. 2미터 이상 되는 큰 괴물 같은 녀석 3~4마리가 올라와서 경계중인 소대원의 목을 기습적으로 물어 내동댕이 치면서 순식간에 피가 솟구친다. 같이 따라온 녀석들도 소대원을 향해 무차별 공격을 시작하더니 그 뒤를 따라 수십 마리가 일제히 올라와 거대한 총소리에 아랑곳하지 않고 주변의 살아있는 사람들에게 무차별 공격을 시작했다. 일대는 다시 코를 찌르는 파충류 비린내와 화약냄새가 진동하고 있다. 군인들의 고함소리와 사람들의 비명소리, 피비린내로 주변은 살아있는 지옥을 방불케 했다.

소대원들이 맹렬히 공격하고 있지만 파충류들은 물러서려 하지 않는다. 또한 지하에서 거대 파충류가 계속 올라오면서 상황을 그들 편으로 만들어 버리고 있다. 총을 인식이라도 하듯이 이리저리 움직이며 소총사격을 하고 있는 대원들을 물어 뜯고 갈갈이 찢어놓고 있다.

참혹한 상황이 지속되고 있다.

자동화된 화기를 무서워하지 않는 생물체를 인간이 일찍이 경험해 본적이 있단 말인가. 인간은 물리적으로 약한 태생적 한계를 갖고도 지능과 팀워크를 통해 지구를 점령해왔다. 하지만 이 돌연변이 생물체들은 도대체 뭐라는 말인가? 인식과 지능을 가진 것처럼 조직력으로 공격하고 있는 이런 생물체를 과연 단순히 도마뱀이나 파충류라고 할 수 있단 말인가? 아니면 개별적인 낮은 지적 수준을 그들만의 협업 네트워크로 만회해서 그동안 지구를 초토화시켰던 인간을 공격하려는 목적성으로 나타난 무엇인가의 대리 존재인 것인가? 아니면 인류가 그들의 공격성을 촉발할 만큼 그토록 가혹한 범죄를 이 행성에 저질러 왔다는 것인가.

워낙 속도가 빨라서 조준 사격하기조차 힘든 상황이다. 화염 방사기는 이제 화력을 다해가고 있다.

"노출된 상황에선 전면전이 어려우니 차량이나 참호 속에서 소총사격으로 대응해야 할 것 같습니다."

하지만 정 병장이 이끌고 있는 1분대쪽에서는 워낙 몸집이 작은 파충류의 공격이 잦은 상황이다. 큰 사이즈에 비해 파괴력은 크지 않지만 수가 많고, 소총 사격조차 힘들다. 따라서 단검과 병행해서 대응하면서 공격하는 개체를 처리하고 있는데 말 그대로 창궐이다. 또 중간중간에 큰 놈들의 공격으로 대원들이 물리는 경우가 발생하고 있다.

장 중대장이 긴급히 전 중령에게 무전을 취했다.

"여긴 지금 아수라장입니다. 부대원들을 철수시킬 수 있는 차량을 지금 즉시 보내주시기 바랍니다."

1분대는 막사 옆 건물 2층으로 올라갔다. 지금 같은 상황에선 전면전이 사상자만 더 발생하기 때문이다. 본부 차량 2대가 자동화기 분대를 이끌고 격전지로 도착하고 있다. 하지만 지금 상황은 아군과 파충류가 뒤엉켜 있어서 화기 대응사격이 어려운 상황이다. 또한 사망자와 부상자가 속출하고 있다. 우선 대원들을 차량에 안전하게 탑승시켜야 한다. 차량 위에서 자동화기 팀이 쉼 없이 포격을 하고 있지만 파충류의 기세가 거세서 어려운 상황이 지속되고 있다. 이제 하나 둘씩 대원들이 차량에 탑승하지만 남은 부대원들의 수가 얼마 남지 않았다. 그만큼 희생이 커지고 있다.

"수송차량 지금 즉시 출발하라."

전 중령의 고함에 가까운 지시가 떨어졌다.

"장 중대장 뭐하고 있나? 대원들 철수 안 시키나?"

"부상자가 많아서 시간이 걸리고 있습니다. 대응사격 좀 해주십시오!"

"부상당한 애들은 추가 감염의 위험이 있으니 되도록 안전한 병사부터 움직여. 공격받은 대원들로 인해 전체 부대원이 위험할 수도 있어!"

이 변종 괴물의 무서운 점은 피부점액이 상처부위를 통해 인간의 피부 안에 침투해 치명적인 세균성 염증과 피부궤양을 일으켜 심한 경우엔 사망에 이르게 한다는데 있다.

"저희가 신속하고 안전하게 대원들을 이동시킬 테니 의무대나 준비해주세요!"

"그러다가 우리 대원들 다 잃으면 니가 책임질 거야? 지금 긴박한 상황에서……"

"제가 다 책임질 테니 대응사격이나 해주세요."

장 중대장도 신경질적으로 무전을 꺼버렸다.

"아니 전쟁이라고 지 새끼들 하나 못 챙겨주는 상사를 전쟁터에서 누가 믿고 따른다고 전 중령은 저 모양인 거야. 그러니 따르는 후배도 없고, 맡고 있는 중대 하나도 없지. 파충류들도 저 인간보단 낫겠다!"

시간이 긴급하다. 파충류의 맹렬한 공격도, 얼마 남지 않은 부대원들도, 부상당해서 촌각을 다투고 있는 부대원들까지……이제 대략 10여명이 탄 차량이 가까스로 출발하려 한다.

그걸 본 파충류 서너 마리가 차량으로 맹렬히 돌진한다. 그러면서 부상자를 부축하고 가까스로 달려가던 부대원 2명을 공격하기 시작한다. 그때 갑자기 다리 하나가 물어뜯긴 부대원 한 명이 파충류에 올라탄다. 그러면서 몸에 있던 수류탄을 꺼내면서 동료에게 소리친다.

"빨리 차량에 올라타!"

거대한 수류탄 폭발음과 함께 부상당한 소대원과 파충류 두 마리가 그대로 허공 속으로 흩어지고 만다. 동료부대원의 희생으로 가까스로 차량에 올라탄 부대원이 차량 끝에 매달린 채 망연자실하게 그 상황을 지켜본다.

이제 필드 전에서 대원들은 후퇴한 상황이다. 화력 전으로 남아있는 파충류 잔당들을 소탕하는 일만 남았다. 이미 격전지에서 60여 미터 멀리 배치된 저격수와 자동화기 팀이 집중 포화를 시작한다. 파충류들도 화포 근처까지 맹렬히 달려오지만 거리가 멀다. 대형 폭탄과 집중적인 화력 타격으로 이제 파충류들도 점점 쓰러져 간다.

　이제 서서히 햇빛이 지평선을 넘어서 솟아올라오고 있다. 어두운 긴 밤의 숨막혔던 공간, 우리의 인식 너머 미지의 공간으로 남아 있던 그런 영역엔 어김없이 인간의 공포와 섣부른 두려움이 마치 미리 프로그램이 된 것처럼 자라올라 인간의 이성을 조금씩 집어 삼킨다. 하지만 그 어둠도 결국 시간의 움직임에 떠밀리고, 밝은 빛이 어둠을 하나 둘씩 밀어내면 다시 언제 그런 적이 있던가 하는 것처럼 망각 속으로 빠져나간다. 아마도 이런 무의식적인 반복이 희망을 생각할 수 있지 않을까. 태양이 언제나 그랬듯이 멀리서부터 떠오르고 또 타오른다. 우린 그 아슬아슬한 하루를 가까스로 보내고 있지만, 저녁이 되면 또다시 어둠이 밀려오고 우리의 인식을 갉아먹게 되지는 않을까 걱정된다.

"안녕하십니까? 우리의 전투영웅이 오셨네요! 파충류들과 대단한 충격전이 있었다면서요?"

새한국 계열이면서 G섹터 지휘를 총괄하고 있는 한명준 대령이 반갑게 손을 내밀며 김일현 연대장을 맞이한다.

"네 어제 SE지역 경계 펜스 쪽에서 접전이 있었습니다. 생각보다 조직화되고 대형화된 파충류들의 기습이라 상당히 놀라기도 했는데, 우리 대원들이 목숨을 아끼지 않고 정말 잘 싸워줬습니다. 덕분에 어느 정도의 피해가 있었지만 더 큰 불상사를 막을 수 있어서 다행이라고 생각합니다."

"어느 정도의 피해가 있었는데요?"

한명준 대령이 묻는다.

"대원 12명이 사망했고, 약 28명이 중경상을 입었습니다……"

"상당히 치열한 전투였네요. 우리에게도 지원요청을 하시지 그랬습니까? 물적 피해도 상당하셨겠네요?"

"3개 중대가 투입돼서 소총 및 유탄발사기, 화염방사기까지 소진했으니 상당히 치열한 전투였습니다."

"3개 중대나요? 상당한 전투였네요…"

"저희가 파악한 바로는 이번 급습한 파충류는 기존에 발견된 종보다 크기가 월등히 큰 녀석들이 있었습니다. 특히 키가 3m에 육박한 녀석도 있었는데 조금 더 체계적으로 정보를 수집해봐야 할 것 같습니다. 그래서 말씀드리는데 새한국 진영 쪽 상황은 어떠신지요? 이럴 때일수록 정보교환이 중요할 것 같습니다."

"저희가 파악한 정보 중에 특별한 건 없습니다. 우리 정보에 대해서는 지난 월요일 실무진 회의에서 전달해 드렸기도 하고요."

신경숙 수석보좌관이 대답했다.

신경숙 보좌관은 새한국 진영 정보국 산업분야 정보전략을 총괄하고 있다. 한때 새한국 측 수뇌부와 갈등을 겪기도 하였으나 한 대령의 중재로 G섹터 새한국 정보전략 분야 핵심을 지휘하고 있다.

"네, 그 보고서는 저희도 꼼꼼히 잘 보고받고 있습니다. 어떠한 정보라도 상호간에 공유가 된다면 큰 힘이 되리라 생각됩니다. 주신 정보에서 그와 관련된 특이사항은 없더군요."

"네, 저희 쪽에서 파악한 정보도 그 정도에요."

"어려울 때니까 우리 모두 과거를 잊고 같이 힘을 모아서 위기를 헤쳐 나가야죠. 혹시 저희한테도 바라고 싶은 점이 있으시면 저한테 직접 말씀해주세요"

김일현 연대장이 말했다.

"저희야 어려운 것은 정부군에 비해서 턱없이 부족한 무기와 화력입니다. 연대장님 말씀처럼 보다 높은 수준의 공유를 원하시면 이번 기회에 보다 전향적으로 저희와 자원 공유하신다면 상호간에 신뢰가 높아지는 것은 물론이고 다른 지역까지도 우리 G섹터의 군사교류활동이 모범이 될 수 있다고 생각됩니다."

신 보좌관이 얘기한다.

"우리도 서로 이럴 때 힘을 합하면 좋다고 생각합니다. 사실 무기 자체도 서로 부족한 부분 교환하거나 보충하면 좋을 것 같고요. 연대장님 말씀처럼 그 쪽에서 보유하고 계신 무기

리스트 공유해주면 안됩니까? 예를 들면 저희 45mm탄두가 부족한데 이런 부족한 무기 정부군에서 주시면 저희도 상대적으로 여유 있는 자원 공유해 드릴 수 있고요. 이럴 때 부족한 것 서로 나눠 쓰시면…"

김민근 소령이 불쑥 이런 말을 했다. 지난 내전 기간 동안 여러 전투에서 공적을 세우면서 새한국 측에서 공로를 인정받긴 했지만 잔인하고 밀어붙이는 성격으로 내 외부에 적이 많은 인물이다.

"어이 김 소령! 여긴 벼룩시장이 아냐. 그런 건 저기 앞 슈퍼마켓 가서 알아봐!"

이제욱 대대장이 김민근 소령에게 쏘아붙인다.

"그만들 하게! 지금 우리가 그럴 때인가? 사소한 정보라도 공유하고 마음을 모아서 이 위기를 헤쳐나가야지!"

김일현 연대장이 이제욱 대대장을 나무란다.

"우리가 지난 내전을 극복하고 이렇게 머리를 맞대고 마음을 열어 대화를 한다는 것 만으로도 저는 너무나 뜻 깊은 일이라고 생각됩니다. 우리가 이렇게 해나간다면 우리 앞에 닥친

이 어려움도 곧 극복하고 우리 아이들에게 밝은 미래를 물려
줄 수 있지 않겠습니까?"

"연대장님 말씀은 정말 감동적인데 우리에겐 현실적인 자
원이 부족합니다. 연대장님 쪽도 어렵겠지만 보다 진정성 있
게 대화를 나누셨으면 합니다. 원론적인 대화는 원론적일 뿐
이니까요"

신경숙 보좌관이 얘기했다.

"정보공유가 필요한 부분이 있으시면 정리해서 전달해 주
시죠. 내부적으로 검토해서 공유 드리도록 하겠습니다."

중앙정부 정보수집과 분석 업무를 맡고 있는 조태현 정보관
이 차분한 어조로 얘기한다.

"지금 뱀 새끼들이 펜스 밖 코 앞에서 혓바닥을 날름거리면
서 우리 모가지를 물어 뜯으려 하고 있는데 그런 거 언제 작성
해서 얘기하자는 겁니까? 총 들고 뱀 새끼들과 한번이라도 전
투에 나가보세요. 그런 얘기가 나오나. 어휴~ 답답해…"

다혈질인 김민근 소령이 목소리를 높이면서 얘기한다.

"우리가 동전만 넣으면 나오는 자판기라도 되는 줄 알아요? 모든 일에는 다 순서와 절차가 있는 법이라고! 당신들이 달라고 하면 다 갖다 바쳐야 되고, 당신들도 우리가 달라고 하면 다 줄거야? 그렇게 걱정되면 예전에 우리한테 쏘아대던 무기나 아껴 쓰지 그랬어! 그런 무기는 아깝지 않고, 우리가 아닌 파충류에 쓰려는 건 그렇게 아까워? 그렇게 알뜰하니 집구석에서 살림하면 잘하겠네. 근데 어떡합니까? 여기는 알뜰하게 살림만 하다가는 한번에 도마뱀 먹이로 뒈질 수 있는 전쟁터니까, 다리 한 짝 도마뱀 뱃속에 들어갔다고 후회하지 말고 아끼지 말고 팍팍 좀 쓰세요. 그리고 예의 좀 갖춰서 얘기해! 여기 너보다 다 나이 많은 사람들이야"

역시 불 같은 성격을 가진 정부군의 이제욱 대대장이 김민근 소령을 막아서며 쏘아붙인다. 회의장은 일제히 진영 간 성토장으로 바뀐다. 자기 진영을 말리면서도 상대진영에 대한 비판이 오고 가면서 일순간 고함이 오가고 소란스러운 아수라장이 되고 만다.

"그리고 그런 말씀하시기 전에 거기서 전쟁 전부터 사재기해 놓은 생필품 같은 물자나 먼저 공유해주시면서 솔선수범하시죠? 어떤 일이든 어느 정도라는 것이 있는 겁니다. 제가 이런 말은 안 하려고 했는데 여러분이 군인이지 장사꾼은 아니지 않나요? 아무리 전쟁 전에 그런 사재기로 재미도 보고 여러 가지를 얻었다고 해도 지금과 같은 전쟁 중에, 특히 저 파충류 새끼들과 목숨을 걸고 사투를 벌이고 있는 같은 인간들을 상대로 물건이나 팔아 이문이나 남기려고 그러는 것이 말이 된다고 봅니까? 양심 따위는 개나 줘버렸나요? 거긴 부끄러운 것도 모르세요? 적정선이라는 것이 있는 겁니다. 제가 듣기로는 총알 한 자루와 쌀 한 가마니 교환하자는 얘기도 있었다고 하는데 사실입니까? 제발 작작 좀 하시죠!"

가만히 있던 정부군 현승표 전략실장이 화가 나서 목소리를 높여 얘기한다.

"그래서 당신들은 식량이 그렇게 탐나서 동맹관계인데도 우리 창고를 습격해서 식량을 약탈해 갔나요? 정부군은 군사 교육은 안 시키고 도둑질하는 법만 가르치는 건가요? 어디서 그 따위 얘기를 함부로 지껄이는 겁니까?"

역시 조용히 있던 새한국 측 민경호 정책국장이 화를 내며 응수한다. 민 국장은 전쟁 전 유통업으로 큰 돈을 벌어 이를 통해 권력층과 가까워진 인물로 전쟁 후에는 이를 바탕으로 새한국 측 정책국장으로 일하고 있다. 금권을 바탕으로 사실상 권력 중심부까지 오게 된 인물로 전쟁 전부터 모종의 관계를 형성한 한 대령과의 제안으로 정책국장이라는 타이틀을 받아서 새한국 수뇌부에서 일하고 있다.

"조용! 지금 뭐하시는 겁니까?"

김일현 연대장이 버럭 화를 낸다.

"우린 어제만 해도 12명의 군인과 5명의 민간인 등 17명의 소중한 목숨을 잃었습니다. 우리는 한반도에서 살아남은 얼마 안되는 사람들입니다. 저희는 살아남았고, 살아 남았다는 데에는 분명히 책임이 있습니다. 우리는 진영 상관없이 이 땅의 사람들을 하나라도 더 지켜나가야 되고, 끝까지 살아 남아 우리 자식들이 안전하게 살 수 있는 땅을 물려주어야 합니다. 그렇기 때문에 여러분 모두 하나하나가 저와 우리 모두에겐 너무나 소중한 존재입니다. 여러분 제발 협력해서 서로 도와주십시오. 우리 다시 한번 나라를 일으켜 세워야 합니다. 그렇기 때문에 저는 우리 진영이든 아니든 더 이상의 소중한 생명을 잃고 싶지 않습니다!"

소란스러웠던 회의장 캠프는 일순간 정적이 흐른다. 거짓말 같은 정적이다. 정적을 깨기라도 하듯이 정부군 현승표 전략실장이 어색한 표정을 지으며 사람들 얼굴을 쳐다보며 조용히 박수를 친다. 같이 박수를 쳤으면 하는 표정이다. 사람들은 현 실장을 아랑곳지 무표정하게 하나 둘씩 회의장을 빠져나간다.

회의장을 빠져나오면서 정부군 회의장을 걸어가고 있을 때, 전 중령이 이제욱 대대장에게 다가와 긴급히 얘길 전한다.

"대대장님, 말씀드릴 내용이 있는데요. 아무래도 이상합니다. 이번에 침입이 있었던 SE지역 전기펜스 뒤편 약품이 이상하게 자리가 옮겨져 있습니다. 파충류들은 특성상 약품펜스 근처는 얼씬도 하지 않는데 누가 치우기라도 한 것처럼 일부가 훼손되어 있었습니다."

전 중령이 심각한 얼굴로 이제욱 대대장에게 보고를 한다.

"뭐야? 펜스 경계임무를 똑바로 하고 있었던 거야? 내가 경계임무보다 중요한 것 없다고 그렇게 강조했는데 니네는 일을 어떻게 하는 거냐?"

이 대대장이 신경질적으로 얘길 한다. 전 중령도 주춤하기는 했지만 긴장한 얼굴로 이 대대장을 빠른 걸음으로 쫓아가면서 얘기한다.

"펜스 상황은 대대장님 말씀처럼 저희도 가장 중요하게 여기고 있어서 1시간 단위로 보고 받고 있습니다. 그럴 가능성은 없다고 보셔도 됩니다. 다만, 이렇게 의도적으로 치워진 것 같은 느낌을 주는 것에 대해서는 조사해 볼 필요가 있습니다.

일단 저희가 더 자세한 상황은 확인해보도록 하겠습니다."

"자세한 건 나중에 얘기하고 경계임무는 충실히 해야 되네!"

이 대대장은 단호히 얘기하면서 연대장실로 일행과 함께 들어간다.

"어제 다들 고생이 많았어요. 인명피해가 안타깝긴 하지만 빠른 판단으로 적절히 대응한 이 대대장님 고생하셨습니다."

정부군 본부에 모인 참모진에게 김일현 연대장이 얘기한다.

"이 대대장, 원래 외부 침입이 있을 때 대응시나리오 있지 않나요? 최초 공격 후 지원 소대가 도착하기까지 시간이 꽤 걸렸다고 하는데 왜 이렇게 판단이 늦었죠? 좀 더 빨리 지원 인력이 도착했다면 우리측 전력 손실도 줄일 수 있었을 텐데 왜 그런 겁니까?"

현승표 전략실장이 상황에 대해 따져 묻는다.

"우리 매뉴얼은 전략실장님도 보셨겠지만 우리가 공격받았을 때 정확한 위치를 파악하는 것과 혹시 모를 추가 공격에 대비해 지역적 경계 태세를 강화하는 겁니다. 최초는 대규모 공격이 아니었기 때문에 거점 별 수색작업을 진행하고 있었고, 그런 과정에서 급습 상황이 발생해 가장 인근에 있는 소대에서 현장에 공격지원을 나간 겁니다."

"그런 건 전략실에서 질문할 내용은 아니죠. 지시를 내려야 되는 거지…"

조태현 정보관이 현승표 전략실장에게 응수한다.

"전략실장이 언제부터 직접적인 지시를 내리나요? 월권이라고 주변에서 난리칠텐데?"

현승표 전략실장이 대답한다.

"마치 남의 일처럼 말씀하시길래 드리는 말씀입니다.

"저도 뭐 지금 상황에서 따지자고 했던 말씀은 아니니까 오해는 마시고요, 이번 전투에서 보면 파충류 크기가 생각보다 상당히 커지게 되었는데 조금 더 정보를 파악해서 대응책을 세워야 되지 않겠습니까? 물론 당장 내놓으란 게 아니고 다같이 고민이 필요하다는 말씀입니다."

조태현 정보관이 상기된 얼굴을 가라앉히며 얘기한다.

"그래서 한번 비교해보시라고 이번에 공격이 있었던 파충류를 갖고 와봤습니다."

현승표 전략실장이 이 대대장에게 눈짓을 하자, 이 대대장이 샘플을 준비시킨다.

연대장실 문이 열리면서 밖에서 카트 위 2개의 투명 플라스틱 상자 위에 어제 공격이 있었던 파충류의 다리 쪽 절단 부위와 머리 샘플이 담겨서 들어온다. 이 대대장이 플라스틱 상자를 열면서 설명을 이어가려 하자, 코를 찌르는 파충류 비린내가 방안에 있는 사람들을 자극한다.

"이거 보시면 다리 근육이 엄청나게 발달해 있습니다. 기존 도마뱀 새끼가 헬스한 것 같은 근육 량입니다. 마치 개량이라도 한 것 같지 않습니까."

이 대대장이 허리춤의 단도를 꺼내서 이리저리 찌르며 설명을 한다.

"허허 다윈이 보면 놀라 자빠질 일 아닙니까…"

현승표 전략실장이 놀라워하면서 얘기한다.

"또 이 아가리 좀 보십시오. 거의 악어 수준입니다. 아니 티라노사우루스 축소판 아닙니까? 저거에 한방 물리면 다리고 대가리고 뭐고 그냥 아작이 날 것 같습니다…"

이 대대장이 놀라워하면서 샘플을 이리저리 돌려본다.

"조심히 좀 만지게…냄새가 너무 나잖아!"

현승표 전략실장이 얼굴을 찡그리면서 말한다.

"저는 이거 냄새 안 나게 해서 먹어보는 방법 연구 중입니다. 먹을 것도 부족한 판인데…혹시 압니까? 이거 먹으면 우리가 모르는 성분이 있어 정력왕이 될런지……뱀도 그 독은 치명적이지만 잘 다듬어서 약으로 쓰는 것처럼 이 점액도 연구하면 뭐라도 나올 거 같습니다. 그리고 정력에 도움이 된다는 소문이 돌면 아마 삽시간에 지구상에 있는 이 놈들 씨가 마를 걸요."

이 대대장이 사무실에 모여있는 사람들 얼굴을 쳐다보며 얘기하자 모두들 껄껄 웃는다.

"근데 아무리 파충류와 전쟁 중이라고 하지만 저들의 주장은 도가 지나친 것 아닙니까? 그들이 달라는 건 우리 군사기밀을 넘겨 달라는 거나 다름없잖습니까?"

현승표 전략실장이 얘기한다.

"맞습니다. 내부적으로는 과연 이런 정기적인 정보공유회의가 필요하냐라는 의견도 있습니다. 아직도 대다수는 과거 전쟁의 기억이 뚜렷이 남아있어서, 적대감을 갖고 있는 대원들도 상당수 있습니다. 우리 동료와 대원들을 죽인 씹어 먹어도 모자를 적들이었으니까요!"

이제욱 대대장이 흥분해서 얘기한다.

"지금 상황이 중대한데 지구인이라면 어떤 극악무도한 무리라고 하더라도 같이 손을 잡고 협력해서 이 상황을 일단 타계해야지요. 지금은 인간 대 짐승의 전쟁이지 인간과의 전쟁이 아닙니다."

조태현 정보국장이 차분하게 얘기한다.

"조 국장님은 너무 순진하시네요. 저들은 똥 밭에서 굴러서 악취가 코를 찌르고 있습니다. 그런데 답답한 게 뭔지 아십니까? 우리는 늘 현실과 동떨어진 이상적이고 절차 중심적인 자세와 결과보단 과정의 합리성만을 중요하게 생각해왔습니다. 그래서 그렇게 고결한 우리가 얻은 게 뭡니까? 그 결과 우리가 지금 뭐라도 이루었습니까? 우리는 우리의 상대가 어떤 집단인지 늘 똑똑히 알고 있어야 합니다. 지금은 그럴 때가 아니라고요? 그런 안일한 생각으로는 또다시 당할 겁니다. 과거에 우리가 늘 그런 식으로 당해온 것 처럼요. 저 새끼들이 지금은 쌀 한 가마니가 필요하면 총알 한 자루 달라고 했다지요? 나중에 보십시오. 쌀 한 가마니와 탱크 한 대도 바꾸자고 할 놈들입니다. 저 새끼들이 언제 다른 것에 관심이나 있었습니까? 저 놈들은 늘 국민들 상대로 장사해서 돈 많이 벌어 지네들 뱃속 채우는 데만 관심이 있던 놈들입니다. 지네들 잇속 차릴 때나 입버릇처럼 국민 팔이 했던 놈들이고요. 앞으로도 저들은 원하는 것을 얻기 위해선 무엇이든 할 작자들입니다."

현승표 전략실장이 흥분하면서 목소리를 높인다.

"그만들 하시죠. 지금 우리한테 가장 큰 적은 펜스 바로 앞에서 우리를 위협하고 있는 파충류입니다. 그건 그들도 마찬가지고. 최소한 지금 그것은 분명한 사실이고, 그런 얘기를 할 때는 아닌 것 같군요. 우리 냉정하게 생각해봅시다. 새한국 진영을 가장 위협하는 것이 우리인가요? 파충류잖습니까. 결국 우리 공통의 적인 거고요. 그들도 그런 상황을 우리보다도 잘 파악하고 있을 겁니다. 그래서 다른 어떤 때 보다 협조가 절실하다는 것을 우리만큼 잘 알고 있는 거고요."

김일현 연대장이 얘기를 이어간다.

"그래서 어찌 보면 형식적일 것 같은 군사정보공유회의도 계속 이어나가는 겁니다. 우리만큼 그들도 정보에 목마르지 않겠습니까? 우리에게 무엇이 유리한지 생각하는 것이 합리적인 것 같습니다. 조그마한 정보가 아까운 우리 대원들 목숨 하나라도 더 살릴 수 있는 것이고, 이런 것이 우리가 살아남아 희망이라도 얘기할 수 있는 것이 아니겠습니까? 또 휴전 이후 그랬던 것처럼 우린 반목의 역사를 다시 화해와 희망의 역사로 바꾸어야 하는 것이기도 합니다."

정부군 진영의 회의는 마무리되었지만 무거운 분위기가 이어진다. 신종 파충류와의 전투는 승리로 끝났지만 늘 희생이 뒤따른다. 아니 승리라고 얘기하는 것 자체가 잘못된 것일 수도 있다. 불과 어제 까지만 해도 같이 있던 동료들이 거짓말 같이 죽어나가고 있다. 지금까지 인간들이 생각하던 일상의 공포와는 차원이 다른 가늠할 수 없는 죽음이 이젠 대원들 숨 턱까지 다가와서 짓누르고 있다. 죽음이 이렇게 흔한 적이 있던가? 이젠 죽음이란 존재를 일상의 현실로, 그리고 모두에게 흔하게 일어날수 있는 해프닝이라고 받아들이는 시대에 살고 있다. 최근 몇 년 동안 이 무차별적인 폭력과 살상이 우리 앞에 아무렇지 않게 놓여 있다. 그 자신만만하고 오만하던 인간의 과학기술과 문명은 허무하게도 낯선 생물체 앞에서 녹아내리고 있다. 그 모든 것이 모래성 처럼 말이다.

이 소대장이 이끌고 있는 2소대는 보급창고를 중심으로 수색작업을 재개했다. 이를 통해 정확한 파충류들의 침입경로를 확인해야 하는 것과 향후 추가적인 침입에 대비하는 것이 시급하다. 또한 다른 중대에 비해 2소대는 대원들의 피해가 없어 더 앞장서서 무엇인가 행동해 타 소대의 떨어진 사기를 올려줘야 한다. 힘들다. 힘들지만 분위기는 더더욱 무겁다. 아니, 사실 2소대는 힘들다고 얘기하기도 어렵다. 그들은 상대적으로 큰 피해 없이 살아남을 수 있었으니까. 또한 언제 힘들다고 얘길 할 수 있었던가? 내전상황과 파충류와의 전쟁까지 쉼 없이 달려왔다. 이미 많은 전쟁과 파충류의 습격으로 가족, 친척들이 얼마 남아있지 않은 대원들이 대부분이다.

이번 전투에 직접적으로 참여했던 이병욱 상병 1소대 대원 일부도 수색에 합류해서 같이 근무했던 박 일병의 생사를 찾기 위해 자진해서 참여했다. 이 소대장은 우선 보급창고에 소대캠프를 차리고 모니터를 통해 대원들에게 지시를 내린다. 분대 별로 탐색구역을 설정했다. 1분대는 보급창고 주변을 중심으로 수색을 시작하고, 2분대는 보급터널에서 펜스 중간까지, 3분대는 펜스 쪽에서 각각 수색을 시작하는 것으로 진행했다.

수색 중간에 정희연 박사도 같이 참여해서 수색상황을 지켜보았다. 정희연 박사는 발생생물학을 전공한 학자로서 파충류 연구에 남다른 열정을 갖고 있다. 특히 그녀도 역시 파충류 습격으로 모친을 잃고 나서 파충류 연구에 매진하게 되었고, 아버지를 홀로 모시고 힘겹게 살아가고 있다. 사실 여기에 모인 사람들 대부분이 가족들 생사를 모른 채 파충류 공격에 뒷걸음치듯 쫓기다가 모이게 된 사람들이다. 따라서 심적으로도 상당히 힘든 날들을 겪고 있기도 하다. 가족을 잃은 슬픔과 다시 다가올 수도 있는 죽음에 대한 두려움, 낯선 곳에서의 생활, 부족한 식량과 생필품 등 그동안 그들이 살아왔던 안락한 모습들과는 거리가 너무도 멀다. 그들도 과연 불과 몇 년 전까지만 해도 앞으로 닥칠 이런 절망을 예상이나 할 수 있었겠는가? 아니 사실 어떤 누가 그런 것을 예상이나 할 수 있었겠는가? 문명이란 토양 아래 과학기술과 지식이라는 기반으로 쏘아 올린 거대하고 촘촘한 오만의 첨탑이 스스로의 자만으로 허망하게 무너져 자신들에게 쓰러질 것이라고 누가 감히 상상이나 할 수 있었겠는가? 지금 인류가 겪고 있는 이 변화라는 굴곡의 시간은 인간이 인지하지 못하는 무지와 방심을 뚫고 나와 어느 순간 그들을 척박한 상황에 놓이게 만들어 버렸다. 그러면서 그 깊은 뿌리와 기둥을 강력하게 땅속 깊숙이 세우면서 인간들을 내려보고 비웃으며 짓밟아 버리고 있다.

이 소대장도 마찬가지의 아픔을 갖고 있다. 원래는 안정적인 대기업에 근무하던 지극히 평범한 회사원이었으나 역시 2년전 있었던 중부권 대습격으로 인해 가족들 절반을 잃고 나이든 아버지와 피신하다가 정부군에 합류하게 되었다. 비교적 내성적인 성격인 이 소대장이 군인이 되도록 이끈 사람은 같은 회사에 다녔던 선배인 장도안 중대장이다.

이곳 G섹터는 사람들이 모여듦으로 인해 발생되는 문제도 상당하다. 기존 원주민과의 갈등도 심심치 않게 벌어지고 있고, 많은 인구가 모여들면서 도시문제도 심심찮게 발생한다. 하지만 모든 것이 파충류 공격에 대비하는 것에 집중될 수밖에 없고 그러다 보니 그런 문제들은 자연스럽게 우선순위의 뒷전으로 밀리고 있다.

정 박사는 늘 밝은 얼굴이지만 오늘은 그렇지 못하단 걸 잘 알고 있다. 이 소대장도 가볍게 목인사는 했지만 눈길은 모니터에 향해 있다. 그런 그를 그녀가 어색한 웃음을 지으며 팔꿈치로 옆구리를 톡톡 친다.

"대원들 장례식은 잘 다녀왔어요?"

정 박사가 묻는다. 옆구리를 툭 친 상황에 놀라워하는 이 소대장이 얘기한다.

"응, 다녀왔지."

이 소대장은 그녀를 좋아하지만 내색은 못한다. 그리고 자신에 대해 어떤 마음을 갖고 있는지 조심스럽기도 하고, 무엇보다도 이성에 대해선 쑥스러워 먼저 얘길 못하는 성격이다. 물론 정 박사도 그런 이 소대장을 잘 알고 있고 그런 그에 대해 호감을 갖고 있다.

"분위기는 엉망이겠네요. 힘내요."

그러면서 다시 이소대장의 옆구리를 툭툭 건드린다.

"누가 보면 오해하겠네."

그런 정 박사의 행동이 싫지는 않지만 주변을 두리번거리며 살피면서 얘기한다.

"오해 좀 받으면 안되요? 너무 우거지상 하고 있으니 그런 거지…얼굴 좀 펴요."

정 박사가 활짝 웃으며 얘기한다. 이 소대장은 정 박사의 웃음을 보는 순간 마음이 밝아진다. 이런 삭막하고 절박한 곳에서도 저런 웃음이 존재할 수 있구나 생각을 하게 된다. 모니터를 보던 이 소대장의 시선이 다시 정 박사를 향한다. 이번엔 이 소대장의 얼굴도 약간 밝아져 있다.

"그런 표정 하니 훨씬 낫네."

정 박사가 이번에도 활짝 웃으면서 얘기한다.

"조용히 좀 해. 우리 일하고 있는 거잖아. 요즘엔 지금의 그런 표정 지으려면 연대장 사전 품의가 필요한 상황이란 말이야."

이 소대장이 진지한 표정으로 나무라듯이 말한다.

"치, 거짓말. 알았어요."

이 소대장은 그런 표정이 기쁘고 반갑기도 하지만, 한편으로는 지금 그런 얼굴은 죽어간 사람들에게 미안하고 죄책감을 느끼게 한다. 예의가 아닌 것 같다는 생각이 든다. 그래서 늘 조심스러움이 앞서온다. 다시 모니터 앞의 2명은 진지해졌다. 이 소대장도 진지한 표정의 그녀 얼굴을 보니 다시 아쉬운 생각이 들긴 하지만 이내 모니터에 집중한다.

"전 소대원들 수색에 집중하고 특이사항 있으면 즉시 보고할 수 있도록 한다."

이 소대장이 다시 모니터를 보고 지시를 계속한다. 모니터를 통해 바라본 파충류 터널은 인공적인 것이 아닌가 할 정도로 비교적 자연스럽게 이어져 있었다. 실제로 보면 어떨지는 모르겠지만 화면상으로는 오랫동안 머무르거나 통행했던 것과 같이 터널 내부가 비교적 매끄럽게 보인다. 선두 대원 2명이 일부 구간 흙을 제거하면서 들어가고는 있지만, 최근 파충류의 크기가 대형화되고 침입한 파충류 수가 많다 보니 탐색 자체도 터널 주변으로 수월하게 대원들도 이동하고 있는 상황이다. 또한 포장되지 않은 보급창고와 펜스까지의 땅은 최근 잦은 비로 지반이 상대적으로 약해져 있어서 파충류들도 손쉽게 땅을 파헤쳐 침투한 게 아닌가 생각이 든다. 하지만 어디까지나 추측일 뿐 자세한 것은 수색을 더 진행해봐야 할 것 같다.

"근데 그 종교 지도자라는 사이비 교주 정부군에도 왔었나 봐요."

"그게 누군데요?"

정 박사가 얘기하자 이 소대장이 묻는다.

"새한국 쪽과도 상당히 가깝게 지내는 것 같더라고요. 지난번에 한 대령과 만나서 식사도 하는 것 같고요."

"이런 상황에서 종교가 지친 사람들에게 도움이 되는 것도 나쁘진 않겠죠. 또 많은 사람들이 희생된 지금 같은 상황에서는 사실 종교의 힘이 필요하기도 하니까요. 사람들이 많이 지쳐가고 있어요. 그 끝을 알 수도 없고요. 지금 사실 희망 없이 많은 사람들이 죽어 나가고, 이런 흔한 죽음에 어떤 의미 조차도 부여할 수 없을 만큼 전황은 늘 요동치고 있어요. 곁에서 죽어 나가고 있는 소중한 사람들 슬퍼해 줄 수 있는 여유도 없이 나한테 닥칠지 모르는 죽음에 대해 망연자실 기다리고 있는 것 같기도 해요. 그 누구도 관심주지 않는 흔해 빠진 죽음이라면 이 세상에서는 어떤 의미 조차도 찾지 못하겠죠. 차라리 죽음 이후에 무엇인가가 있다면……, 종교에서 얘기하는 천국 같은 것 말이에요. 만약 그런 것이 실제로 있다면 우리가 지금 겪는 이런 극단적이고 끔찍한 참혹과 죽음들이 그 때를 위해서라고 생각하는 게 어떨까요? 그게 이런 흔한 죽음에 대한 최소한의 보상과 의미가 아닐런지요? 죽음 뒤에 만약 무엇인가 있다면 말이죠……"

"이 소대장님은 종교에 대해서 긍정적이신가 보네요? 의외네요."

"제가 긍정적인게 아니고 한편으론 진실과 상관없이 사람들에게 희망을 줄 수 있는 건 나쁘지 않다는 생각이 들기도 해요. 요즘은 사실 사는 것에 인과관계 따위가 있나 하는 회의감도 들어요. 희망이 없어진 시대이니까요. 사실 신이 없다고 생각하긴 어려워요. 그리고 과학기술이 발전해서 신의 영역이 급격히 줄어들고 있지만 신을 완전히 부정하기 어려운 일들이 너무도 많이 생기고 있으니까요. 그리고 인간들은 언제든 그들이 원하면 어떤 형태의 신이든 불러들여 그들에게 유리하게 상황을 만들어 나갈 거에요. 지금 지구상에서 파충류를 상대로 전쟁을 벌이는 과정도 마찬가지 같고요. 요즘은 그런 생각이 들어요. 극성스러운 유신론자들 예전에는 성가시다고 생각했는데 요즘 생각해 보면 그런 말이 맞는 게 아닌가 하는 생각도 들어요. 원래 저 자신은 종교에 대해서는 회의적이었지만 말이에요."

"하지만 종교에 대해 긍정적인 것 처럼 들리네요?"

"유신론자, 무신론자 이런 말이 중요한 것은 아니에요. 지금과 같은 절박한 상황에서 신에 대해, 종교에 대해 긍정 하다가도 과거에 인간들이 신을 불러들여 벌인 수많은 반목들과 전쟁, 폭력들을 보면 사실 또 주저되기도 해요. 신의 말들에 대해 부족한 인간들이 잘못 이해해서, 아님 스스로의 이기심으로 인해서 어김없이 만행을 일삼았으니까요. 신이 이를 몰랐다는 것도, 이를 알고 그런 얘기를 했다는 것도 둘 다 이해할 수 없는 것이니까요. 그래서 주저되기도 해요."

2분대와 함께 지난번 박 일병 일행이 실종되었던 터널 쪽 수색을 맡고 있던 이 상병 쪽에서 이상한 것이 감지되었다. 희미하게 열 감지 카메라로 몇 개의 붉은 빛이 감지된다. 지상에 있는 발전소의 화력발전 과정에서 발생되는 열기일 수도 있을 것 같으나 실종지역 근처이다 보니 정밀하게 수색을 하기로 했다.

"이 소대장님 여기 수색은 하고 있는데 온도가 조금 높습니다. 아무래도 발전소에서 내뿜는 열기가 이곳 지하에도 남아 있는 것 같습니다."

화면이 약간씩 뿌옇게 보이는 것이 열기로 인한 것이 아닐까 하는 생각이고 이 상병이 착용하고 있는 열 감지 카메라도 주변이 점차 붉어지고 있다. 이 상병 시야의 왼쪽에서 육안으로 볼 때 작은 구멍이 보인다.

"이 상병 잠깐만! 잠깐 멈추고 왼쪽 아래쪽 한번 봐봐"

앞으로 전진하던 이 상병이 걸음을 멈추고 구멍 쪽으로 들어간다.

"위험할 수도 있으니 반드시 소총은 장전하고 움직여야 돼. 대원들의 안전이 가장 중요해. 이 상병이 우선 들어가고 나머지 대원들은 경계태세 즉각 갖추기 바란다."

이 소대장도 긴장한 듯 지시를 내린다. 라이트가 비치고 모니터에 서서히 구멍 내부가 드러나기 시작한다. 발전소 바로 옆이라서 온도도 더 높아지고 있다. 긴장감과 더위로 인해 대원들 이마에도 땀이 맺히기 시작한다. 이 상병이 들어가자 내부공간은 2~3m 정도의 반경인 것처럼 보인다. 전형적인 둥지 같이 생겼다.

"잠깐 저 하얀 거 알이야?"

이 소대장이 모니터 화면을 보며 놀라면서 물어본다. 조심히 안쪽으로 들어가던 이 상병이 무릎을 굽혀 타원형의 알을 집어 든다. 알은 둔덕형태 위에 놓여 있었으며, 중앙에는 알들이 원형으로 가지런히 놓여 있었다.

"모든 대원 전원 경계 태세를 갖추라! 파충류 알이 발견되었다. 모두들 파충류 공격에 대비하라. 다시 한번 말한다. 발전소 지하 8시 부근에 파충류 알이 발견되었으니 모두들 주변 경계 강화 바란다."

이 소대장은 파충류 알의 발견이, 혹시 남아있을 파충류를 자극할 수 있을 것 같아 긴장해서 지시를 내린다. 알은 생각보다도 컸다. 최근의 대형화가 산란된 알의 크기도 커지게 된 것으로 보인다.

"정 박사, 알이 저렇게 가지런하게 놓여 있는 것 이상하지 않나요? 왜 이렇게 알이 가지런히 놓여 있죠?"

이 소대장이 의아한 듯이 긴장해서 정박사에게 존대말로 물어본다.

"저렇게 패턴화된 형태로 파충류 알이 발견된 적이 이미 있었어요."

정 박사도 긴장된 듯 화면을 보면서 얘기한다.

"그래? 그럼 이런 것도 일반적인 현상인가 보네요?"

"어찌 생각해보면 일반적이고 전형적인 현상이라고도 볼 수 있죠. 다만 그런 패턴성은 중생대 화석에서나 발견되는 거라서요……"

"중생대 화석이라면 공룡을 얘기하는 거야?"

이 소대장은 놀라서 다시 반말로 되묻는다.

"공룡 알 화석 중 일부는 원이나 타원형과 같은 군집형 형태로 발견되기도 했고요, 평행선이나 아크 형태의 선형으로도 발견이 된 사례가 있는데 저도 그걸 직접 보게 될 줄은 몰랐네요."

정 박사도 놀라서 얘기한다.

"갑자기 주라기 공원이 되었네요. 그 정도로 진화가 진행되고 있단 거에요?"

이 소대장이 의아하게 생각하며 묻는다.

"어차피 그건 중요한 것 같지는 않아요. 공룡이든 도마뱀이든 모두 같은 파충류니까요. 근데 설명하기 힘들 정도로 빠른 속도로 변화를 가속화 시키고 있는 것이 무엇인지 도무지 이해가 안가네요. 인간의 사례만 놓고 보더라도 호모 사피엔스에서 현재까지 이르는 약 10~20만년 동안 유전자 변이는 지극히 한정적인데 단기간에 일어난 파충류의 이런 폭발적인 유전자 변이 속도를 뭐라고 설명해야 할까요."

정 박사가 놀라워하면서 이 소대장을 쳐다보면 얘기한다.

"근데 파충류가 왜 하필 여기까지 펜스를 넘고 들어와서 알을 낳았다는 거죠? 그들 입장에서는 위험한 일일 텐데……이해하기가 힘드네요."

"연구에 의하면 공룡 알이 발견된 장소가 안전한 장소가 아닌 경우도 상당히 있다고 하네요. 퇴적층 등 스트레스가 많았을 환경이 오히려 공룡 알이 발견되는 경우가 많았으니까요."

정 박사가 얘기한다.

"지금 공룡이라고 단정적으로 얘기하시는 것 같네요?"

이 소대장이 정 박사를 바라보며 얘기한다.

"너무 공룡이라고 생각하지 마시라니까요. 파충류라는 종에 대해 얘기하는 거예요. 무엇이 진화를 촉발시키고 있는지는 모르지만 지금까지와는 다른 형태의 파충류인 것은 맞는 것 같고 더 연구를 해봐야 할 것 같아요."

"생명이란 건 참으로 신기한 것 같지 않아요? 그들의 목표의식인 생존을 달성하기 위해선 무엇이든 다 하려고 하는 그 순수한 목적성 말이에요. 이 파충류들, 인간들에겐 참으로 공격적이고 위험한 존재들이긴 하지만 그 목적 달성을 위해 수단과 방법을 가리지 않고 유전적 변이를 거듭한 것 보면 놀라울 따름이고, 그 목표의식이 신비로운 것 같아요."

"정 박사 참으로 특이한 것 같아요. 이런 상황에서 그런 감탄을 하는 것을 보면……오늘 혹시 저녁 시간 있어요?"

"네 특별한 일은 없어요. 왜요?"

"아버님이 요즘 안 좋으시다고 해서 걱정도 되고, 그래서 집에 찾아 뵐까 해서요. 아버님 뵌 지 오래되기도 했고요."

"데이트 신청하는 게 아니고 아버지 문안 오시는 거에요?"

그 말에 이 소대장은 부끄러워하면서 얘기한다.

"그건 뭐 아무렇게나 부르셔도 되긴 하는데, 이럴 때 일수록 어른들 걱정이 되긴 해요. 저도 나이 드신 어른을 모시고 있는 입장에서 그 분들 심리를 알기도 해서요. 너무 힘들어 하시잖아요. 상황에 대해서 궁금해하기도 하시고 불안해하시고……그래서 찾아 뵙고 그런 말씀도 드리려고요. 아무래도 군인인 제가 안심시켜 드리면 걱정을 덜하시지 않겠어요?"

그 말을 듣자 정 박사 마음이 밝아온다. 저렇게 자신뿐만 아니라 자신의 부모도 신경 써주는 사람은 요즘 같은 상황에서 더 흔치 않기 때문이다. 그녀도 웃으며 대답한다.

　"네 괜찮아요. 그럼 우리 집에서 같이 저녁해요. 제가 맛있는 거 해 드릴게요."

　그러자 이 소대장도 얼굴이 밝아진다. 그리고는 대원들에게 지시를 내린다.

　"대원들 모두 알 수거하는 데로 철수하기 바란다."

"한 대령님 연일 힘든 전투하시느라 고생이 많으시지요? 하지만 그렇더라도 단지 눈에 보이는 것이 전부가 아닌 것을 늘 명심하셔야 합니다. 어쩌면 그 분은 우리에게 뚜렷하지 않지만 우리가 스스로 무엇인가에 대해 판단할 수 있는 의미를 찾도록 하시고, 때론 방황하게 하시며, 좌절하게도 하시지만 그런 과정 중에도 우리가 어리석게 굴지 않고 스스로 무엇인가 큰 의미를 찾도록 시험하고 계십니다. 따라서 뭔가 더 큰 뜻을 알아채기 위해서는 늘 각성하고 깨어있어야만 하며 한시라도 그 분에 대한 믿음이 흔들려서는 안됩니다."

"네 저희도 힘들지만 그럴수록 더 힘을 합쳐 이겨내야 한다고 생각이 듭니다. 이런 것이 부족하나마 제가 그 분을 위해 할 수 있는 조그만 일의 하나이기도 하고요."

저녁식사를 마친 한 대령은 천기교 회장이자 살아있는 메시아라고 자칭하는 최민희와 차량을 타고 어디론가 이동 중이다. 그러던 중에 최민희가 다시 얘기를 한다.

"근데 말입니다. 저희가 알아본 바로는 이 파충류들이 악마의 소행이 아니라 신이 인간에게 주시는 다른 의미이자 메시지가 아닐까 생각하고 있습니다."

"그래요? 그게 무슨 말씀이신지요?"

"사실 오늘 보여드리려고 하는 것은 그런 신의 역사입니다. 저희 신도 중에 그 생명을 통해 그 분의 숭고한 뜻을 알게 된 사람이 있습니다. 흉폭하고 자비라고는 없어 보이는 생명이었지만, 우리가 알려준 신의 말씀과 보살핌을 전달받은 그 생명체는 기적과 같이 그 뜻을 알아차리고는 선한 양처럼 무릎을 꿇게 되었다는 것이지요. 무지해 보이는 짐승 같은 존재였지만 우리의 기도를 알아차리고 우리가 어떤 존재인지 알아본다는거죠."

"우리를 알아본다고요? 정확하게 그게 무슨 뜻이신지요? 인간을 멸절시키기라도 할 것처럼 으르렁거리던 그 생명체가 우리를 알아본다고요?"

한 대령이 의아해하는 순간 그들이 탄 차량은 오래된 휴게소로 들어가고 거기서 숲 속으로 향하는 작은 길을 한참 동안 달리자 마치 막사와도 같은 건물이 나타났다. 건물 주변은 경비처럼 보이는 남자들이 총을 손에 들고 경계를 하고 있었다. 한 대령을 보자 마치 알아보기라도 하는 것처럼 경례를 했다. 내부로 들어가자 마치 공장이나 냉장창고를 연상시키는 방들이 좌우로 펼쳐졌다. 그렇게 건물입구에서 건물 중앙 쪽으로 걸어 들어가자 건물 사무실과 같은 곳에서 다시 한 명의 사람이 나타나서 그를 보고 인사한다. 건물을 관리하는 것처럼 보이는 꽁지머리의 그 사나이는 최민희가 눈짓을 하자 중앙의 철제 문을 연다. 그러자 그 안에서 파충류 몇 마리가 그들에게 다가온다. 파충류를 본 한 대령은 본능적으로 주춤하지만 최민희는 괜찮다며 가만히 몸을 낮춰 파충류의 머리를 쓰다듬는다. 그 광경에 한 대령은 놀랍다는 표정을 지었지만 그런 그를 눈치챈 최민희는 더 놀라운 것을 보여준다며 반대편 방으로 향한다. 방에 들어가기 전 위생복으로 갈아입고 에어샤워기와 소독과정을 거친 채 방안에 들어가자 병원 수술실과 같은 시설이 나타났다. 내부는 공조와 위생소독 시설을 갖춘 첨단시설이 있었고 몇 명의 연구원들이 분주하게 움직이고 있었다. 그러면서 연구원에게 지시하자 모니터 화면에 무엇인가를 보여주었다. 자세히 보니 그것은 어두운 공간에 엎드려 쉬고 있는 듯한 한 마리의 파충류 모습이었다.

"보이시나요? 이제 조금만 있으면 부화할 것 같아요."

모니터 속의 파충류는 어둠 속에서 조용히 무엇인가를 기다리는 것처럼 엎드려 쉬고 있었다.

"어떻습니까? 모두들 악마라고 얘기했지만 우리에게는 이렇게 온순한 모습을 보여주고 있습니다. 그들이 우리에게만 이렇게 우호적으로 반응한다는 것은 신의 뜻만으로 살아가고 있는 우리에게 어떤 가치를 부여하신 것이고, 그것은 우리에게 어떤 일을 행하도록 하셨다는 겁니다."

"네, 그러네요. 그 의미가 무엇인지 우리 모두 잘 지켜보고 그 분의 말씀을 귀 기울여야 할 것 같습니다. 회장님을 우연히 만나게 된 저로서도 어떤 사명과 책임감이 있는 것 같기도 하고요…"

정부군측은 부족한 무기를 추가 확보하기 위해 과거 15사단 측의 잔여 장비를 받기 위한 이동준비로 상당히 분주한 상황이다. 특히 이동예상 경로의 도로가 상당수 파손되어 있고 어제와 같은 대형 파충류 공격 가능성도 배제할 수 없어 여정 자체가 쉽지 않아 관련된 준비사항을 면밀히 점검하고 있는 상황이다. 그런 상황에서 새한국 진영 김민근 소령이 이 대대장 사무실에 방문해서 이제욱 대대장을 만나고 있다.

"대대장님 준비는 잘되고 계십니까? 거기 가시는 길 상당히 위험하다고 하는데 괜찮으시겠어요?"

"너는 임마 여기가 어디라고 맨날 들락거리냐? 지금 아직 휴전 상태라고. 그 말은 우리는 여전히 적대적인 사이라는 거고!"

이 대대장이 시큰둥하게 김 소령에게 얘기한다.

"아이고 우리 형님은 여전히 까칠하게 나오시네요. 그거 다 옛날 얘기지, 솔직히 지금 저 뱀 새끼들보다 더 악랄하고 무자비한 새끼들이 어디 있습니까?"

"니가 몰라서 그러나 본데 니가 같이 일하고 있는 사람들 말만 바뀐다고 모두 달라졌을 거라고 우리가 생각할 줄 아냐?

너도 시발 여전히 그 사람들이 죽이라면 죽이고, 뒤지라고 하면 뒤지는 놈이잖아!"

이 대대장은 예상 이동동선 위성사진을 조회하기 위해 모니터에 시선이 고정된 채 얘기한다.

"너 그리고 웬만하면 여기 사무실까지는 들어오지 마라. 현승표 전략실장이 보면 나 잡아먹으려고 할 거니까. 나 너 때문에 스파이 소리 듣는 건 너무 억울한 거 아니냐?"

"형님이 저 모르시는 것도 아니고 제가 여기 기껏 들어와서 정보나 캐가는 생 양아치로 보이세요?"

"널 양아치로 보는 게 아니고, 현 실장이 날 양아치로 볼 거 같아서 그런 거다!"

"아이고 우리 형님같이 호연지기가 분명하신 분이 뭐 그런 거에 신경 쓰시고 사십니까? 어떤 새끼가 그런 얘기합니까? 뱀 새끼 같이 교활한 놈들이 넘쳐나서 지금 세상이 파충류 소굴이 되었는지는 모르겠지만, 우리 형님께서는 절대 그러실 분이 아니란 거 세상 사람들 다 아는 거 아닙니까?"

"미친놈. 누구 말투 흉내 낸 것 같네. 그래서 그 얘기하러 온 거냐?"

"제가 뭐 필요한 게 있어야 형님 보러 옵니까? 그냥 형님 얼굴보고 인생얘기나 하려고 온 거죠. 아시잖습니까. 우리 진영에도 꼰대들만 득실거린다는 걸. 말 통하는 인간들도 없고."

"그건 그런 거 같다. 그럼 그러지 말고 우리 쪽에서 같이 일하지 넌 뭣 하러 그런 적폐 세력들과 일하고 있냐?"

이 대대장이 김 소령과 모니터를 힐끗 쳐다보며 노트에 메모하면서 얘기한다.

"제가 아무리 옛날에 개망나니 짓을 하고 다녔어도, 어려울 때 날 거두어준 사람들한테 그럴 수 있나요. 형님 눈에는 적폐세력인지 몰라도 저한테는 그래도 생명의 은인들입니다."

김 소령이 사무실 소파에 앉으며 얘기한다.

"참 아까운 인물이야. 거기서 썩기에는……"

이 대대장이 하던 일을 멈추고 의자를 뒤로 젖히고 김 소령을 바라보면 얘기한다.

"형님도 이제 그런 생각 좀 바꾸세요. 정부군과 우리 진영 마지막 전투한 지가 언제입니까? 이제 5년도 넘었습니다. 이제는 서로 적이라고 보기엔 밖에 쏴 죽여도 모자를 괴물들이 너무 날뛰고 있으니 우린 지금보다는 더 협력해야죠."

"그걸 바꿔서 얘기하면 애당초 우린 종전이나 휴전한 적이 없던 거지. 파충류 새끼들 때문에 전쟁을 잠깐 멈췄을 뿐이고. 그리고 김 소령처럼 그렇게 생각했으면 좋겠는데, 난 자네가 모시고 있는 윗대가리들 못 믿겠네. 영 못 미더운 사람들이야."

"어이구, 우리 형님도 참. 형님이 절 믿으시면 되죠. 저는 실전에 관한 것만 하고 있는데 뭐가 그리 걱정이십니까?"

김 소령이 목소리를 높이면서 얘기한다.

"그래서 그런 얘기하러 온건 아닐 테고…뭐 할 얘기 있어서 온 거지?"

김 소령은 히죽 웃으며 이 대대장 얼굴을 본다.

"웃지마 새끼야. 징그러!"

이 대대장이 히죽 웃는 김 소령을 보고 말한다.

"근처 부대 탄약 구하러 가신다고 하길래, 궁금해서 왔어요. 조심히 잘 다녀오시라고요."

대화 중에 보좌관이 들어와서 조태현 국장이 이 대대장을 찾아왔다고 얘기한다. 이 대대장도 나가려고 하자 김 소령도 따라 나가다가 문 앞에서 조태현 국장을 마주친다.

"김 소령님 같은 분을 이런 데서 뵙다니 세상이 변하긴 했네요."

조태현 국장이 웃으면서 얘기하자 이 대대장이 약간 어색하며 김 소령을 힐끗 쳐다본다. 그러면서 사무실로 들어간 조태현 국장을 뒤로 하며 사무실 문고리를 잡으며 낮은 목소리로 얘기한다.

"필요한 것 있으면 보급장교한테 얘기해."

얘기하면서 김 소령 어깨를 툭 치고 사무실로 들어간다. 사무실에 들어가니 조태현 국장이 창문 밖을 지긋이 바라보면서 기다리고 있다. 이 대대장을 보자 다시 반가워하며 자리에 같이 앉자고 청한다.

"갑자기 무슨 하실 말씀이라도 있으신지요?

이 대대장이 묻자 조태현 국장은 따뜻한 얼굴로 이 대대장을 천천히 바라보며 얘길 이어간다.

"연대장님이 걱정을 많이 해요. 이 대대장님이 직접 가실 필요가 있냐, 부하직원은 없냐 까지. 이 대대장님에게 기대하는 것이 워낙 많으시니까요. 차량이동이니 특별히 위험하진 않을 거라고 말씀드렸지만, 요즘 파충류 공격이 워낙 허를 찌르는 경우가 많으니까요. 경계태세를 최대한 강화해서 다녀오시란 말씀입니다."

"그 쪽 사정도 상당히 안 좋다고 얘기합니다. 인명피해도 많이 발생하고 있고요. 그래서 부족한 화기들 서로 교환도 하고, 야전 실무자들과 전략적인 측면도 같이 논의해 볼 필요가 있어서, 오래 전부터 일정을 잡았는데 이번 공격을 기점으로 더 이상 늦출 수 없다는 판단에서 진행하게 되었습니다. 관련된 정보에 대해 얼굴을 맞대고 얘기하면 좋은 아이디어들이 많이 나올 것 같아서 되도록 빨리 다녀오도록 하겠습니다."

"그리고 한가지 노파심에서 얘기하는데요……"

조태현 국장이 조심스럽게 얘기한다.

"저는 그런 것이 전혀 문제된다고 생각되지 않습니다. 지금은 누가 보더라도 우리의 적은 파충류니까요. 하지만, 혹시라도 말입니다. 혹시 군 내부에 새한국 진영과 어떤 형태로든 교류가 있는지, 물론 제가 말씀드리는 건 오늘 이 대대장님과 김소령과의 관계를 갖고 말하는 건 아닙니다. 제가 이 대대장님 성품을 잘 알기 때문에 그런 생각조차도 안 하고요. 하지만 뭔가 목적성을 가진 교류가 있다면, 요즘 그런 부분이 상당히 희석되긴 했어도 보는 사람에 따라 민감한 문제가 될 수도 있으니까요. 저는 사실 새한국 측과 더 긴밀한 협조가 필요하다고 봅니다. 하지만 그것 이외에 만에 하나 그들이 아직도 다른 목적을 갖고 우리를 바라보고 있다면 그건 경계를 해야 하는 문제니까요. 우리 내부엔 과거의 앙금을 갖고 있는 분들이 많이 있고, 그런 상처가 아직도 치유되지 않았으니까요. 상처를 우리가 스스로 치유할 수도 없는 거고, 일방적이어서도 안 되는 거니까요. 협력은 하되 경계할 필요는 있다는 게 중요한 것 같습니다."

"저도 그런 건 늘 조심하고 있습니다. 또한 제가 군이 말하지 않더라도 지난 몇 년간의 전쟁으로 새한국에 대한 적대감을 갖고 있는 병사들이 상당수 있어서 오히려 지금 협력하고 있는 상황에서의 대원들의 그런 태도가 우려스럽습니다. 하지만 말씀하신 우려는 잘 알겠고, 그런 부분은 저도 충분히 감안하고 있으니 저희도 다시 한번 살펴보도록 하겠습니다."

이 대대장도 조심스럽게 답한다.

"네 앞서 말씀드린 것처럼 전 괜찮은데 저희 내부에 그런 것에 워낙 민감하신 분이 있습니다. 대대장님도 잘 아실 거고, 또 사실 생각해보면 그 분들의 우려도 우리가 또한 생각해 볼 만한 문제이기도 하니까요. 이건 이 대대장님에게만 말씀드리지만 현재도 연대장님 직속 감찰반이 지속적으로 사해행위 여부에 대해 조사하고 있습니다. 이번 약품펜스가 인위적으로 치워졌다는 의견도 있어서 그 부분도 같이 조사 중에 있습니다. 아울러 새한국 진영에 대해서도 지속적인 정보수집을 하고 있으니까요. 단순한 정보협력을 벗어나 무엇인가 목적성을 갖고 공모하는지에 대한 여부는 계속 조사해 나가겠다는 것이 방침입니다. 사실 이런 방향성이 두 진영간의 건전한 발전을 위해서는 필요한 부분이기도 하니 이 대대장님도 참고하시기 바랍니다."

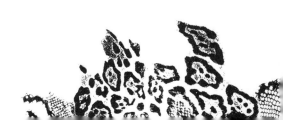

본격적인 이동이 시작되었다. 사실 정부군 진영에서도 내부적으로 이동에 대해선 회의적인 시각이 많았으나, 현실적인 자원교류와 전투에 대한 전략적인 정보공유라는 측면이 압도하는 분위기다. 이동은 장 중대장과 1소대가 이동하기로 했고, 2소대장인 이호영 중위도 동행했다.

섹터를 나갈 때면 늘 긴장감이 감돈다. 전기펜스와 약품에 민감한 파충류로부터 사실상 노출되는 것으로서 경계태세를 강화할 수밖에 없다. 섹터에서 4차선 부근까지는 군사적인 목적으로 비교적 도로 위 정리가 되어 있지만 고속도로부터는 상황이 다르다. 이동차량이 많지 않고, 사고로 오랫동안 방치된 차량과 도로 위에 어지럽게 자라나 있는 풀잎들은 보면 인간이 지배했던 곳을 이제서야 자연이 다시 차지하고 있다는 느낌이 든다. 아마도 인간들이 살아남지 못한다면 이런 모습들도 점점 자연스러울 것이라는 생각이 들고 그런 모습이 이 지구에겐 다행스러운 일이 아닐까?

이 대대장이 이끄는 부대는 고속도로 위의 장애물을 이리저리 피하면서 전진을 계속한다. 앞과 뒤의 군용트럭엔 자동화기기가 장착되어 있어 주변경계를 지속하면서 전진하고 있다.

"이 소대장 요즘 정희연 박사와 가깝게 지내고 있어?"

장 중대장이 이 소대장에게 질문한다. 장 중대장의 갑작스러운 질문에 이 소대장은 당황하며 말한다.

"가깝게 지내기 보단 지난번 파충류 침입사건 조사 때 몇 번 얘기하기는 했죠. 누가 그런 얘기합니까?"

장 중대장의 말에 이 소대장이 약간 움찔하며 대답한다. 왜냐면 장 중대장은 가끔 허를 찔러오는 질문을 해오기 때문이다. 또 그런 질문이 전혀 근거가 없는 얘기가 아닌 어디선가 분명 들었을 얘기란 사실도 당황스럽지만, 하필이면 이렇게 사람들이 있는 곳에서 아무렇지도 않은 듯이 물어온다는 것이 더 무안하게 만들었다. 그런 얘기라면 따로 불러서 얘기를 해줄 수도 있는데도 말이다.

"뭘 그리 놀래? 젊은 사람들이 그럴 수도 있는 거야. 가깝게 지내면 좋은 거지."

장 중대장이 얘기한다.

"정말이야 이 소대장?"

이 대대장이 놀라며 묻자 이 소대장이 대답한다.

"아닙니다. 계속 전투 수행 중인데 그럴 여유가 있겠습니다. 업무상 대화하고, 만나는거지 다른 건 없습니다."

"그렇지? 내가 봐도 둘이 잘 어울리는 것 같진 않아. 그리고 그 여자 민경호 정책국장과도 친하게 지낸다고 하던데 그런 소리 현 실장 귀에 들어가면 좋진 않지."

이 대대장은 이 소대장이 부정하는 말이 반갑기라도 한 것처럼, 일부러 그렇듯이 얘기하며 이 소대장의 눈치를 살짝 살핀다.

"그거야 얘기하기 좋아하는 사람들이나 그렇게 보는 거죠. 연대장님도 정보공유 중요하다고 얘기하는데 뭐 그런 얘기에 우리가 신경 써야 합니까. 그런 것보다 사랑은 훨씬 위대한 겁니다."

장 중대장이 얘기한다.

"다른 사람도 아니고 민경호 국장이니까 그렇지. 솔직히 나도 김민근 소령과는 대화도 나누고 그러지만 그 인간은 그런 부류와는 다른 인간이야. 위험한 인간이라고."

이 대대장이 정색을 하면서 얘기를 이어간다.

"니네는 그 새끼들이 한 짓거리 잊을 수 있냐? 난 절대 잊을 수가 없어. 예전에 겉으론 평화회담 하면서도 뒤로는 미사일 공격했던 놈들이라고. 아무리 연대장님이 그렇게 얘기해도 지휘부에 있는 놈들은 기본적으로 글러 먹은 놈들이야. 뱀 같은 놈들이라고."

"너무 오래된 얘기에요. 그 얘기를 또 하기에는 그 이후에 너무나 많은 일들이 벌어지기도 했고요. 우리가 전황을 뒤엎은 것도 어찌 보면 인간끼리의 연대로 가능했던 것 아닙니까?"

이 대대장이 대답하려는 그 때 갑자기 진행하던 차량이 멈춘다.

"대대장님 진행방향 도로에 일반인 차량이 파충류 공격을 받고 있습니다."

무전으로 선두차량에서 연락이 온다.

"또 무슨 일이야……"

이 대대장이 나가려 하자 장 중대장이 말리며 본인이 나간다고 얘기한다. 나가보니 약 200여 미터 앞에 파충류 7~8마리가량이 정지한 차량을 집중공격하고 있는 상황이다. 선두차량이 파충류 떼를 피하려다 오른쪽 가드레일과 충돌하면서 따라오던 차량 3대도 뒤따르면서 일제히 멈춘 것으로 보이며, 그 이후 파충류들의 공격을 받고 있는 것으로 보인다. 공격을 하던 파충류 떼는 정부군 차량을 발견하자 이내 원정대를 향해 달려오기 시작한다. 장 중대장이 긴급하게 지시한다.

"선두 자동화 화기 분대는 지금 즉시 사격을 시작하라. 나머지 대원들도 지금 즉시 전투태세를 갖추도록!"

파충류를 향해 집중사격이 시작되었다. 격렬한 사격으로 달려오던 파충류 떼 서너 마리가 쓰러지자 나머지 파충류들도 그제서야 뒷걸음질치며 도망가기 시작한다. 다시 차량을 몰아 파충류의 공격이 있었던 차량 근처로 이동했다. 앞에 있던 차량은 70대로 보이는 노부부가 탑승하고 있었으며, 이미 파충류 공격으로 훼손이 심한 채로 숨져 있었다. 차량 내부도 선혈이 낭자한 상황이었다. 뒤에 있는 차량도 앞 유리가 깨지고, 앞문이 떨어질 정도인 것으로 보아 공격이 상당히 거셌던 것으로 짐작이 된다. 내부를 보니 차량을 몰던 40대 초반의 남성은 이미 피투성이가 되어 있었고, 뒷자리엔 아내로 보이는 여자가 담요를 끌어안고 피를 상당히 흘린 채 웅크리고 있었다. 한 눈에도 치료가 시급한 것으로 보인다.

"여기 응급환자가 있으니 지금 즉시 메디컬팀 지원 바란다!"

장 중대장이 긴급히 무전으로 지시한다. 그때 갑자기 여자가 장 중대장을 향해 손을 뻗으면서 신음하듯 얘기한다.

"저기……제……아기를……"

그 여자의 품에 꽁꽁 싸여 있는 담요 안에는 3살 정도의 여자아이가 겁에 질린 듯 웅크리고 있었다. 아마도 마지막까지 아기를 필사적으로 지키기 위해서 노력한 것으로 보인다. 소대원이 아이를 받아서 안아 든다. 아이는 이런 상황에서 엄마 품에서 침착하게 울지 않고 엄마의 말을 듣고 기다리고 있던 것이다.

"네. 이제 상황은 저희가 다 해결했습니다. 걱정 안 하셔도 됩니다. 아이도 다행히 건강한 것으로 보입니다."

"남자아이가 한 명 더 있어요……근데 파충류들이……"

아마도 파충류가 하나 더 있는 사내아이를 물어갔다는 얘기를 하고 싶어하는 것 같다.

"아이가 하나 더 있었어요? 하지만 그 놈들이 끌고 갔다고 한다면, 이미 아이의 생사를 확인할 수가 없을 텐데요…"

장 중대장이 조심스럽게 얘기한다.

"아녜요…그 아이는 절대 죽지 않았어요. 절대로 죽을 아이가 아녜요. 제발 도와주세요…"

아이의 엄마가 간절하게 얘기하다가 쓰러지듯 의식을 잃고 만다. 이들은 왜 이렇게 위험한 여름철에 굳이 이동을 감행해서 이런 불상사를 초래하게 되었을까. 안타까운 일이다.

"어떻게 할까요, 중대장님?"

부대원들이 장 중대장의 지시를 기다린다. 밖에 나와서 지켜보던 이 대대장에게 눈길을 보내자 이 대대장은 고개를 정면으로 까딱하며 이동을 지시한다.

"대대장님 저렇게 간절히 얘기하는데 도와줘야 하지 않습니까?"

"자네가 비슷한 상황 겪어봐서 그 맘은 충분히 이해하지만 우린 구조하러 온 게 아니잖아. 우린 더 큰 미션을 갖고 움직이는 거야. 그런 사소한 것에 우리 자원과 시간을 소비할 수는 없어. 그리고 설사 수색한다고 해도 뱀 새끼들이 물어갔는데 어딜 가서 찾겠다고? 그건 미친 짓이라고. 아쉽지만 그건 불가능이야. 살아있을 가능성도 희박하고……합리적인 자네가 왜 이러나……"

이 대대장이 조심스럽게 장 중대장을 나무라면서 얘기한다.

"파충류가 이렇게 도로변에서 질주하는 자동차까지 공격하는 것은 드문 일이지 않습니까? 만약 파충류가 그런 식의 공격을 실제 감행한다면 우리도 군사적으로 준비할 필요성이 있으니 단 3시간만 주시면 근처라도 수색하고 오겠습니다…"

"넌 말은 늘 그럴 듯하게 하는구나. 그럼 2시간만 수색하고 돌아와. 그 이상은 위험해서 안돼. 그리고 다른 상황이 벌어져도 더 이상 병력지원은 무리야. 그러니 상황을 잘 판단해서 대원들 무사히 데리고 복귀해! 그 이외는 다 자네 책임이야. 니가 아무리 지휘관이긴 하지만 대원들 목숨까지 니가 어떻게 할 수 있는 권한은 없단 거 잘 알아둬. 난 그 아이 목숨 보단 우리 대원들 목숨이 더 중요하니까."

이렇게 얘길 했지만 이 대대장은 찜찜한 마음을 떨쳐버리기는 어렵다. 사실 합리적인 판단은 아니지만 모든 것을 그런 합리성이라는 잣대에서만 생각할 수도 없다. 부대원들이 무사히 돌아올 수 있기만을 바랄 뿐이다.

장 중대장과 이 상병을 포함한 2개 분대는 수색에 참여하고 나머지 대원은 계속해서 이동하기로 했다. 장 중대장 쪽 병력은 파충류의 예상이동 경로인 폐쇄된 휴게소 방향으로 이동을 시작했다. 지금은 오랫동안 사용이 안되고 방치되어 스산한 느낌이 드는 건물이다. 버려진 차량이며, 각종 식물 덩굴로 뒤덮여있는 건물이 마치 오래된 고대 유물을 찾아가는 느낌이다.

"생체 신호가 상당수 감지되고 있습니다. 아마도 건물 내부가 서식지일 가능성이 높습니다."

같이 수색에 동참하고 있는 이 상병이 무덤덤하게 얘기한다.

"자 모두들 조심해. 경계 강화하고 이상한 움직임이 있다 싶으면 즉시 사격하고!"

휴게소 앞마당은 파충류간의 공격이 있었는지, 아님 인간과의 전투가 있었는지 여기 저기에 파충류들의 시체가 널려있다. 자세히 보면 쓰러져 있는 파충류는 총탄으로 쓰러진 게 아닌 파충류 앞발로 훼손되어 있는 듯한 자국이 보인다. 이런 장면은 처음 보는 장면이다. 같은 파충류끼리 탄탄한 팀워크로 인간을 공격해오던 무리들이 이 정도로 참혹하게 동종간 싸움을 벌였단 건 이해하기 어렵다. 사체 현장을 조심스럽게 살피고 있는 상황에서 저 멀리서 파충류 몇 마리가 장 중대장 쪽으로 걸어오고 있는 것이 포착된다. 대원들이 일제히 긴장하고 경계태세를 취한다. 자세히 살펴보니 파충류 떼는 마치 길들인 강아지처럼 한 사내를 가운데 두고 장 중대장 쪽으로 천천히 걸어오고 있었다. 괴이한 광경이다. 그 끔찍한 공격성만을 갖고 있는 파충류가 애완동물처럼 인간을 저렇게 따르고 있다는 것은 놀라운 일이다. 그리고 그 사내 곁에는 7살 정도 되는 사내아이도 손을 잡고 있다. 긴 머리의 사내도 대원들의 행동에 놀라 긴장한 듯 두 손을 들어 보이고 그 자리에 멈춘다. 장 중대장도 대원들에게 지시해 경계를 풀도록 한다.

"안녕하세요. 저는 G섹터 정부군에서 근무하고 있는 장도안 중대장입니다. 이 근처에서 파충류 공격으로 사람들이 다치고 죽은 사고가 있어서 수색 차 왔습니다. 혹시 이 소년은?"

장 중대장이 사내와 소년을 보며 놀라며 묻는다.

"그러지 않아도 조금 전 이 소년을 물고 가던 파충류와 제가 키우던 파충류가 한바탕 싸움이 있었거든요. 그 과정에서 제가 구출하게 되었습니다."

"아 네 그렇군요. 감사합니다."

"너 이름이 뭐니? 어디 다친 데는 없니?"

장 중대장이 사내에게 감사해하면서 소년의 상태를 살피며 말한다. 소년은 파충류에게 잡혔던 것 치고는 크게 다친 데가 없어 보였다. 소년의 얼굴에 끌려가면서 긁힌 자국과 눈가엔 눈물 자국이 있어 보이긴 했지만 다행히 염려할 수준은 아니었다.

"괜찮아요. 아까 전까지만 해도 무서웠는데요. 지금은 괜찮아요."

파충류에 잡힌 긴박한 순간이었을 텐데 담담하게 얘기하는 소년이 장 중대장은 참 다행이고 고맙다는 생각이 들었다.

"그래 다행이다. 이렇게 무사해서. 엄마도 기뻐하시겠다."

엄마라는 말에 소년은 입을 삐죽거리며 눈물을 흘리긴 했지만 가까스로 참으며 소리를 내지 않는다. 그런 모습이 대견해서 장 중대장도 소년을 안아주며 다독거린다.

"그런데 이 파충류들 위험하지 않나요? 어떻게 이렇게 파충류들과 가깝게 지내게 된 거죠?"

장 중대장이 악수를 청하며 하며 묻는다.

"안녕하세요. 전 김민기라고 합니다. 전 파충류 습격 전엔 목장에서 소를 키웠어요. 동물을 좋아하기도 했었고, 그러다 보니 자연스럽게 파충류도 관심을 갖게 된 거죠. 파충류 전투로 여기까지 오신 건가요?"

"저희는 이동 중에 파충류 습격을 받은 민간인이 있어서 구조 과정 중에 여기까지 오게 되었습니다. 여기는 아시겠지만 저희 대원들이고요."

"전 동물을 많이 키워봐서 동물들의 습성을 알긴 하는데요, 파충류들의 공격은 좀 이상한 것 같았어요. 동물들은 웬만해서 먼저 공격하는 일이 없거든요. 그러다가 우연한 기회에 파충류 알을 구해서 키워보게 되었는데 이 녀석들은 사람의 손을 타서 그런지 얌전하고 사람 말도 잘 따르더군요. 그렇게 키우다 보니 이렇게 많아진 겁니다."

김민기씨가 장 중대장 일행을 데리고 건물 안으로 들어가면서 말하자 주위를 둘러보며 얘기를 듣던 장 중대장이 대원들에게 눈짓으로 수색을 지시한다. 대원들이 천천히 건물 안으로 들어오면서 수색을 시작한다. 그러면서도 대원들은 파충류에 대한 경계를 늦추지 않으면서 건물 여기저기를 수색한다. 건물 안은 예전 휴게소 건물의 형태는 남아 있으면서 내부는 파충류가 서식해서인지 비린내가 나고 집기는 이리저리 어지럽게 나뒹굴고 있다. 주변을 돌아보면서 장 중대장은 다시 대화를 이어간다.

"근데 선생님이 데리고 있는 파충류가 다른 파충류 공격도 했다고 하던데 맞나요? 파충류를 이렇게 강아지처럼 풀어놓고 계신걸 보면 선생님을 참 많이 따르나 보네요. 혹시 자고 일어나면 손가락이나 발가락 하나가 없어져 있지는 않나요? 워낙 공격적인 놈들이라 전 상상도 못할 것 같은데 말이죠……"

장 중대장이 농담 식으로 얘기하며 건물 안에 들어가자 바닥에 누워있던 파충류들이 장 중대장 일행을 보고 일어나서 엉거주춤 뒷걸음친다. 겁이 나서 뒤로 물러서는 것 같기도, 단지 자리를 잠시 비켜주는 것 같아 보이기도 했다. 건물 안 파충류들은 사실 방치에 가까울 정도로 자연스럽게 돌아다니거나 누워있는 정도이고, 대원들이 가까이 오면 눈치를 보며 잠시 으르렁거리는 듯하다가 뒤로 조금씩 물러설 뿐이다.

"아까 사람을 공격했다고 하는 파충류 무리가 영역을 침범했다고 생각할 수도 있고요, 또 사람 손에 길들여져 지내다 보니 아무래도 사람편이 아니었을까요? 글쎄요……저도 이 녀석들과 같이 지내면서 다른 파충류의 공격을 받아 본 적이 없습니다. 그러다 보니 여기에 오랫동안 안전하게 살 수 있었던 거죠. 혹시 모르죠. 이 놈들은 저를 어미라고 생각하고 있을 지도요."

"그것 참 신기한 일이네요. 주인을 알아보는 것 같기도 하고…"

"네, 그리고 더 신기한 건 이 녀석들이 지능이 높은 것 같아요. 생각해보세요. 다른 파충류들인 뱀이나 거북이가 강아지나 고양이처럼 사람을 따른다고 생각할 수나 있나요? 근데 신기하게 이 녀석들은 주인을 알아본다는 겁니다. 처음엔 병아리처럼 알에서 깨어나와 저를 처음 보고 어미라 생각하고 본능적으로 따라다니는 줄만 알았죠. 그런데 몇 마리를 건물 안으로 들어와서 키우게 되었는데 이 녀석들의 공격성이 점차 없어지고 사람을 잘 따르더군요. 참 신기하지 않습니까?"

돌이켜보면 초기엔 물론 그들의 맹목적인 공격도 한 몫 하긴 했지만 인간도 거대 도마뱀이란 외형에 겁을 먹어 이들을 공격하고 살육을 일삼았던 것이 이들을 더욱 자극해서 폭력적으로 만든 것이 아닐까? 파충류라는 종만큼 인간의 유전자에 깊게 각인되어 본능적인 거부감을 느끼게 하고, 성경에까지 등장해서 인간의 역사에 의도치 않게 악역을 맡아 살아가는 동물도 드물지 않은가. 이렇듯 인간의 유전자에 새겨져 있던 혐오라는 요인이 이들 파충류에도 극적으로 전달되어 인간을 되려 증오하고 공격하게 된 것 일수도 있지 않겠는가? 만약 그것이 사실이라면 나약하고 겁이 많은 인간들이 저지른 그런 야만적인 행위들은 이제서야 자연에게 심판을 받고 있는 게 아닐까? 인간으로 인해 멸종 당한 수많은 동물들을 대신해서 자연이 인간에게 이런 괴물들을 보내오고 극적으로 인간을 물고 뜯고 있는 것이 아닐까?

"언제 우리 부대에 오셔서 파충류 길들이는 법 특강이라도 해주시죠."

파충류와 건물을 보고 돌아가려던 장 중대장이 파충류 사나이를 보면서 얘기하며 걸어 나온다.

"파충류들도 지들이 살겠다고 인간을 공격한 것 아니겠어요? 동물들은 인간처럼 재미로 생명을 죽이거나 쓸데없이 살생하지 않으니까요. 전 계기가 있을 거라 생각됩니다. 지금 온 세상을 물어 뜯고 집어 삼키듯이 날뛰고 있는 녀석들이 왜 그렇게 반응하고 있는 건지는 모르겠지만 그 녀석들도 뭔가 인간에게 섭섭한 것이 있어서 그럴 거에요. 보세요. 얘네는 이렇게 얌전하고 조용하잖아요."

파충류 사나이와 대화를 마치고 장 중대장 일행은 다시 길을 떠난다. 이번 작전은 큰 피해 없이 비교적 짧은 시간에 구출에 성공하긴 했지만 도마뱀들을 길들였다는 사내의 말은 눈으로 보고도 믿기가 어려운 광경이었다. 그러면서 그의 곁에 앉아서 도마뱀들의 공격으로 아빠를 잃은 이 아이에게 어떻게 아버지의 죽음을 설명해야 하나 싶었다.

C섹터에 먼저 도착한 이 대대장 일행이 장 중대장을 맞이한다. 이곳 C섹터도 G섹터에 비해 규모는 적지만 새한국 진영과 공동 섹터를 관리 운영하고 있다. 산악지형이 많은 특성상 지상군의 이동이 쉽지 않고, 산악지형 전투경험이 많은 베테랑들이 다수 있는 새한국 측의 군사력은 무기 및 군사 인프라가 잘되어 있는 정부군과 합동작전을 할 때 많은 장점이 될 수 있다. 하지만 일주일전 새한국 측과의 공동 외부 전투작전 중에 파충류의 공격을 받아 상당한 희생자와 부상자를 발생시켰다. 특히 희생당한 부대원들이 특이점이 있어서 C섹터 대대장과 이 대대장이 대화를 나누고 있었다.

"장 중대장 오랜만이야! 어린이는 잘 구출했다고 들었네. 역시 장 중대장은 인본주의자야. 역시 실력은 알아줘야 돼!"

C섹터 김 대대장이 큰 소리로 장 중대장을 반긴다. 장 중대장은 그 소리에 겸연쩍은 듯 김 대대장에게 인사한다.

"반갑습니다. 대대장님. 오랜만에 뵙습니다. 다이어트 하셨는지 살이 많이 빠지셨네요. 살 빠지신 게 훨씬 덜 못생겨 보이시네요."

장 중대장이 친하게 농담하며 인사하자 김 대대장도 반가운 듯 악수를 하며 장 중대장을 힘껏 안아준다.

"뭐라고 임마? 그래도 내가 너보다는 잘생겼어. 반가워 장 중대장. 다이어트는 무슨. 요즘은 숨만 쉬고 있어도 자동으로 살이 빠져. 옛날엔 그렇게 살을 빼려고 해도 않되더만 요즘은 자동 다이어트네. 장 중대장도 얼굴은 좋아 보이네? 장 중대장 보면 이 대대장님이 늘 부러워. 나도 자네 같은 후배가 있어야 하는데."

김 대대장이 반갑게 악수를 하며 장 중대장을 맞이한다.

"그렇게 장 중대장 원하면 갖다 쓰세요. 막상 같이 일하면 살 더 빠지실걸? 말도 더럽게 안 듣고 제멋대로 하는 놈이야."

이 대대장이 웃으며 대화를 이어간다.

"김 대대장님 하시던 말씀 계속 나누시죠."

인사를 마치고 다시 대화를 이어 나간다.

"아까 말한 것처럼 이번 공격받은 대원들 희생자 수는 많은데, 다행히 부상자들은 예전과 달리 큰 피해가 없는 것이 그나마 다행인 것 같아요. 예전엔 단순히 도마뱀에 물리기만 해도 감염증으로 해당 부위 도려내거나 절단해야 되는데 이번 부상자들은 피부 괴사 같은 진행사항이 없어서 다행이에요."

"조금 지나봐야 진행상태를 알 수 있지 않을까요? 바이러스 잠복기간이 길어진 것일 수도 있고요."

장 중대장이 의아해하며 질문한다.

"물론 그런 가능성도 배제할 수 없지만 지금까지 상태는 기존과는 전혀 달라서 얘기하는 거야. 하지만 상태가 심하지 않은 것은 다행이긴 하지. 내가 믿고 아꼈던 가족 같은 대원들이라 더더욱 마음 많이 졸였거든."

"그 놈의 도마뱀 새끼들 앞뒤 안 가리고 날뛰고 지랄하는 것도 모자라 바이러스까지 남겨서 사람을 괴롭히는걸 보면 지독한 놈들이란 생각이 들었는데, 이걸 보면 조금 다행이라는 생각도 드네요."

이 대대장이 안도의 표정을 지으며 얘기한다.

"검사는 잘 해보셨어요? 전 아무래도 의심이 가긴 해서요. 우리도 며칠 전에 파충류의 맹렬한 기습이 있었고, 전투과정에서 파충류에 팔이 물린 대원은 팔을 절단했거든요. 그 정도로 강력한 바이러스인데, 비교적 근접한 지역에서 피해 차이가 상당하단 것도 이상하긴 하네요."

장 중대장이 의아해하며 다시 물어본다.

"우리 의료장비가 그리 넉넉한 건 아니지만 외형으로 보는 피해 정도도 그리 크지 않으니까. 물론 우리 판단이 섣부를 수도 있겠지만 기존 전형적인 패턴과는 거리가 있는 건 사실인 것 같아."

"하긴 이 새끼들이 지금까지 이 정도로 영역을 확장하고 있는 것을 보면 생물학을 다시 써야 할 정도이니 김 대대장 말이 틀린 것도 아니지. 자고 일어나면 바뀌어 있는 놈들이라 어디로 튈지 갈피를 잡을 수 없으니까. 연구는 더 해 볼 필요가 있는 거 같아. 연구인력은 있고? 우리가 도와줄 일 있으면 얘기하고. 전투인력은 좀 어떤가?"

이대대장이 물어본다.

"저희도 지쳐가고는 있습니다. 뭐 지쳐간다고 휴식을 줄 수도, 갈 수 있는 데가 있는 것도 아니고. 희망이 좀처럼 보이지 않는 게 문제 아니겠습니까?"

김 대대장이 얘기한다.

"희망? 휴식? 자넨 그런 단어도 기억하고 있나? 그건 그렇고 여긴 새한국 놈들하고 잘 지내고 있어?"

이 대대장이 김 대대장에게 묻는다.

"그거에 대해 아까 말씀드렸던걸 이어서 말씀 드리면요. 이번 전투 과정은 식량확보 차원으로 사전에 새한국 진영과 공동 작전 진행했거든요. 화력이나 전투력을 봐도 굳이 우리가 같이 작전할 필요성은 없었지만, 그 쪽도 워낙 요청을 해서 공동작전으로 진행했습니다. 목표 장소는 남서쪽 약 30km 방향에 있는 농협양곡처리장이었습니다. 작년 11월 남측에서 올라온 파충류 떼들의 공세 이후로 접근을 못하고 있어서 우선 사용할 벼를 확보하기 위한 작전이었습니다. 1차적으로 사용할 50톤 정도의 벼를 우선 이동시키고, 상황이 괜찮으면 이후에 추가적인 물량확보 계획을 세운 지역입니다. 오랫동안 동선과 지형주변을 분석해서 회수 작전을 짜낸 만큼 모든 게 순조로웠습니다. 그런데 1차로 짐을 실은 새한국 진영 측이 출발한 상황에서, 우리가 마지막 작업 중 양곡처리장 사일로 내부에서 갑자기 파충류 알이 다량 발견되었고, 알을 수거하는 과정에서 파충류들의 공격이 있었습니다. 각각 1개 소대씩 군사력을 동원한 작전이었는데 한꺼번에 도마뱀 떼가 20마리 이상 공격해 오면서 사실 대응이 쉽지 않았고 우리 대원들 피해도 상당히 컸습니다. 새한국 진영이 떠난 지 5분 정도 지난 시간으로 즉시 지원을 요청했습니다만, 30분 이상이 지나서 도착했고 적극적으로 대응을 하지 않더군요. 아시다시피 초기 강력한 대응을 해야 파충류들도 맹렬한 공격을 멈추고 후퇴하는데 초반에 저희가 쪽수에서 밀린 거죠. 나중에 물어보니 자기네들 화력이 충분하지 않은 상황에서 단순 대응 시 피해가 커질 수 있다는 본부 쪽의 판단으로 현장 도착이 지연되었다고 하는데 다 개소리죠. 정말 못 믿을 놈들입니다."

"그 쪽도 피해가 있었고?"

이 대대장이 물어본다.

"그 쪽 피해는 거의 없었습니다. 도착한 시간은 이미 전투 종료 시점이었고, 그 상황에서 전투도 소극적이었고요."

"그런 새끼들하고 뭐 하러 같이 다니세요? 걔네들 어디 짱박아 놓은 식량 창고도 꽤 되는 것으로 알고 있는데 무슨 욕심으로 또 같이 가자고 한거에요? 요청이 있더라도 냉정하게 말하고, 또 상호 도움을 받을 수 있는 상황에서 협조를 하는 거지, 이건 거의 일방적인 빌붙어 먹기 아닌가요?"

장 중대장이 열 받아 하면서 얘기한다.

"아무리 과거 앙금이 있다 하더라도 우리가 처한 상황에서 믿을 수 있는 존재가 뭐가 있겠나? 우린 인간과 전쟁하는 게 아니라 인간 종족 대 파충류 종족의 전쟁이야. 그럼 우리 편이 누구겠어? 하지만 그것도 자네 말처럼 우리 생각 뿐일지도 모르지."

김 대대장이 대답한다.

"그 새끼들이 인간 짓을 했어야죠. 뱀보다 더 교활한 새끼들이 인간인 척했던 과거를 한번 보십시요. 가증스러운 놈들이에요. 최소한 파충류들도 그 긴 혓바닥으로 우릴 기만하거나 현혹시키진 안 했는데 말이죠. 그래서 그 놈들은 더 악랄한 놈들이에요"

장 중대장이 다시 열 받아 하면서 얘기한다.

"우리가 전쟁에서 이기는 건 살아 남는 거야. 그건 파충류와의 전투에서 살아남는 걸 말하는 거고. 지금 상황에서 파충류는 공통의 적이니 협조를 할 수밖에 없지만, 너무 믿지는 말게. 원래 그 놈들이 그래 먹은 놈들이라는 기대치 없는 접근이 분노나 감정 소모를 줄일 수 있는 것이니까."

이 대대장이 장 중대장을 타이르듯이 얘기한다."

"근데 이번에 부상당한 대원들 파충류 감염이 일어나지 않았다는 것은 이상하긴 한 것 같습니다. 살짝 물리기만 해도 수시간 내에 절개하지 않으면 온몸에 독이 퍼져 치명상을 입히는데 대부분 회복되고 있단 게 너무 이상하지 않나요? 또 이상한 건 여기 새한국 놈들 G섹터 새한국 세력과도 정보공유가 잘 안되는 것 같아요. G섹터 애들도 얘네들 상황을 잘 모르더라구요. 협조 요청해도 지네들 멋대로 한다는 불만을 들은 적도 있으니까요."

장 중대장이 얘기한다.

"그건 우리도 마찬가지죠. 아무리 과거 정치적으로나 군사적으로나 갈등의 시기가 있었다고 하더라도 지금은 그럴 상황이 아니잖아요. 우리 요청은 대충 무마해버리고, 지네들 필요할 때만 와서 협조니 뭐니 그런 얘기하니까. 어찌 보면 우리만 착각에 빠져 동질감을 억지로 느끼려고 하는 것도 있겠죠. 하긴 자기네들 진영에서 조차 단합이 안 된다고 하니 나도 뭐라 할 말은 없지만 답답하네요. 하지만 지금 상황에서 과거처럼 이념이나 진영이 중요합니까? 사람이 살아 남아야 뭐든 다시 할 수 있는 거니까요."

"글쎄, 어떻게 보면 정상적이란 게 뭔지는 모르겠지만, 요즘 세상이 워낙 이상하게 돌아가고 있다는 생각이 들어. 또 정의란 것에 대해 혼동을 느끼는 것을 보면, 원래 자연이란 건 그렇게 치명적인 부분도 갖고 있는 건 가봐. 그렇게 생각하면 자연이 우리한테 무엇을 선물할 수 있다는 생각도 웃기는 거고, 또 그런 우리 생각과는 상관없이 저런 파충류 같은 놈들도 우리 앞에 나타나게 된 사실도 지극히 자연스러운 현상일 수도 있지. 혹시 알아? 우리가 다름 아닌 괴물이 아닐지?"

이 대대장이 대화를 이어간다.

"하여튼 우린 G섹터 부근에서 1차적인 파충류 궤멸작전을 진행할거야. 비교적 큰 작전인 만큼 대대적인 화력도 필요하게 될 거고. 화력이 여의치 않으면 재례 방식이라도 써서 작전을 진행할거니 자네들도 화력지원을 좀 해주게나. 아직 구체적인 일정은 나오지 않았지만 조만간 시작할거고, 각별히 보안에도 신경을 쓰고!"

"보안에 신경을 쓰다뇨? 도마뱀들이 듣기라도 한답니까?"

장 중대장이 웃기다는 듯이 웃으며 묻는다.

"그건 그럴만한 이유가 있어서 그런 거니까 그런 줄 알아. 나중에 다 얘기해줄 테니까. 우리 옛말에 밤이고 낮이고 쥐새끼들과 새대가리들 들을 수 있으니 조심하란 말처럼 늘 조심하는 게 나쁜 건 아냐."

이 대대장이 대답한다.

한 대령은 얼마전 최민희로부터 받은 파충류 알을 그의 사택 간이 부화 틀에서 인공 부화시키고 있었다. 의미 있는 존재라며 최민희에게 받은 파충류 알이 부화해서 새끼 파충류로 깨어날 시기가 임박했다는 소식이 관리자로부터 들려왔다. 때마침 오늘은 그의 사택에서 최민희 회장과 저녁식사 중이다. 민경호 국장과 천기교 측 관계자 2명도 같이 저녁식사에 초대되어 있었다.

"제가 지난번 말씀드린 바와 같이 파충류들이 우리를 알아본다는 것은 우리 모두에게 시사하는 바가 크다고 생각이 됩니다. 우리가 그동안 싸워왔던 상대가 잘못되었다는 것이죠. 우리는 어리석게도 신의 그 뜻을 살피지 못한 채 그 분을 향해 씻을 수 없는 죄를 짓고 폭력과 만행을 일삼아 왔습니다. 파충류들이 우리를 알아보고 우리를 따른다는 것을 보십시오. 최근 몇 년 동안 이 지구상에 이해하지 못할 많은 일이 벌어진 것이 우연일까요? 저는 전혀 그렇게 생각하지 않습니다. 신께서 우리에게 그 분의 방식대로 말씀을 하신 거죠. 즉 저희에게 대화를 하신 겁니다. 다만 우리가 어리석어 그 분의 말씀을 이해하지 못했던 것이고요. 이것 보십시요. 우리에게 우호적인 이 생명체는 정부군에 대한 공격을 지금도 멈추지 않고 있습니다. 정말로 이상하지 않습니까? 이들은 분명한 목적성으로 나아가고 있고 그 방향성은 어쩌면 우리가 직관적으로 이해하기 어려운 일일 수도 있습니다. 우리는 지금이라도 과거를 뉘

우치고 그 분의 큰 뜻을 잘 살펴야 합니다."

"그렇게 말씀하시니 지금까지 우리가 눈에 보이는 것만 살피고 그런 것에 쉽게 판단을 내린 게 아닌가 합니다. 그런 것도 모르고 우리는 어리석은 짓만 해왔으니까요."

한 대령이 대화하는 도중에 천기교 관계자가 이제 부화가 임박해 왔다고 전한다. 사택 방 한 켠에 위치한 부화장엔 20여 개의 파충류 알이 부화 틀에 놓여 있었다. 부화 장면을 자세히 보기 위해 모두들 부화틀 주변으로 모여 들었다.

"하지만 더 늦지 않게 우리가 그런 큰 의미를 알게 된 것은 정말로 다행입니다. 그 분이 적으로 생각하는 무리를 구분해 냈다는 것도 분명 대단한 전기가 된 것이고요."

최민희가 얘기를 하는 도중에 그 중 하나의 알에서 마침 알의 껍질이 갈라지기 시작했다. 모두들 관심있는 표정으로 이를 지켜봤다.

"파충류 부화가 시작될 때 저희 측 신도로 구성된 연구원들은 하던 일을 모두 멈추고 항상 두 손 모아 기도를 하며 생명의 탄생을 축하했습니다. 그 분의 역사를 수행하는 존재들이니까요. 영광스러운 장면입니다."

천기교 관계자가 이야기하자 한 대령이 같이 기도할 것을 제안한다. 그러자 천기교 다른 관계자 한 명이 기도를 시작한다.

"새 생명 탄생을 축하해 주시고 건강하게 자랄 수 있도록, 오직 신만 함께 할 수 있도록 기도합니다……"

기도가 이어지는 중에 한 마리의 파충류가 알을 깨고 세상에 그 모습을 드러낸다. 새 생명의 탄생 순간은 늘 경이롭다. 인간을 광폭하게 위협하던 생명이 극적으로 이들과 화합해 새로운 시작을 알리고 있었다. 모두들 경이로워 하며 이 찬란한 새 생명을 지켜보며 축하했다. 그러던 중에 다른 알들도 점차 알에서 깨어나오기 시작했다. 그들은 다시 기도를 이어나갔다.

어느덧 부화틀에는 20여 마리의 새끼 파충류로 가득했다. 그러자 천기교 관계자 한 명이 그 중 한 마리를 손바닥에 들어 올려 한 대령에게 다가갔다. 어색해 하는 한 대령에게 최민희가 괜찮다는 표정을 짓자 조심스럽게 파충류를 손바닥에 받아든다. 그에게 늘 공격의 대상이었던 파충류를 이제 손으로 만지게 되자 그는 만감이 교차했다. 어른 주먹보다 약간 큰 크기의 그 생명체는 그의 손바닥 안에서 마치 입맛을 다시듯 입을 오물거리는 것처럼 보였다. 이런 장면이 귀엽기도 하고 신기했던 한 대령은 이를 자세히 보기 위해 가까이 다가갔다.

그러자 그 새끼 파충류는 갑자기 침을 뱉듯 그의 눈에 분비
물을 투척했다. 깜짝 놀란 한 대령은 파충류를 그대로 뿌리치
고 극심한 고통을 느끼며 바닥에 쓰러졌다. 사람들이 당황해
하자 바닥에 떨어진 그 새끼 파충류가 천기교 관계자에게 달
려 들어 그의 목을 물어 뜯기 시작했다. 깜짝 놀란 그도 비명
을 지르며 이를 떼어 놓기 위해 소리쳤지만 그 강력한 힘을 뿌
리치지 못했다. 파충류는 이내 그의 옷 속으로 들어가 버렸
다. 그는 비명을 지르며 옷 속으로 들어간 파충류를 필사적으
로 빼내려 했지만 파충류는 그의 몸 속으로 들어가 내장을 물
어뜯기 시작하며 그의 겉 옷에 붉은 핏자국이 그대로 드러났
다. 그는 미친 듯이 몸부림치다가 이내 바닥에 쓰러지고 말았
다. 말릴 틈도 없이 부화 틀에 있던 파충류들이 방안에 있는
사람들에게 달려들기 시작했다. 최민희를 보호하려고 천기교
관계자 한 명이 그의 앞에서 당황한 채 막대기를 사정없이 휘
둘렀다. 하지만 맹렬한 본성을 갖고 있는 파충류는 그 어떤 제
지에도 흔들리지 않고 쉽없이 그들을 물어뜯고 공격했다. 그
사내도 이내 3~4 마리 파충류의 집중공격으로 쓰러지고 말았
다. 이제 남은 사람은 최민희와 천기교 관계자 1명, 그리고 민
경호였다. 당황한 민경호는 문을 열고 절뚝거리며 밖으로 달
아났다. 그러자 5~6마리의 파충류가 민경호를 맹렬히 뒤쫓았
다. 피를 많이 흘린 탓에 피로 범벅이 된 구두가 미끄러워 거

실을 벗어나기 전에 민경호도 그대로 쓰러지고 말았다. 그러자 민경호를 뒤쫓던 파충류들이 맹렬한 속도를 줄이고 그를 향해 천천히 다가갔다. 갑자기 무슨 의도를 갖게 된 것처럼 소름 끼치듯 그를 향해 걸어간 파충류 한 마리는 쓰러져서 벌벌 떨고 있는 민경호의 표정을 가만히 살폈다. 그 뒤에는 나머지 파충류들이 지켜보고 있었다. 그런 광경에 민경호 국장은 겁에 질려 숨을 거칠게 쉴 뿐이었다. 파충류는 그를 향해 입에 있는 분비물을 투척했다. 그러자 그도 엄청난 고통을 느끼며 발버둥치며 바닥을 뒹굴었다.

방에서는 파충류들의 맹렬한 공격이 계속되고 있었다. 최민희를 끝까지 막던 천기교 관계자가 온 몸의 상처로 쓰러지자 최민희가 그를 밀어 내고 파충류 앞에 다가섰다. 그러자 파충류들이 쓰러진 그 남자를 마구 물어뜯기 시작했다. 그 광경을 보자 최민희는 갑자기 기도를 하기 시작했다.

"야훼는 나의 목자, 아쉬울 것 없어라. 푸른 풀밭에 누워 놀게 하시고 물가로 이끌어 쉬게 하시니 지쳤던 이 몸에 생기가 넘친다. 그 이름 목자이시니 인도하시는 길, 언제나 곧은 길이요……"

그러자 최민희의 기도를 듣기라도 한 것처럼 바닥에 있는 사람들을 물어뜯고 그에게 달려들려 하던 파충류들이 일제히 동작을 멈추고 그의 말에 귀를 기울였다. 그러자 최민희는 다시 용기를 내어 기도를 이어갔다.

"나 비록 음산한 죽음의 골짜기를 지날지라도 내 곁에 주님 계시오니 무서울 것 없어라. 막대기와 지팡이로 인도하시니 걱정할 것 없어라. 원수들 보라는 듯 상을 차려주시고, 기름 부어 내 머리에 발라주시니, 내 잔이 넘치옵니다. 한평생 은총과 복에 겨워 사는 이 몸, 영원히 주님 집에 거하리이다……"

그러자 바닥에 쓰러져 있는 사람들을 물어뜯던 파충류와 거실 밖에서 민경호를 공격하던 파충류들까지 천천히 최민희의 앞으로 몰려왔다. 그러자 최민희는 용기를 내어 그의 앞으로 몰려온 파충류를 쓰다듬으려 손을 뻗으며 기도를 이어갔다.

그가 손을 뻗자 가만히 그를 지켜보던 파충류 떼들은 그의 손을 느끼듯 가만히 미동도 하지 않은 채 서 있었다. 이를 지켜보는 다른 파충류들도 고개를 좌우로 조금씩 갸웃거릴 뿐 별다른 움직임 없이 최민희가 하고 있는 행동을 지켜봤다. 그는 안심이 되었는지 얼굴에 미소를 지으며 다른 파충류도 만지려고 손을 뻗었다. 그러자 다른 파충류들도 천천히 그의 앞으로 몰려들기 시작했다.

그때였다. 최민희의 앞으로 다가온 다른 파충류를 그가 잡으려고 하자 갑자기 태도를 바꿔서 미친 듯이 달려들기 시작했다. 한번 달려들기 시작한 파충류들은 그의 목숨을 끊으려는 것처럼 무자비하게 그를 공격하기 시작했다. 그의 손을 물어뜯는 바람에 깜짝 놀라 손을 뺐지만 이내 다른 녀석들도 그에게 뛰어들어 그의 얼굴과 몸 이곳 저곳을 물어뜯기 시작했다. 모든 파충류가 한꺼번에 그에게 공격하자 그는 비명을 지르며 필사적으로 그들을 떼어 내려 했지만 이내 힘없이 바닥에 그대로 쓰러지고 말았다. 이에 아랑곳하지 않고 최민희에게 공격을 시작한 파충류들은 미친 듯이 최민희의 목숨을 끊을 것처럼 쉼없이 공격을 이어갔다. 바닥에 쓰러져 숨이 꺼져가는 최민희는 마치 하늘을 응시하듯 자신의 최후를 맞이했다. 그리고 하늘을 바라보듯 천장을 주시하던 그의 눈은 차츰 초점을 잃어갔다. 하지만 그의 애처로운 눈빛과 상관없이 한번 공격을 시작한 파충류들은 어떤 망설임도 없이 한번 공격한 기세를 멈추지 않았다.

바닥에는 핏물이 흥건하게 흘렀다.

김민근 소령은 한명준 대령이 주최한다는 연회에 대해 의아하다 생각했다. 물론 영웅적인 전투원들의 사기를 진작시킨다는 측면은 이해가 가긴 하지만 여전히 전장은 급박했고, 전우들이 전투 중에 계속 죽어나가고 있는 이런 상황에서 굳이 연회를 통해 그런 것을 해소하려는 것이 적절한 것일까 하는 생각을 떨쳐 버릴 수가 없었다. 물론 그 자신도 과거 뒷골목 생활을 하면서 이런 저런 경험이 있긴 하지만 긴장된 관계에서 일행들과 술 마시는 것은 자제했고, 그런 부류들을 저주했었다. 전쟁터에서 승리해서 살아 남기 위해서는 긴장감과 투지가 가장 중요한 요소이기 때문이다. 그래서 그 자신도 그런 과정에서는 술 한번 마시지 않았다. 찜찜한 마음을 감출 수는 없지만 최근 몇 년간 숨쉴 틈 없이 달려온 일종의 쉼표 정도라는 생각으로 이해하며 연회장으로 향했다.

　　연회장은 생각했던 것 이상으로 화려했다. 마치 뉴욕의 호화스러운 재즈바를 옮겨 놓은 듯이 재즈 트리오의 감미로운 음악이 흐르고 있었고, 턱시도와 제복을 입은 많은 사람들이 환한 얼굴로 즐겁게 담소를 나누고 있었고 테이블에는 그동안 보지 못한 귀한 음식들이 접시에 가득 놓여 있었다. 파격적인 드레스를 입은 아름다운 여인들의 웃음소리와 미소를 보자 자신도 모르게 긴장감이 눈 녹 듯 사라지면서 기분도 들떴다.

　　"김 소령님이시죠? 이 쪽으로 안내해드리겠습니다. 한 대령님이 기다리고 계십니다."

어리둥절하고 있는 김 소령을 웨이터가 침착하고 예의 바르게 한 대령 앞으로 안내하자 몇 명의 무리와 대화를 나누던 한 대령이 여느 때와는 다르게 크게 웃으며 그를 반겼다. 평상시와는 전혀 다른 모습으로 보였다.

"우리의 슈퍼 히어로가 오셨네. 모두들 환영해 주세요. 김민근 소령입니다."

그러자 그와 담소를 나누던 일행들이 대화를 멈추고 그를 바라보며 반갑게 인사를 나눴다.

"우리의 전쟁 영웅이 오셨네요. 참가하는 전투마다 혁혁한 공을 세운 인물입니다. 이 친구 덕에 우리는 찬란한 역사의 한 페이지를 쓰고 있습니다. 모두들 박수로 환영바랍니다."

행사장은 다시 한번 축하박수로 들썩이며 경쾌한 음악이 흘렀다. 평소와 다른 한 대령의 환대에 김 소령도 얼떨떨했다. 어색해하는 김 소령의 어깨를 두드리며 한 무리의 사람들 사이로 끌고 온 한 대령은 사람들 사이에 김 소령을 두고 다시 얘기했다.

"이 친구가 없었더라면 우리는 답답하게 정부군 따까리나 하고 있었을지 모릅니다. 그 연대장인지 뭔지 하는 작자의 지루하고 지긋지긋한 잔소리나 들으면서 말이죠. 제가 이 친구를 진흙 속에서 찾아내긴 했지만 그는 그것 이상으로 우리에게 많은 것을 보여준 보석 같은 친구에요. 여러분들도 그걸 알아주셔야 합니다."

이렇게 말하며 그는 샴페인을 들고 다같이 건배 제의를 했다. 무리의 일행들이 그와 눈인사를 하며 건배하자 그도 어색해 하며 샴페인을 마셨다. 그러자 한 대령이 그의 어깨를 안으며 무리에서 벗어나 걸으며 그의 귓가에 대고 얘기 했다.

"김 소령. 오늘은 자네를 위한 날이야. 걱정 같은 건 내려놓고 맘껏 즐겨보라고. 자네는 충분히 그럴 만한 가치가 있어."

"네 대령님. 근데 지금 이런 분위기가 너무 어색하네요. 저는 이런 분위기에는 안 어울리는 놈이거든요…"

"그래, 알아. 중요한 건 말이야. 우리가 더 높은 곳으로 달려가기 위해서는 쟤네들처럼 늘 촌스러운 충성심 타령만 하면 늘 거기서 거기란 말이야. 그런 뻔한 방식으로 자기 동료들이나 잃어버리고 호들갑 떨고 있을 정부군 일당들 한번 생각해봤나? 겨우 숨만 쉴 공간에 만족해서 살아가고 있는 애들이야. 그렇게 사는 것이 우리가 피 터지면서 바라던 가치 있는 방식이야? 내가 그동안 자네를 너무 한쪽으로만 뭐라 하긴 했지만 자네도 한번쯤은 숨을 고르고 생각을 정리해 볼 필요가 있는 거야. 그러니 자네도 거부감 갖지 말고 여기서 여러 사람들 사귀어봐."

한 대령의 그런 태도에 김 소령도 의아해하긴 했지만 이 곳의 자유롭고 호사스러운 분위기에 자신도 젖어 드는 것 같았다. 그리고 어디서 이런 사람들이 다 모이게 되었는지 하는 생각도 갖게 되었다.

"오늘 내가 너 괜찮은 사람 하나 소개시켜줄게. 한예은씨 여기 김 소령과 인사해요. 알아두면 좋은 사람이에요. 둘이 대화 잘 나눠보라고!"

170cm가 넘는 훤칠한 키에 한 눈에도 또렷한 이목구비와 밝은 미소가 마치 상류층 커리어 우먼을 떠올리게 했다.

"반가워요. 김 소령님. 말씀 많이 들었어요."

자신감 있는 태도와 허스키한 목소리, 아름다운 모습에 김 소령도 순간 압도당할 것 같았다. 엉거주춤 그도 인사를 했다.

"네. 반갑습니다."

"여기 좋은 분들 많이 계세요. 소령님이 전쟁영웅이라는 말씀 듣고 저도 어떤 분이실까 궁금했어요. 제 상상으로는 덩치도 엄청 크시고, 얼굴에는 흉터가 가득하고 근육질의 거친 모습을 상상했거든요. 근데 상상외로 상당히 미남이시네요?"

마치 아나운서와도 같은 분명하면서도 뚜렷한 말투와 거침없는 대화 리드에 그는 약간 주춤했으나, 그녀의 매력적인 모습에 차츰 기분이 좋아지며 경계도 옅어 졌다.

"지금 전쟁 중이잖아요. 전 사실 전쟁 전에는 사업을 꽤 크게 했어요. 그래서 그때는 돈 많고 사업 잘하는 사람들이 섹시해 보였는데 요즘은 김 소령님처럼 저돌적인 엘리트 군인들이 멋있게 느껴져요. 바로 우리가 살고 있는 이 세상에서 가장 유능한 분들이시니까요."

"그렇게 말씀해 주시니 저도 무지 감사합니다. 전쟁 전에는 무슨 사업을 하셨어요?"

"전 IT 네트워크 관련 회사를 운영했어요. 어린 나이에 자신감과 패기 하나로 겁도 없이 창업을 한 거였죠. 창업초기에는 고생도 많이 했어요. 안 뛰어다녀본 데가 없을 정도였으니까요. 근데 운도 좀 있었어요. 지인 중에 국방부 고위층과 연줄이 있는 친구가 있어서 그 당시 정부군이 추진하던 보안네트워크 구축에 관한 사업을 수주하게 되었고 그러면서 회사가 좀 커졌어요."

"네 제가 보기에도 지적이고 추진력 있어 보이세요. 그럼 우리와는 파충류 전쟁 이후 협력관계를 이어가시는 건가요?"

김 소령의 질문에 그녀는 자신이 지금까지 이어온 일을 간략하게 설명했다. 정부군과 진행했던 IT보안프로젝트는 사실 새한국 진영의 사이버 공격에 대한 대응프로젝트였다. 장벽이 높아지고 있는 상황에서 사실상 지상전과 같은 전면전보다는 해킹 등의 사이버 공격이 심화되다 보니 보다 높은 수준의 시스템 보안 필요성이 중요하게 부각되었다. 그런 프로젝트를 진행해오면서 비교적 인정을 받은 그녀였지만, 장벽이 낮아지고 파충류의 공격이 본격화되자 온라인 공격보다는 지상전 성격으로 전장이 변화하게 되었다. 그런 가운데 그녀의 역할도 자연스럽게 축소되었고 그 과정 중에 진행한 프로젝트에 대한 보상문제로 갈등이 발생하면서 정부군과 멀어지고 대립 각을 세우게 되었다고 했다. 하지만 그런 그녀의 능력을 알아본 새한국 측에서 그녀를 영입했고 지금 새로운 형태의 무선 네트워크 기술 관련된 프로젝트를 새한국 측과 진행하고 있다고 했다.

이런 얘기를 나누면서 시간도 많이 흐르고 연회의 분위기도 한층 무르익어 갔다. 둘의 대화가 한창 오가고 서로간에 어느 정도 사이가 가까워진 것처럼 느낄 때쯤 한예은이 그런 말을 했다.

"김 소령님은 대화해보니까 생각보다 더 매력적이신 것 같아요. 저희 집에 가서 한 잔 더 하실래요?"

그녀의 갑작스러운 제안에 김 소령은 순간 당황하면서도 점점 거부할 수 없는 그녀의 카리스마에 이끌리게 되었다. 어느덧 그녀의 팔에 끌려가듯 이끌려 그녀가 살고 있는 집으로 들어가게 되었다. 둘은 들어가자 마자 거친 키스를 하며 소파에 쓰러졌다. 그러면서 말릴 사이도 없이 그녀는 김 소령의 옷을 벗기기 시작했다. 그러면서 계속해서 그의 입술을 훔치며 깊은 키스로 그의 입 전체를 삼키듯이 빨아대기 시작했다. 그도 어느 순간 마치 항복이라도 하는 것처럼 그녀의 혀를 느끼면서 하나가 되는 것 같다는 생각이 들었다. 그의 위에서 정열적인 키스를 리드하던 그녀는 자신의 모습에 놀란 김 소령 위에서 천천히 일어나면서 겉옷을 벗고 속옷만 입은 채 그에게 야릇한 미소를 지으며 쳐다봤다. 그리고는 거실 한 켠에 있는 테이블에 가서 위스키를 따랐다. 그러면서 은빛 고급스러운 쟁반 위에 흰색의 무엇인가를 술과 같이 챙겨오면서 그의 옆에 두면서 속삭였다.

"이거 마시고 조금만 기다리세요. 금방 다시 올게요."

김 소령은 오늘 상황이 어리둥절 했지만 오늘만큼은 복잡하
게 생각하지 않고 그냥 즐기기로 했다. 오늘 이런 상황까지 올
거라고 생각 못했는데 그런 그녀를 보자 오히려 그도 오랜만
의 욕망에 사로잡히게 되었다. 그러면서 그녀가 가져다 준 위
스키를 다시 한 모금 마셔봤다. 위스키 옆에 있는 하얀 가루는
한번 흘깃 보고는 다시 남은 위스키를 마저 마셨다. 조금 기다
리자 그녀가 샤워를 하고 머리에 물기를 머금은 채로 몸에 큰
수건을 가리고 나타났다. 그 모습만으로도 너무나도 매력적이
었고 그를 흥분시키기에 충분했다.

"술만 드셨어요? 너무 순진하신 것 같아요. 김 소령님은 그
게 매력적이긴 하지만 오늘은 경계를 풀고 좀 즐겨 보세요."

그러면서 그녀는 걸쳤던 수건을 벗어 나체가 된 몸으로 다
시 그의 위로 올라가 그에게 깊은 키스를 했다. 다시 황홀한
느낌이 된 그 순간 그녀가 그의 혀를 더 깊숙이 빨자 그의 머
릿속엔 갑자기 어떤 생각이 불현듯 떠올랐다. 그것은 마치 그
녀가 그 행위로 무엇인가의 메시지를 전달하려는 느낌이기도
했다. 순간 주춤하며 뒤로 물러서자 그녀는 그런 그의 얼굴을
보고 입술을 빨면서, 그의 몸에 나체가 된 자신의 몸을 더욱
밀착시켰다. 이제 어떤 저항도 하지 않고 그녀의 몸과 하나가

되어가는 순간 그는 뭔가 미끈한 것이 그의 몸을 휘감는 것처럼 느껴졌다. 그녀의 적극적인 애무에 압도당해 마치 숨이 멎을 것 같은 황홀감을 느끼고 있는 사이 그는 다시 한번 무엇인가 그의 머릿속에 전달되는 것을 알고 깜짝 놀라 그녀를 밀쳤다.

"이게 뭐죠?"

"놀라지 마세요. 우리가 이렇게 대화하고 소통하는 거에요."

그녀는 대수롭지 않다며 다시 그의 입에 키스를 하며 놀라워하는 그의 입을 막았다. 그러곤 다시 김 소령의 입을 맞추고 그의 입 속 구석구석을 탐하기 시작한다. 그는 다시 마치 긴 혓바닥을 가진 뱀이 자신을 가지려 하는 것과 같은 짜릿함을 느꼈다. 그러면서 그녀의 몸이 마치 끈끈한 점액을 내뿜는 것처럼 미끄러지듯 그의 몸을 감싸오듯 그를 휘감았다. 땀인지 점액인지 모를 끈끈한 액이 그녀의 몸에서 그에게까지 계속해서 휘감아 오면서 그는 다시 지금껏 느끼지 못한 무한의 황홀감을 느꼈다. 이런 황홀감은 성적인 절정감 이상의 무엇인가를 느끼게 해줬다. 마치 그녀와 자신이 하나가 된 것 같은 연대감마저 느끼게 해주고 있고 그녀는 그에게 연신 집요하게 매달렸다. 그런 와중에 다시 무엇인가 메시지가 중간중간 단절된 형태로 그의 머리 속에 전달이 됐다. 그 내용은 마치 어떤 구조화된 그림과 개념이 그의 머릿속에 그려지는 것과 같이 느껴졌다. 기하학적인 형태를 갖고 있으면서도 분명한 뜻을 갖고 있었고 그동안 인간이 소통하던 음성언어나 문자언어와는 비교가 되지 않는 간단 명료한 메시지였으며 그런 만큼 분명히 이해할 수 있는 내용이었다. 또한 자연의 근본원리와도 같은 뜻을 함축하고 있으면서 지금 벌어지고 있는 세상의 일들을 설명하기도 했다. 하지만 그는 알 수 없는 저항감을 느끼며 깜짝 놀라며 그녀를 밀쳐냈다.

"안되겠어요. 오늘은 좀 기분이 이상하네요."

"긴장 푸세요. 김 소령님 생각보다 예민하시네요."

이렇게 말하며 그녀는 김 소령의 몸을 이곳 저곳을 애무하며 얘기를 계속 했다.

"전 소령님과 대화하려고 그런 거에요. 제가 얘기하고 싶었던 것 느끼셨어요?"

"네, 머릿속에 무엇인가 이상한 그림이 그려졌어요……"

"민근씨는 인간들이 가장 서툰 게 무엇이라 생각하세요? 인간들은 소통하는 방식이 너무 일방적이에요. 아니 일방적이기 보다는 대화할 의지가 없어요. 사람들은 대화한다고 하지만 처음부터 상대의 의견 따위는 듣고 싶지 않아요. 늘 일방적인 자기 주장만 있을 뿐이에요. 결국 인간에게 대화라는 것은 자기 의견을 던져 놓고, 상대의 의견에는 끊임없이 반대하며 싸우다가 끝나는 과정이에요. 그런 다음에는 수많은 상처와 단절만 남게 되는 거고요. 어떻게 보면 대화라기 보다는 선전포고의 과정이기도 해요. 자신의 의견 제시와 그것이 받아들여지지 않아 발생하는 폭력에 대한 예고이자 으름장 같은 거죠. 네, 맞아요. 그래서 인간은 스스로 모두가 행복할 수 있는 기회를 놓쳐 버렸어요. 아니면 처음부터 상대는 없고 자신만 있어서 그런 것일 수도 있겠죠. 대화를 통해 상대의 의견을 듣고 조율하는 것 보다는 상대의 이익을 빼앗고 자기나 자기편의 이익을 지키려는 생각뿐이었으니까요. 그래서 인간들이 행복했나요? 인간 사회를 한번 보세요. 그런 과정에서 인간 전체 보다는 자기 조직의 이익을 우선하고 조직의 이익보다는 자신의 이익만을 위해 고집을 부리고, 사람들을 속이고 강요했어요. 그래서 인간들이 가지게 된 게 도대체 뭐죠? 인간들에게 남은 건 결국 극심한 불평등뿐이에요. 대화에서 수많은 사람을 기만할수록 더 높은 피라미드의 꼭대기에 앉을 수 있는 거고, 이는 결국 명예의 상징이 아닌 피와 기만의 상징인 것이니까요."

"무슨 말씀을 하고 싶으신 거에요?"

그녀의 뜻밖의 얘기에 김민근이 어색해하며 물었다.

"인간은 참으로 이기적인 생명체에요. 이익을 위해선 같은 인간을 다른 어떤 생명체보다 더 참혹하게 학살하고 살육했으니까요. 아니 이익뿐만이 아니에요. 기분이 안 좋다는 이유로, 다른 언어와 종교라는 이유로, 피부색이 다르다는 이유로 자신의 동족을 무참히 살해했으니까요. 지구상에 이 보다 더 잔인한 생명체가 있을까요? 결국 단순한 의사소통의 실패는 이런 극단적인 괴리감을 불러오고, 이것은 이기심을 낳으면서 상대에 대한 적개심과 공격성만 갖게 되었어요. 그래서 인간은 늘 폭력과 적대감에 갇혀 있어요. 그런데 그 근원점은 바로 의사소통의 실패예요. 인간의 역사를 돌이켜 보세요. 자신이 가진 그릇된 신념에 대한 검증 과정 없이 이를 강요하고, 또한 이에 반대하면 가차없는 폭력을 행사하는 끔찍한 공포의 수레바퀴에 머물러 헤어나오지 못하고 있어요. 소통한다는 것, 대화한다는 것이 그래서 중요한 거예요. 제가 그것을 가르쳐 드린 거예요."

"인문학 강의는 잘 알겠는데 저한테 어떻게 가르쳐 주신다는 거죠?"

"우리는 더 높은 수준의 공통적인 철학과 지식을 공유할 수 있는 방법을 알게 되었어요. 이는 인간의 역사와 같은 적대감의 과정이 아닌 서로 사랑하고 연대감을 가질 수 있는 가장 높은 수준의 초감각적 네트워크예요. 저 가루가 김 소령님을 더 편안하고 의심 없는 상태로 만들어 주고, 이런 개념을 잘 받아들일 수 있도록 도와드릴 거예요. 그리고 나서 저에게 다시 다가와 보세요."

그녀는 그러면서 다시 한번 하얀 가루를 민근에게 권했다. 김민근은 오늘 이 상황이 의아했다. 전쟁의 한가운데서 벌어지는 연회와 자신과 어울리지 않는 매력적인 여자, 그리고 그녀가 하고 있는 얘기들까지 오늘 벌어지고 있는 모든 일이 당혹스럽기만 했다. 그는 쟁반 위의 하얀색 가루를 잠시 응시하다 얘기했다.

"아녜요. 전 저런 건 제 취향에 안 맞아요."

"어렵게 생각하지 마세요. 우리가 더 친해지고 많은 대화를 나눌 수 있게 하려는 것뿐이에요. 아니 그냥 놀이라고 생각하세요. 우리가 이렇게 매력적인 상대를 만나서 즐기는 재미있는 놀이로요. 김 소령님도 저 좋아하시죠?"

"한예은씨 매력 있는 분이신 거 잘 알죠. 근데 뭔지 모르지만 조금 이상한 기분이 들어요. 전 직선적이고 선이 굵은 놈이 거든요. 간지럽고 그런 것 싫어해요. 그래서 저런 약 먹고 떠들고 이런 거 저와는 많이 안 맞아요."

"저도 잘 알죠. 긴장을 풀고 오늘은 그냥 다 내려놓는 거에요. 그리고 저를 안고 편안히 즐겨보세요. 저한테 모든 걸 맡긴다고 생각하세요."

그렇게 말하면서 한예은이 김민근의 어깨와 몸을 어루만지며 다가와 다시 키스하려고 했다. 그러자 마치 점액이 나와 끈끈해진 것 같은 그녀의 몸이 김민근의 시야에 들어왔다. 그는 다시 그녀를 밀쳐내고 자리에서 일어나며 얘기했다.

"촌스럽다고 생각하셔도 되는데, 오늘은 그냥 여기까지만 할게요. 앞으로도 시간은 많으니까 오늘은 그냥 손만 잡고 나머지는 다음에 만나서 해도 되잖아요. 저 원래 데이트 이런 거 잘 못해요. 오해는 하지 마시고요, 뭔지는 모르지만 그래야 제 맘이 편할 것 같아요."

그는 황급히 자리에서 일어나 옷을 입었다. 그러고는 인사를 하고 그녀의 집을 나와 버렸다.

집으로 돌아가는 중에도 그는 이상한 생각을 버릴 수가 없었다. 그녀의 행동과 이상한 점액, 그리고 그녀가 강조한 의사 소통이라는 부분까지……그는 집으로 돌아가며 복잡한 생각을 멈출 수가 없었다.

한편 집에 남겨진 한예은은 한동안 생각에 잠겨있다가, 몸에 있는 끈끈한 점액을 닦아내고 옷을 입었다. 그리고는 자리에서 일어나 거실 한 켠에 있는 탁자로 걸어갔다. 그녀의 탁자 위에 마치 마우스패드와 같은 접시에 동그란 아이비 색상의 투명하고 끈적한 물체가 담겨있는 게 보였다. 거기에 그녀는 손바닥을 펴서 담근다. 약 2~3분의 시간 동안 손을 담그고 골똘히 있던 그녀는 마치 누군가와 대화를 마친 것 같은 표정을 하고 소파에 누웠다.

이병욱 상병은 지난 파충류 습격으로 아들과 아내를 잃어버렸지만 여전히 다시 찾을 수 있다고 생각하고 있다. 그가 집을 비운 사이에 파충류의 습격이 있었지만, 그것들이 집안에 할퀴고 간 발자국 정도만 있을 뿐 핏자국이나 어떤 저항의 흔적도 없었다. 일반적으로 파충류는 상대가 먹이감일 때는 맹렬히 공격해 기어이 목숨을 끊어 놓지만, 그런 경우를 제외하고 인간을 단순 포획만 하는 경우도 더러 있다. 정확히 밝혀지지는 않았지만 파충류가 인간을 일종의 식량으로서 비축하는 것이고, 실제로 그런 상황에서 탈출을 감행해서 살아 돌아오는 사람도 있기 때문이다. 인간이 한낱 동물의 사료감 정도라니 안타까운 일이긴 하지만 엄연한 현실이다. 이 상병 역시 그런 희망을 아직도 갖고 있다. 정확히 표현해서 죽었다는 근거가 없기 때문이다. 그래서 그는 시간이 날 때 마다 부대의 양해를 구해서 홀로 수색에 나서고 있다. 상당히 위험한 일이지만 그의 상황을 잘 아는 이 소대장도 그의 요청을 거절만 할 수는 없었다.

"내가 아무리 위험하다고 타일러도 니가 그렇게 주장하니 내가 계속 안 된다고만 할 수도 없어. 허락은 해주지만 너 정말 조심해야 된다. 너 니 가족 찾으러 돌아다니다가 무슨 일이라도 당하면 살아있을지도 모르는 니 가족들은 어떻게 되겠냐? 그러니 무조건 조심해야 된다."

이 상병이 나간다고 할 때마다 수도 없이 이 소대장이 한 말이다. 그의 의지를 꺾을 수가 없기 때문에 이 소대장이 해줄 말은 이 정도이다. 그런 이 소대장의 말을 뒤로 하고 오늘밤에도 이 상병은 부대를 홀로 나선다. 오늘 가는 곳은 얼마 전 휴게소 근처 사고가 있던 곳으로 파충류가 다수 있었던 이유로 그곳에 가면 그 파충류 사내에게 뭔가 도움 받을 수 있지 않을까 해서다. 밤길에 홀로 단지 오토바이만 타고 인적이 드문 도로를 달리는 것은 상당히 위험한 일이다. 하지만 그에게 그 위험이란 의미는 가볍다. 눈 앞에 잡힐 것만 같은 그의 가족들 생각 때문이다. 그리고 그럴 때마다 그 당시 하필 집을 비웠던 자신을 원망한다. 직장 때문에 떨어져 지냈던 것에 대해 그의 아내는 늘 불만이었다. 교사였던 그의 아내는 홀로 자식을 돌보고 직장을 다녀야 했고 그래서 그 당시 그의 가족 곁에 그는 같이 있지 못했다. 그런 생각을 하고 계속 운전하고 있을 때 눈 앞에 무엇인가가 움직이고 있는 것이 보인다. 새끼 파충류 한 마리가 도로 위를 어슬렁거리고 있다. 새끼 파충류가 있는 것은 가까운 곳에 어미가 있다는 것으로 조심스럽게 오토바이에서 내려 새끼 파충류가 있는 곳까지 천천히 발걸음을 옮긴다. 새끼 파충류까지 2~3미터 다가왔을 때였다. 그때 갑자기 누군가 이 상병의 머리를 내리쳤고 이 상병은 그대로 기절하고 만다.

누군가가 물을 뿌려서 정신을 잃었던 이 상병은 정신을 차리며 깨어났다. 눈을 떠보니 그의 앞에는 얼마전 휴게소에서 봤던 꽁지머리 김민기가 보였다. 한 손에는 채찍을 들고 허리춤에는 권총도 차고 있었다. 주변을 둘러보니 사방이 콘크리트로 막힌 방에 온 몸이 결박된 채 의자에 묶여져 있었고, 한 사내가 옆에서 껌을 씹으며 같이 쳐다보고 있었다.

"당신은…"

이 상병이 희미하게 그의 얼굴을 보며 얘기한다.

"그래, 맞아. 너는 왜 혼자 여기에 나타난 거야? 그 날 이후로 나한테 뭐 볼 일이라도 있어?"

"난, 그냥 거기를 지나가고 있었을 뿐이에요. 지금 이게 뭐 하는 거죠?"

"당신 혼자 왔다는 말이지?"

이 상병의 말을 듣고 김민기는 옆에 있는 동료와 뭐라고 소근거린다.

"너 거짓말하면 도마뱀 먹이감이 되는 거야! 솔직히 얘기하란 말이야!"

그 사내는 소리지르면서 손에 들고 있는 채찍으로 이 상병의 몸을 내리친다.

　"내가 왜 거짓말을 하겠어요. 당신 도대체 나한테 왜 이러는 거에요?"

　그 사내는 이 상병의 말을 들으며 그의 몸 이곳 저곳을 살피더니 다시 그를 내리쳐 기절하게 만든다.

　눈을 떠보니 후덥지근함이 느껴진다. 마치 스팀 사우나에 있는 듯한 기분이다. 둔탁한 둔기에 맞아서인지 뒷덜미는 여전히 뻐근함이 느껴진다. 목과 손 발은 마치 개 집에 키워지는 개처럼 벽에 고정된 작은 쇠사슬 줄에 묶여져 있었고 온 몸은 발가벗겨진 채 얇은 이불을 덮고 있었다. 정신을 차린 이 상병의 곁으로 이불 같은 것을 걸친 젊은 여자가 다가와 부축하며 일으킨다.

　"괜찮으세요?"

　이런 낯선 환경에 낯선 여자가 그것도 번번한 옷도 입지 않고 본인을 일으키는 것은 상상하기 어려운 일이다. 그는 직감적으로 자신이 납치되어 갇히게 된 것을 깨달았다.

"여기가 어디에요?"

어색하고 낯선 분위기에 놀랐지만 이 상병은 정신을 가다듬고 빨리 상황 파악이 필요하다고 생각이 들었다.

"너무 놀라지 마세요. 우린 갇힌 거에요. 제 꼴도 우습죠? 혹시 군인이세요?"

궁금한 것이 많지만 익숙한 듯 차분한 목소리를 가진 20대 후반의 여성이 질문을 한다. 이 여성은 비록 이 곳에 이런 상태로 있음에도 한 눈에 아름다운 외모를 갖고 있는 게 눈에 뜨인다. 170미터 정도의 큰 키에 아름다운 얼굴과 몸매를 갖고 있는 그 여인은 반가운 것인지 모를 태도에 여러 가지를 묻는다.

"이런 모습 서로 부끄럽지만 익숙해지고 정신 차리셔야 되요. 우리를 이렇게 놓아둔 것은 이유가 있으니까요."

"무슨 이유죠? 당신은 어쩌다가 이렇게 된 거죠?"

"혹시 이 앞 고속도로 이동하다가 잡히신 거 아녜요? 여기 갇혀 있는 사람들 대부분 그렇게 이동하다가 여기에 잡히게 되었어요."

"네 전 군인이고, 저도 근처인지는 모르겠지만 고속도로 이동 중에 파충류를 발견하고 오토바이에서 내려 살펴보려다가, 무언가에 머리를 강하게 맞고 정신을 잃은 것 같아요. 갇혀 있는 사람들이라고 하셨는데 우리 말고 다른 사람들도 있어요?"

그녀는 조용히 머리를 끄떡이며 말한다.

"여긴 엄밀히 얘기하면 사육장이에요. 인간 사육장……"

"사육장이요?"

"네 우린 먹이로 기다리고 있어요. 어찌 보면 가축이기도 하죠……"

이렇게 말하며 그 여자는 힘없이 고개를 떨군다.

"먹이라뇨? 그게 무슨 말이세요? 그리고 우린 지금 왜 이런 상태로……"

그녀가 천천히 설명했다. 그녀의 말에 의하면 여기는 누군지 모를 사람에 의해서 몇 명이 갇혀 있다고 한다. 그 숫자는 정확하지 않으나 대략 30~40여 명이고 그 숫자를 유지하기 위해서 지금과 같은 인간 사냥을 계속하고 있다는 것이다. 그런 사냥의 이유는 다름 아닌 파충류의 먹이로 쓰기 위해서라고 한다. 물론 여기에 갇혀 있는 대부분의 사람들은 그 이유는 모른다고 한다. 그것은 여기 있는 사람들이 이곳에 머무르는 시간이 채 일주일이 되지 않기 때문이라고 한다. 그리고 그 사내는 무슨 목적인지는 모르지만 파충류를 대량으로 사육하고 있다고도 했다.

"저들이 파충류를 사육하는 이유가 뭐예요?"

"정확한 건 알 수 없어요. 단지 파충류를 이용해서 무엇인가 꾸미고 있다는 거고, 저들이 어딘가 소속되어 있지만 정확한 것은 알 수 없다는 정도예요."

"소속이라뇨? 그는 지난 번에 파충류를 길들이면서 사람들을 구해주기도 했는데요?"

"그럴 리가요. 그렇다면 아마도 다른 꿍꿍이가 있었던 거지, 저 사람은 절대 그럴 인간이 아녜요. 악마 같은 존재예요."

그녀는 절대 그럴 리가 없다며 대답을 했다.

"일주일이면 그 이후에는요?"

"일주일 이내에 모두 파충류의 먹이가 되는 거죠."

그녀가 고개를 떨구며 얘기한다. 하지만 그녀는 비교적 오랜 시간 죽지 않고 살아남아 있고, 살아남을 수 있던 이유는 그 사내가 자기한테 특별히 바라는 게 있기 때문이라고 한다.

"그 놈은 잔인한 놈이에요. 게다가 변태이기도 하고요."

"변태라뇨? 그거와 무슨 상관이죠?"

"그 놈은 지켜보길 좋아하는 변태라고요……"

그녀는 말을 하며 다시 대답을 흐린다.

"전 이러고 있을 때가 아녜요. 해야 될 중요한 일이 있어요."

이 상병은 관심 없다는 듯 이렇게 말하며 다리와 목에 붙은 쇠사슬을 힘껏 잡아당겨본다.

"소용없어요. 그렇게 간단하면 수많은 사람들이 그렇게 죽어나가지 않겠죠. 저 변태 새끼도 한 두 번 한 게 아니니 그럴 만한 쉬운 허점도 없고요."

사방이 시멘트로 막힌 이 방은 출입문을 제외하고는 나가는 곳이 어딘지 알 수가 없다. 창문도 없기 때문에 시간을 가늠하는 것도 힘들고 습하고 끈끈한 공기와 비릿한 냄새만이 가득하다. 이 상병은 어떻게든 방법을 찾아서 나가야 된다는 생각뿐이지만 지금 당장은 절망적이다. 희미한 불빛과 가로막힌 벽, 환풍구 하나, 그리고 구석마다 달린 CCTV만이 이 방에 있는 전부다. 이 상병이 방을 이리저리 두리번거리고 있을 때 갑자기 밖에서 외부의 문이 열리면서 분주한 소리가 들린다. 자세히 들어보니 수많은 생명체가 쿵쿵거리며 문이 열린 복도 문 끝에서 들어오는 소리이다. 몇 십 마리 이상의 무리들로 추측이 되는 순간 다시 한번 이 건물 어딘가의 문이 육중한 기계음을 내며 열리는 소리가 난다. 그러자 갇혀 있었을 것으로 추정되는 사람들의 비명소리가 온 건물을 떠나갈 듯이 고막을 찢는다. 새끼 파충류 무리들이 인간을 공격하고 있다는 것은 굳이 눈으로 보지 않아도 소리만으로 알 수 있다. 비명소리가 있기 전 그 여인은 마치 익숙하기라도 한 것처럼 얼굴을 찡그리고 아래로 떨구며, 양손으로 귀를 막는다. 죽어가는 사람들의 비명소리만큼 귀에 거슬리는 것은 없다. 3~4명의 비명소리가 끝나자 피비린내와 파충류 비린내가 이 방까지도 올라오며 게걸스레 먹는 듯한 소리가 들려온다. 이 곳은 분명 지옥이다. 30여분이 지나자 그 동물 무리들이 하나 둘씩 빠져나가는 소리가 나면서 이내 복도 문이 닫힌다. 마치 익숙한 절차인 것처럼 보인다.

"그럼 이대로 있다간 우리도 언젠가 저런 신세이겠네요?"

"전 여기 2년째 이렇게 살고 있어요……"

"2년이나요? 잡혀온 사람들 일주일이면 다 저 꼴이라면서요?"

"저를 살려둔 이유가 있다고 했죠. 기다려 보시면 알 거에요. 대신 제가 시키는 대로 잠자코 따라 하셔야 해요. 살아남고 싶으시다면요……"

그녀의 얘기가 이해할 수 없었지만, 이 상병은 그게 문제가 아니었다. 오로지 어떤 방법으로든 이 곳을 나가야 한다는 생각뿐이었다. 그런 생각에 여념이 없을 때 갑자기 방의 조명이 켜지면서 일순간 눈을 뜨기 어려울 정도로 환한 상태가 된다. 고개를 돌리고 자기 자리에 누워있던 그녀는 황급히 일어나 CCTV쪽을 살피더니 이 상병 쪽을 바라본다. 그러더니 천천히 이 상병 쪽으로 다가온다. 그러더니 천천히 그에게 키스를 하려고 한다. 그러자 이 상병도 움찔 놀라서 뭐 하는 거냐는 표정을 짓는다.

"제가 말했잖아요. 저 새끼는 변태 새끼라고요. 저도 이러고 싶지 않아요. 하지만 우리 여기서 이대로 죽을 수 없잖아요."

이렇게 말하며 그녀는 이 상병을 끌어안고 그의 위에 올라 타서 애무를 시작한다. 다시 이 상병이 완강히 거부하자 그녀 는 불같이 화를 내며 그의 뺨을 한 대 휘갈긴다.

"죽고 싶어요? 제가 이러고 싶어서 이러는 줄 알아요? 살고 싶으면 절 따라 해요."

어색한 분위기에 놀란 이 상병은 그런 그녀를 밀치지도 못 하고 그녀를 내버려 둔다. 그 순간 자기가 무엇을 하고 있는지 도 깨닫지 못하고 머릿속은 혼란만 가득하다. '살고 싶으면 따 라 하라니 이게 무슨 말인가?' 혼란스러운 생각이 머리를 가득 메운 채 그는 어느덧 그녀와 한 몸이 되어가고 만다. 그렇게 둘이 만든 뜻밖의 상황이 끝나자 언제 그랬냐는 듯이 다시 조 명이 꺼진다. 혼란스러운 그를 두고 그녀도 다시 자신의 자리 로 돌아가며 말한다.

"살고 싶으면 마음을 단단히 먹고 내가 시키는 대로 하세 요. 살아나가고 싶다고 하셨죠? 그럼 그 쓸데없는 자존심 따 위는 다 갖다 버리세요. 제가 그 새끼가 변태라는 말했죠? 이 상황을 두고 그런 거에요. 그게 절 살려둔 이유이기도 하고요. 하지만 그런 식으로 하다간 님도 파충류 먹이가 될 뿐이니 조심하세요. 진심으로 드리는 충고니까요."

그녀의 익숙한 행동이 끝나고, 이 상병에게 나무라듯이 말하며 다시 그녀의 자리로 돌아가 웅크리며 누워버린다. 마치 수많은 상황과 남자가 있던 것처럼 그녀의 충고 아닌 충고도 자연스러운 듯 들린다.

속박되어 있는 현실에 회의감을 느낀 이 상병은 끝이 없는 무기력감에 빠져든다. 그러면서 무모한 원정으로 자신이 받게 되는 이런 무서운 형벌에 다시 한번 몸서리를 친다. 지나간 순간들이 차츰 떠오른다. 부대를 나서기 전에 느꼈던 묘한 긴장감과 낯선 곳을 향하는 설렘, 그리고 전쟁이 일어나기 전 행복했던 그의 아들, 아내, 가족들. 그런 감정들이 교차하면서 더 무거운 중량감으로 그를 숨막히게 목을 졸라온다. 그러면서 끝없는 바닥의 찬기가 그를 무한정 끌어당기며 사멸시키려는 무서움을 느끼게 된다. 어쩌면 지금 그에게 필요한 건 그에게 닥쳐있는 그런 세속적인 아픔을 치유할 영면과도 같은 휴식일지도 모른다. 그러면서 눈꺼풀이 무거워진다.

언제일지 모르는 한없는 일상이 그의 곁에서 계속 이어지고 있었다. 얼마나 지났는지 정확하지 않지만 저항할 수 없는 일상이 반복된다는 것은 존재를 나약하게 만들어 버린다. 익숙함이란 것은 그렇게 무서운 대가를 요구한다. 변화를 도모한다는 것은 무엇인지 모를 미지의 위험을 감수하는 것으로 어둠이 오기 전 노을에 몸을 사리고, 새벽의 여명이 두려워 어둠을 찾아 숨어드려는 것과 같다. 특히 여기서 무엇인가 변화를 도모한다는 것은 곧 목숨에 상응하는 것을 요구하는 것이기도 하고 이런 환경이 그를 더 의기소침하게 만들고 있었다.

"전 여기서 이럴 수는 없어요. 전 어떻게든 나가야 돼요."

"아직도 모르시겠어요? 어떻게 나가시려고요? 우린 여기에 이렇게 묶여있고, 저 밖에는 우리를 감시하는 놈들이 한 두 명이 아녜요."

"전 여기서 저만 이렇게 편안하게 죽음만을 기다릴 수는 없어요. 저도 다 잊고 죽어버리고 싶지만 그럴 여유가 없어요. 어떻게든 살아나가야 돼요."

"가족 때문예요? 말씀하신 것처럼 그 분들이 아직 살아 있다고 믿으시는 거예요?"

노수민이라는 여인은 그런 그를 타이르면서도 그런 맘을 가진 그가 부럽기도 하다. 그녀의 곁에 자신을 지켜줄 사람은 이 세상에 없기 때문이다.

"여길 지키는 책임자 같은 녀석이 변태라고 했죠? 그리고 훔쳐보는 것을 좋아한다고요? 그럼 이렇게 해보는 것 어때요?"

이 상병은 차분히 그의 계획을 얘기한다. 그의 계획은 그녀와 관계 중에 상황을 만들어 책임자를 불러들여 그 순간에 탈출을 꾀하려는 것이다. 이 상병이 이런 계획을 생각한 것은 최근 들어 파충류 공격으로 인한 상처부위가 치명상을 입지 않고 잠복해 있다가 점점 인간을 변화시킨다는 소문을 들어서이다. 지난번 C섹터에서 발생한 사건도 그런 상황을 짐작하게 해서이다.

"전 저의 계획이 틀림없다고 봐요. 최근 들어 이상한 일들이 많이 생기고 있거든요. 수민씨는 저만 믿고 따라오세요."

수민은 의아해했지만 사실 다른 선택지도 없었다. 과거에도 그녀와 같이 있던 많은 사람들이 탈출시도를 했지만 모두 파충류의 먹이로 실려 나갔다. 그런 그들을 말려 보려 했지만 그들의 목숨을 건 명분에 그녀도 의지를 꺾을 수가 없었다. 아니 사실 지금은 죽음과의 경계를 찾기조차 힘들기도 하다. 그녀를 거쳐간 남자들을 생각하며 그녀는 이 상병을 안타까워했지만 바라볼 수밖에 없었다. 그녀 앞에서 자신의 계획을 설명하며 보여주는 깊고 투명한 그의 눈빛이 애처롭게 느껴졌다.

늘 그의 담담하고 단호한 태도에 남모르게 호감과 연민을 쌓아가고 있었다. 그래서 이런 공간에서 그를 이렇게 안을 수 있는 건 그녀에게 남은 유일한 행복이라고 생각하고 있었다. 사실 그런 생각이 우습기도 하고 서글프기도 했지만 그녀가 의지할 수 있는 유일한 사람은 지금 그녀 눈앞에 있는 이 남자뿐이었다. 그의 몸은 가질 수 있었지만 그의 영혼은 소유할 수 없다는 것이 마음을 아프게 했다. 그리고 또 그를 떠나 보낼 수도 있다는 생각은 그녀를 더 마음 아프게 만들었다.

마음을 먹은 이상 한시도 지체할 수 없다고 생각했다. 하지만 기대와 달리 좀처럼 조명이 켜지지 않았다. 아마도 최근 사냥되는 사람의 수가 적당치 않은 것으로 짐작이 된다. 복도는 예전에 비해 인적이 드물게 느껴졌다. 밤마다 들렸던 흐느끼는 소리와 신음소리, 대화 나누는 소리가 점점 줄어들고 있었다. 시간이 지연될수록 이 상병은 초조할 수밖에 없었다. 실패에 대한 두려움은 곧 죽음을 뜻하는 것이기 때문이다. 하지만 수도 없이 생각했다. 모든 상황을 생각하고 또 생각했다. 그에게 다른 선택지는 없었다. 이런 고통스러운 순간보다는 죽음이 그를 해방시켜 줄 것이란 생각이 들었다.

그러다가 갑자기 특유의 요란하고 둔탁한 철문소리와 함께 사냥한 사람들을 실어 오는 차소리가 들린다. 그 소리가 들릴 때마다 그는 생각에 잠긴다. '저들은 자신들의 운명을 알고 있을까', 그들에 비하면 자신은 운이 좋다고 생각해야 하는 것인 가?

이런 저런 생각을 한지 3시간 정도 지났을까. 갑자기 불이 환하게 켜진다. 시간이 된 것이다. 둘은 여느 때와 마찬가지로 관계를 가지는 것처럼 행동했다. 그러다가 갑자기 이 상병이 수민의 팔뚝 부위를 물어뜯기 시작했다. 수민도 비명을 지르며 필사적으로 이 상병을 떼어 내려고 한다. 수민의 팔뚝을 문 이 상병은 마치 파충류와 같이 맹렬히 공격하고 발악한다. 팔뚝에서 피가 흥건히 나오고 수민의 비명소리가 복도까지 울린다. 그러자 철문이 소리를 내며 열리며 마침내 꽁지머리를 한 사내와 기묘한 눈빛을 가진 남자가 황급히 들어온다. 들어온 그들은 이 상병을 말리는 것이 아니라 천천히 이 광경을 지켜보고만 있다. 한 손에 테이저 건을 들고 있던 꽁지머리 사내는 골똘히 바라보다가 천천히 이 상병을 떼어 놓으려 몸을 밀치고 나머지 한 명도 그를 도우려고 한다. 이 상병은 그때를 놓치지 않고 꽁지머리 사내를 주먹으로 날리고 테이저 건을 빼앗아 나머지 한 명도 기절시킨다. 그리곤 사내의 주머니에서 열쇠를 찾아서 다리와 목에 있는 쇠사슬을 푼다.

"미안해요. 아프셨죠?"

피를 흘리며 누워있는 수민을 바라보며 이 상병이 이불을 덮어주고 상처를 만져준다. 피만 내기 위해 물은 것이라 상처가 그리 크지는 않지만 미안한 마음이다. 그리고는 열쇠를 찾아 그녀의 묶인 몸을 풀어주고 그 쇠사슬로 사내 두 명을 같은 방식으로 목과 다리를 채운다. 그런 후 테이저건과 소총을 챙긴 다음 그녀에게 손을 내민다.

"이러지 말고 나와 같이 나가요."

그녀의 손을 이끌고 이 상병은 주변을 경계하며 천천히 복도로 나갔다. 어두컴컴한 복도엔 희미한 형광등이 듬성듬성 걸려 있었고, 찌들은 곰팡이 냄새와 인분 냄새 비슷한 악취가 파충류 비린내와 혼합되어 코를 찔렀다. 복도를 천천히 걷자 갇혀 있는 사람들의 우는 소리와 고통으로 흐느끼는 신음소리 등이 들려온다. 좌우로 나뉘어진 수감시설 가운데의 복도를 중심으로 각각 남북의 끝에는 출입구로 보이는 강철문이 보였다. 파충류 떼가 늘 남쪽 복도에서 들어왔던 기억이 난 이 상병은 남쪽은 위험하다 판단했다. 그래서 우선 북쪽 문으로 탈출을 하려고 천천히 걸어 나갔다. 하지만 문은 밖에서 잠겨있는지 꼼짝도 하지 않았다. 이 상병은 어쩔 수 없이 남쪽 문 방향으로 다시 걸어 나갔다. 꽁지머리 사내도 이 쪽 남쪽에서 온 것으로 보아 문이 열려 있을 것으로 짐작이 되었다. 문을 열자 마치 기차 중간 칸과 같이 중간에 상황실 같은 것이 보이고 다시 복도로 연결된 듯한 문이 보인다. 복도 문을 열고 들어가려다가 상황실 같은 곳이 이 상병의 눈에 들어온다. 들어가자 건물 전체를 한 눈에 볼 수 있는 수십 대의 감시카메라가 화면에 펼쳐져 있다. 감시카메라를 통해본 건물 조망은 약 10개 정도의 파충류 사육장이 있었다. 각각의 사육장엔 100여 마리의 미성숙 파충류 새끼가 있는 걸로 봐서 전체적으로 1000 마리의 이상의 파충류 새끼가 길러지고 있었다. 일종의 파충류 탁아소인 셈이다. 이런 파충류 떼를 충당하기 위해선 수많은 먹이가 필요로 한데 지금 감금되어 있는 사람의 숫자로 볼 때는 턱없이 부족해 보인다. 인간 말고 다른 에너지원이 또 있을 것으로 추정된다. 문제는 경비인원들이다. 입구로 보이는 초소에 무장 인력이 2명 보이고 있고, 후면의 초소에도 2명 이상이 있는 것으로 보인다. 좌우엔 어느 정도의 경비인력이 있는지 짐작하기 어려운 수준이며 대기중인 인력이 최소 8명 이상이라면 전체적으로는 10여 명 이상의 무장인원이 있을 것으로 짐작이 된다. 이들은 과연 누구이며 무슨 목적으로 이런 시설을 유지하고 있는가가 미스터리이다. 만약 파충류를 길러서 어떤 목적으로 이용할거라면 실험 시설이라던가 훈련 시설 같은 것이 있어야 할 텐데 그런 것도 전혀 보이지 않는다. 전체 상황을 감지한 이 상병은 고민에 빠진다. 지금 갖고 있는 테이저 건과 소총 한 자루로 저들을 상대하는 것은 무리가 있다. 그렇다고 이 수많은 파충류와 갇힌 사람들을 무시하고 갈수도 없는 상황이다.

"혹시 컴퓨터 잘 다룰 줄 알아요?"

이 상병이 노수민에게 묻는다.

"전공은 안 했지만 관련 동아리를 해서 보통 보다는 잘할 수 있어요."

수민이 시스템을 보면서 대답한다.

"그럼 여기 북쪽 방에 갇힌 사람들을 풀어줄 테니 남쪽 문과 중간 문 폐쇄 유지할 수 있게 해주세요. 절대로 열리면 안 되니까요."

시스템을 살펴보던 수민은 건물 전체가 전산 시스템화되어 관리되고 있음을 알아챈다. 그리고 이 곳 시스템이 전산서버를 통해 모니터링 되고 있다. 또한 특정 명령을 수행하기 위해서는 중앙서버의 승인이 필요한 구조라서 지금 당장 어느 선까지 이 건물을 움직일 수 있는지도 알 수가 없다. 다만 비상 기능이 있어 서버를 수동으로 제어할 수가 있지만 별도의 승인 없이 가능한 범위가 어디까지인지 의문이다. 북쪽 사람들이 수용되어 있는 곳의 개폐 가능여부가 관건이다. 우선 사람들이 수용되어 있는 방을 개방해서 같이 싸울 수 있는 인원을 확보하는 것이 필요하다. 수민에게 빨리 문이 개방될 수 있도록 부탁했다. CCTV상으로는 아직 어떤 움직임도 보이지 않고 있다. 시간이 문제다. 가만히 있을 수 없는 이 상병은 열쇠함을 찾았다. 방안에 쇠사슬로 묶여 있는 사람들을 우선 풀어줘서 감금실 안에서 그들만의 시간을 벌어줄 생각이다. 열쇠를 갖고 나가려는 이 상병에게 수민이 갑자기 손을 잡고 얘기한다.

"조심하세요. 다치지 마시고요……"

뜻밖의 태도에 이 상병도 흠칫 놀랐다가 다시 웃는 얼굴로 대답하고 나간다. 복도를 나가서는 방마다 열쇠 꾸러미를 던져주고 크게 얘기 한다.

"놀라지 마십시오. 전 여러분을 도와주려는 겁니다. 제가 던져준 열쇠로 우선 묶여 있는 쇠사슬을 풀어서 대기하고 계세요. 저희가 문을 열고 구출해 드리겠습니다. 우리가 같이 노력하면 우린 살아서 나갈 수 있습니다. 조용하고 신속하게 움직이셔야 합니다."

방마다 열쇠를 던지자 웅성거리는 사람들의 목소리가 들린다.

"고맙습니다. 그런데 당신은 누구죠?"

방안에서 나이가 많은 듯한 노인이 콜록거리며 묻는다.

"저도 여러분과 마찬가지로 묶여있다가 탈출한 군인입니다. 조금만 더 힘을 내세요."

남쪽 끝 방까지 열쇠를 전달한 이 상병은 북쪽 출입구 틈으로 외부를 살핀다. 초소 이외에 뚜렷한 움직임은 없는 상황이다. 방에서 꺼내준 사람들을 어떤 식으로 탈출시킬 지가 문제다. 밖에는 무장한 인원이 경비를 하고 있어서, 저들을 어떻게 하지 않으면 모두 몰살이 분명하다. 수용자들과 힘을 합쳐 저들과 총격전을 벌여야 할 수도 있지만 무기창고는 남쪽 건물에 있고 수용자들의 상태도 불분명하다. 즉 무조건 방을 열기만 하는 게 문제해결 방법은 아니라는 결론이다. 또한 본부에 구조요청을 하기 위해서는 통신이 필요하지만 전쟁으로 전화선로와 무선통신 장비가 대부분 파괴되면서 이렇게 섹터와 거리가 먼 지역은 통신 사각지대다. 따라서 본부 통신을 위해선 최대한 본부 근처까지 이동하거나 직접 가는 것 이외엔 방법이 없다. 다시 상황실로 들어가서 작업중인 수민과 얘기를 나눈다.

"상황은 좀 어때요?"

"여긴 암호화된 자체 통신망을 사용하고 있어요. 아무래도 기본 통신망이 파괴된 것도 있겠지만 이 곳 구조 특성상 보안의 문제 때문이기도 한 것 같아요. 하여튼 시스템만 보더라도 수용소 문 개폐를 상당히 중요하게 여기고 있는 것 같아요. 중요한 건 수용소 개별 방문 개방하는 것도 사전 승인이 필요한 구조에요. 따라서 사전에 개방시간을 설정해 본부에 승인을 기다려야 되요."

"어느 정도 시간 전에 요청해 놔야 한다는 거죠?"

"글쎄요. 스케줄을 사전에 등록해 놔야 한다는 것 이외는요. 하지만 사람을 지속적으로 수급해야 되는 특성상 리드타임이 길면 돌발적으로 이루어지는 상황에는 대응을 못할 테니 무엇인가 방법이 있을 거라 생각이 들어요. 그래서 그걸 찾아보고 있어요."

"네, 수민씨가 있어서 다행이네요."

이 상병의 칭찬에 수민은 가슴이 따뜻해지며 그를 한번 바라본다. 늘 그렇듯 온화하지만 무표정한 얼굴이다. 이럴 때 한번 웃어주면 좋으련만 하는 아쉬움이 남는다. 다시 현실로 돌아와 얘기를 한다.

"하지만 문제는 저들을 다 풀어준다고 해도 여기서 무사히 나갈 수 있는 방법이 없어요. 밖에 있는 무장 경비들을 상대하려면 최소한의 무기가 있어야 하는데, 문만 열어주고 나간다면 이들은 결국 떼죽음을 당할 수밖에 없어요. 우리가 여기서 해줄 수 있는 건 해주겠지만, 그 이후는 저들이 알아서 하라는 방조밖에 되지 않아요. 그냥 그들 몫으로 놔두는 것일 뿐이라고요."

수민은 저들을 다 풀어줘서 나간다는 것이 불가능한 일임을 알고 있다. 그래서 이 상병이 의욕적으로 진행하고 있는 것이 걱정될 뿐이다.

"그렇다고 저들을 그대로 가둬 놓고 갈수는 없어요. 우리가 알고 있는 이상 저들을 버려두고 가는 건 평생 우리 가슴을 괴롭힐 거에요. 전 두 번 다시 그런 일을 반복하고 싶지는 않아요."

이 상병이 이렇게 얘기하는 것은 그의 가족을 구하지 못한 회한을 담은 것으로 보인다. 이런 말을 하니 수민도 가슴이 먹먹해진다.

"이 상병님 마음은 충분히 알겠어요. 근데 저들을 어떻게 구한다는 거예요? 무기가 있는 것도 아니고, 훈련된 인력이 있는 것도 아녜요……저 안에 전투가 불가능한 노인들이나 아이들만 있을 수도 있어요. 만약 그런 사람들만 있는 상태에서 저들을 꺼내 놓는 게 무슨 일인지 알고 계세요? 저들을 저 감옥에서 죽게 하는 것과 무슨 차이인 거죠? 이 상병님 말처럼 저들을 구해준다는 것은 분명 보람 있는 일이에요. 하지만 결론은 결국 똑같은 헛된 희망을 품고 죽는 것뿐이에요."

수민이 걱정하는 부분 이 상병도 모르는 건 아니다. 하지만 저들을 그냥 놔둬도 죽는 건 마찬가지다.

"어떻게 해서든지 꺼내서 대책을 세워 봐야죠."

이 상병은 예상했다는 듯한 표정을 짓고 대답하다가 잠시 생각에 잠겨 다시 얘기한다.

"아까 비상상황 얘기하셨죠? 그걸 꼭 찾아봐 주세요. 제가 나가서 비상상황을 만들어 볼게요!"

"비상상황이라뇨? 이 상병님! 이 상병님!"

그렇게 얘기하고 급히 나가는 이 상병을 수민이 불렀지만 그는 급하게 복도 쪽으로 나가 버린다. 복도로 나간 이 상병은 CCTV로 보았던 기계실로 조심히 내려간다. 그리고는 문밖에서 조심스럽게 내부를 바라본다. 내부에는 작업복을 입은 엔지니어가 1명 보인다. 문을 살짝 열고 옆 쪽으로 유리병을 굴리자 소리를 내며 굴러간다. 작업 중이던 엔지니어가 하던 일을 멈추고 그 쪽으로 다가오자 문 옆에서 숨어서 기다리던 이 상병은 쇠파이프로 그의 뒤통수를 내리쳐 기절시킨다. 그리고는 기계실 한쪽 구석에 몸을 결박해 놓고는 다시 상황실로 올라간다.

"남쪽 파충류 방의 온도를 최대한 올려보세요. 지금보다 10도 이상 올라갈 수 있도록 말이에요. 온도가 올라가는데 얼마나 걸리죠?"

"온도를 올리면 체온에 민감한 파충류들은 금방 미쳐 날뛸텐데요? 그걸 노리시는 거에요? 아마 10도 이상 올리려면 적어도 1시간 이상은 걸릴 거예요."

"네 제가 북쪽 건물을 돌려봤지만 콘크리트와 철문으로 되어 있어 이 건물은 이것 이외에 다른 방법이 없을 만큼 견고해요. 비상사태를 감지하면 본부에서도 승인이 날 거고, 우선 저렇게 해서라도 주위를 그 쪽으로 돌려야겠어요. 그때 나머지 인원들도 탈출을 도모할 수 있을 거 같아요."

"근데 그렇게 하다간 총도 없는 사람들은 발각되는 대로 총맞아서 다 죽을 거에요. 너무 위험해요."

"그래서 제가 혼란한 틈을 타서 무기고로 갈 겁니다. 다만 저 혼자 움직이기는 어려우니 우선 그 전에 남측 방문을 열어 주셔서 같이 싸울 수 있는 선발대를 만들 거에요. 일사불란하게 움직여야 되니 수민씨가 수고를 좀 해줘요."

"아무리 생각해도 너무 무모해요. 괜찮겠어요?"

"저들은 어차피 여기에 있으면 파충류 먹이가 될 수밖에 없어요. 여기에 남아 있다 죽든지 싸우다가 죽든지는 저들이 선택할 문제이죠. 그건 제가 설득해 볼게요. 다만 시간이 중요해요."

다시 복도 쪽으로 나간 이 상병은 각 방을 돌아다니며 자신의 의견을 얘기하고 같이 싸울 수 있는 사람들을 고른다. 전체 방 5개에서 전투가 가능한 인원 3명 이상을 선발해서 북쪽 문이 열리면 건물을 돌아 남쪽 문 쪽으로 침입해 무기고를 급습할 예정이다. 그러기 위해서는 북쪽과 서쪽에 있는 경비인원이 움직여줘야 한다. 다시 상황실로 돌아온 이 상병은 CCTV 화면을 살피며 진행사항을 묻는다. 모니터를 통해 본 파충류들은 급격한 온도에 일제히 몸을 움직이며 어수선한 모습을 보이고 있다. 일부는 벽과 문을 머리로 부딪히며 고통스러운 모습을 보이고 있다. 이제 약 5분여 정도가 지나면 목표 온도 도달시간이다. 긴장감이 감돈다…

"아직 본부 쪽 승인 움직임은 없나요?"

"네 아직까지는 없어요. 하지만 제가 계속 보내고 있기 때문에 어떤 식으로든 반응이 올 거라고 보여요."

어찌된 일인지 이들의 본부와의 통신 방식은 전화 같은 것이 아닌 자체 데이터망을 이용해 진행하고 있었다. 책상마다 전화가 아닌 반투명의 볼록한 모양을 한 마우스패드 같은 것만 있을 뿐이다. 전화를 받을 가능성이 없는 것은 다행이지만, 현재와 같은 상황에서는 답답한 시간이 흐르고 있다.

그때 갑자기 비상벨이 울리면서 남쪽 출입문이 열린다. CCTV를 보자 경비를 하는 인원들도 상황을 감지하고 긴급히 남쪽 건물로 움직인다. 북쪽 경비인원은 북쪽 출입문이 닫힌 것을 확인한 후 남측으로 이동한다.

"지금 북쪽 문을 전부 열어주세요."

이 상병의 말에 수민도 북측 방 문을 모두 개방한다.

"10분 후에 북측 출입문과 무기고도 개방해주시고요, 또 10분이 지나면 여기 상황실과 가장 가까운 파충류 방 문도 하나 열어주세요. 시간을 꼭 지키셔야 되요."

이 상병은 이렇게 말하고 복도로 나간다. 문이 개방되자 사람들이 엉거주춤하며 걸어 나온다. 이 상병은 소리 지르며 사람들을 불러 모은다.

"아까 제가 부탁한 분 6명은 여기 상황실 앞으로 모이세요. 그리고 나머지 분들은 별도 지시가 있을 때까지 방문 앞에서 기다리세요. 지금 아주 중요한 시간이니 저희 말을 잘 믿고 따르셔야 합니다. 그래야 모두 무사히 살아나갈 수 있어요."

이 상병의 단호한 말에 모두들 조용히 움직인다. 우선 상황실 앞에 모인 6명중 행동이 빠를 것 같은 3명을 선발해야 한다. 고교생으로 보이는 남학생 1명, 4~50대로 보이는 남자 3명, 그리고 20대로 보이는 여자 1명과 40대 정도로 보이는 여자 1명이었다. 그 중에 남학생과 여자들은 무기고 침투가 불가능할 것으로 보여, 40대 남성 2명과 50대 남성 1명을 모집해 가기로 했다. 그러자 남학생이 불쑥 자기가 가겠다고 얘기한다.

"이건 위험한 일이라 안돼. 하지만 자네는 여기에서 조용히 대기하고 있다가 우리가 무기를 갖고 오면 그걸로 앞장서서 이 분들을 조용히 대피시켜야 돼."

"그것도 얼마든지 할 수 있는데 지금 같이 가시려는 분은 저의 아버지에요. 하지만 여기 끌려오기 전에 다리를 다치셔서 제대로 달리실 수 없어요. 대신 제가 갈게요."

"정말인가요? 걸으실 수 없어요?"

"아녜요. 괜찮습니다, 달릴 수 있어요."

"이건 의지로 할 수 있는 게 아녜요. 여기 계신 모두의 목숨이 걸려있는 중요한 일이에요."

"하지만 아무것도 모르는 제 아들을 저기로 보낼 수는 없습니다. 제발 제가 이렇게 부탁할 테니 저를 보내주세요. 전 군 생활도 수색대에서 보내서 이런 건 쉽게 할 수 있어요."

난처해 하는 이 상병의 손을 잡고 남학생 아버지란 사람이 조용히 얘기한다.

"제 아들이라도 살아 남아야 우리 가족들을 돌볼 수 있어요. 아들까지 잃을 수는 없으니 꼭 부탁드립니다……"

이 상병은 고민했지만 사실 그들의 얘기를 들어줄 한가로운 시간이 없었다. 이 상병은 50대 사내 대신 20대 여성을 침투조로 편성하기로 했다. 대신 그 학생과 그의 부친은 대피계획에 활용하기로 했다.

"그럼 나머지 분들은 저기 북쪽 문이 열리면 천천히 이 분들을 모시고 산 위로 우선 올라가 주세요. 인원이 많으니 신속하고 조심하게 움직이셔야 합니다. 특히 무기가 없으니 유사시 대비해서 무엇이든 싸울 수 있는 것을 찾아서 방어하셔야 합니다. 우리가 무기를 갖고 오면 아마 보다 격렬한 전투를 할 수도 있어요. 그동안 나머지 분들은 몸을 숨길 수 있는 곳을 찾아 숨어 계시다가 모두 안전하게 탈출할 수 있도록 준비를 해주세요."

이렇게 말하고 나서 이 상병과 침투조 인원 3명은 북쪽 문을 돌아 남쪽 문 입구로 향한다. 입구에 다다른 이 상병은 나머지 인원을 대기토록 하고 내부를 우선 살핀다. 내부에서는 당황한 경비인원 5~6명이 각 방의 상황을 살피며 어리둥절하고 있었다. 일부 인원은 중앙문 상황실 쪽으로 와서 벨을 누르며 문을 요란하게 두드린다. 반응이 없자 복도의 CCTV를 통해 문을 열라는 제스처를 보내고, 일부는 남쪽 경비소에 있는 연락망을 이용하기 위해 이 상병 일행이 있는 남쪽 문을 향해 달려온다. 문 옆에 있던 이 상병이 남쪽 문을 나서는 경비인원의 입을 막고 목을 비틀어 쓰러뜨린다. 방 내부 파충류들의 동요가 심해지자 내부는 더욱 소란스러워지고 있다. 내부와 통신이 안되자 일부 인원은 문을 강제로 열려고 하고 있다. 총으

로 문고리 쪽을 내리치기도 하고 총으로 사격을 해보기도 한
다.

시계는 점점 문 개방 후 10분여가 지나고 있다. 이 상황을
지켜보던 수민은 중앙 쪽 방문을 하나 개방한다. 그러자 급격
한 온도에 자극 받았던 파충류 떼들이 쏜살같이 달려 나온다.
무장인원과 뒤엉켜 작은 소동이 일어난다. 파충류 떼들이 밖
으로 나가려 남쪽 문까지 다다랐을 때 이 상병과 일행이 문을
통해 내부로 긴급히 진입한다. 아직 어린 파충류들은 치명적
이지 않고, 어수선한 파충류 무리에 있을 때 사격으로부터 비
교적 안전할 수 있기 때문이다. 그러자 그들을 발견한 경비대
원이 총을 발사한다. 총을 피해 일행과 함께 지하로 달려가던
이 상병은 새끼 파충류 한 마리를 끌어안고 지하로 내려간다.
나머지 인원도 무사히 무기고 안에 들어온다. 우선 이 상병은
파충류를 묶어 입구에 세워 방패막이를 한다. 그러고나서 무
기를 챙기기 시작한다. 1층 입구에서 경비인원이 모여 사격을
하다가 지하 무기고 입구에 파충류가 묶여 있는 것을 보고는
주춤한다. 무기고 내부에 시한폭탄이 있는 것을 발견한 이 상
병은 이것을 무기고 창고를 비롯해 입구 쪽에 설치를 한다. 그
리곤 시간을 5분으로 맞춰 놓는다. 1층 입구까지 설치를 마친
후 이 상병은 다시 묶여 있던 파충류를 1층 남쪽 문 입구 쪽으
로 밀어 넣고 복도를 살핀다. 그리곤 집중사격과 수류탄 투척
으로 일순간 불바다를 만들어 버린다. 그런 틈을 타서 이 상병

일원도 재빨리 남쪽 문을 빠져나가려고 한다. 그때 묶여 있던 파충류가 경비인원의 집중사격으로 쓰러져 그대로 죽는다. 순간적으로 이 상병도 당황한다. 저들은 방패막이로 삼았던 파충류가 방해되어, 정작 이들을 놓쳐버려 무리가 더 큰 위험에 처하는 것을 우려한 것인가? 아님 인간이지만 철저하게 계산되고 훈련된 시나리오대로 움직여서 나타난 행동인 것인가? 순간적인 생각이 들었지만 지금은 여기를 당장 벗어나는 것이 중요했다. 놀란 이 상병은 일행을 향해 소리친다.

"지금이에요. 빨리 입구 쪽으로 뛰세요!"

이렇게 얘기하며 입구에 있던 이 상병은 자동화기로 집중사격을 하며 문밖으로 나가는 저들을 엄호한다. 문 밖으로 나간 저들도 맹렬한 사격으로 지원하며 이 상병을 부른다. 침투인원이 수류탄을 2~3개 투척한 사이에 이 상병도 입구 쪽을 향해 달려간다. 문을 거의 벗어날 무렵 날아온 총알이 이 상병의 어깨를 스치면서 쓰러졌으나 다행이도 가까스로 적들의 사격 범위에서 벗어난다. 침투인원이 모두 빠져나간 것을 눈치챈 경비인원이 입구 쪽으로 천천히 다가서려 하자 갑자기 남쪽 문이 닫힌다. 상황실에서 지켜보던 수민이 문을 닫아 버린 것이다. 일행은 환호성을 지르며 기뻐한다. 작전은 성공적이다. 이 상병은 일행에게 북쪽 문 맞은편 산 위로 올라가서 잔여인원과 합류하도록 하고, 자신은 상황실로 달려간다. 상황실에서 수민을 본 이 상병은 그녀를 힘껏 안아준다.

"모든 게 계획대로 잘 됐어요. 다 수민씨 덕분이에요."

"저는 여기서 있었을 뿐인데 이 상병님이 목숨 걸고 해주신 덕분이죠."

"어서 여기 지옥 같은 곳을 나가시죠. 시간이 별로 없어요."

이 상병이 수민 손을 잡고 복도를 나간다. 복도를 중간 정도 달려가고 있을 때 갑자기 중간문이 열린다. 놀란 이 상병과 수민이 뒤를 돌아보자 문이 위로 올라가면서 파충류 새끼들이 일제히 쏟아지며 공격을 하기 시작한다. 이 상병도 놀라 뒷걸음치면서 대응 사격을 하면서 소리친다.

"수민씨 어서 피해요. 맞은 편 산 위로 달리세요!"

"이 상병님은요? 같이 가세요. 여기 너무 위험해요."

대답할 시간도 없이 갑자기 날아온 총알이 수민의 가슴에 박힌다. 놀란 이 상병이 소리치며 자동소총으로 화기를 바꿔 집중 사격하며 그 틈을 타서 그녀를 문이 열린 방안으로 부축해서 끌고 들어간다. 피가 흐르고 있는 그녀의 가슴을 틀어 막으며 얘기한다.

"수민씨 조금만 참으면 되요. 제발 1분 정도만 참으세요."

파충류 떼가 있는 방 밖과 쓰려져 있는 그녀를 반복해서 살피던 그는 필사적으로 그녀에게 말한다. 그러자 그녀가 웃는 얼굴로 그를 바라보고 피가 흐르는 자신의 가슴 쪽을 막고 있는 그의 손을 잡으며 힘없이 얘기한다.

"전 괜찮아요……이렇게 이 상병님과 같이 있었던 것이 행복했어요……전 늘 지옥과 죽음만 생각했는데 이 상병님이 저에게 많은 희망을 주셨어요……그것만으로 저는 충분히 행복해요……"

"그런 소리 하지 마세요. 그런 소리 듣기 싫으니 제발 정신 차리고 조금만 참으세요!"

이 상병은 그렇게 허무하게 죽어가는 그녀를 보자 분노가 치밀어 올라 밖에서 달려들고 있는 파충류 떼에게 수류탄을 연신 던지고 자동소총으로 집중사격을 가한다. 파충류 떼들은 일순간 놀라며 남쪽 문 부근으로 물러난다. 이에 이 상병은 앞 쪽 방으로 몇 걸음 더 전진해 주저 없이 사격을 계속한다. 맹렬한 사격을 이어가던 그때 지축을 흔드는 커다란 굉음이 울린다. 남쪽 문 입구와 무기고 지하에 설치되었던 시한폭탄이 터진 것이다. 북쪽 복도 쪽에 있던 경비인원과 파충류 떼들이 당황하고 있던 그때 또다시 폭발소리가 울린다. 그리곤 연이어 4번의 폭탄이 더 터지면서 건물이 무너지기 시작한다. 사격을 멈추고 수민이 있는 방을 들어가자 수민은 서서히 죽어 가고 있었다. 죽어가는 그녀를 보며 이 상병은 지난 몇 달이 머릿속을 스쳐 지나간다. 이 지옥 같은 곳에서 그가 소통할 수 있었던 유일한 사람이었으며, 최근 느껴보지 못한 감정을 가져보게 한 그녀이기도 했다. 그녀를 이렇게 떠나 보내게 되니 그는 자신의 감정이 혼란스러워졌다. 그 둘은 강압으로 인한 육체적인 관계를 이어갔고, 그런 말도 안되는 상황 속에서 그 둘은 어떤 관계를 차츰 차츰 형성하게 되었다. 힘없이 쓰러져 가는 그녀의 얼굴을 가만히 보면서 그는 이런 것이 혹시 사랑의 감정이 아닐까 하는 생각이 들었다. 사랑의 감정. 그 생각을 하자 아직 생사를 모르는 그의 가족들이 떠오르면서 혼란스러움과 죄책감이 동시에 밀려든다. 가족을 찾고 있는 그에게 그런 감정이 대체 뭐란 말인가.

하지만 다시 생각해보면 그녀로 인해 이 지옥과 같은 상황에서 벗어나 살아남을 수 있는 희망을 갖게 되었고, 그것은 결국 그가 그토록 원하던 가족에 대한 가능성을 열어 놓을 수 있게 된 것이다. 그런 과정에서 기꺼이 자신의 모든 것을 내어준 그녀는 그의 의지를 북돋아 주고 더 강하게 만들어 주었다. 그런 그녀를 그런 양심 따위로 이렇게 마음 밖으로 내팽개쳐 버리고, 의미를 축소시켜 평가절하하려 하는 것이 합당한 것일까 하는 의문이 생겼다. 그런 그의 복잡 미묘한 속마음을 알고 있는 것처럼 그 순간 그녀가 이 상병의 손을 잡는다.

"고마워요……전 이 상병님의 그런 마음 늘 이해하고 부러웠어요……병욱씨는 좋은 분이에요……"

그녀는 마지막 말을 미쳐 끝내지 못했다. 마지막 말이 부담이 되어서 그랬을 수도, 아님 가슴에 그 말을 남기고 싶어서 그랬을 수도 있다. 그녀의 숨이 얼마 남지 않은 순간 이 상병이 그녀의 입에 키스를 한다. 그러면서 눈물이 그녀의 뺨 위에 떨어진다. 사랑한다 말하지 못했지만, 이렇게 죽음 앞에서야 사랑하게 된 그녀를 진심 어린 맘으로 바라보고 안아주게 된 것이다. 그녀를 바라보던 그의 눈에서 눈물이 그녀의 뺨 위에 떨어지며 다시 한번 그의 맘을 얘기해준다. 말로 못했던 것을 후회하듯, 그동안 못했던 수많은 말들을 그는 이내 하염없는 눈물로 대신해 그녀에게 자신의 마음을 털어 놓으며 얘기하고 또 얘기한다. 그 눈물은 말보다 더 강렬하게 그녀의 뺨 위를 적시며 가슴 속에 스며들고 꺼져가는 그녀의 심장을 뜨겁게 적신다. 언어가 하지 못했던 의미를 눈물은 어떤 방해도 없이 그의 가슴에서 올라와 그의 눈을 적셨고 이는 그대로 그녀의 사랑스러운 얼굴에 뿌려져 가슴 깊은 곳까지 스며들며 적시기 시작한다.

  그런 그의 마음을 진정 알게 된 그녀는 그 따뜻한 사랑이 느껴지면서 이내 얼굴에 미소가 퍼진다. 사랑한다는 말은 듣지 못했지만 자신을 진정 사랑했다는 것을 이처럼 극적으로 알게 해준 그의 눈물로 인해 그녀는 그에게 따뜻한 표정을 남기려 마지막까지 힘겹게 노력한다.

  그녀에게 사랑한단 말을 하지 못해 가슴 아팠던 그는 결국 그 뜨거운 눈물을 쏟아내고는 그녀에게 용서를 구하고 다시 사랑스럽게 바라보았다. 그녀도 마지막으로 그의 마음을 확인하게 되어 행복해진 것 같은 미소가 그녀 얼굴 전체에 퍼진다. 그렇게 그녀가 이 상병의 손을 잡고 그의 눈빛을 바라보자, 이 상병도 그녀의 이마와 머리카락을 사랑스럽게 어루만져주고 쓰다듬는다. 마치 오랫동안 사랑했던 연인의 모습을 떠오르게 한다. 그런 그의 따뜻하고 사랑스러운 손길을 느끼며 그녀도 이 세상 누구보다도 평온하고 아름다운 미소를 남기며 조용하게 숨을 거둔다. 마치 평온하고 소박한 작은 정원에 오전 햇살과 함께 불어오는 작은 바람과 같은 마지막 한 숨이었다. 이 상병은 그녀를 가슴에 안으며 다시 눈물을 흘리고 그녀의 입에 입을 맞춘다.

Willem de Kooning의 Interchange

이런 모텔에 어울리지 않을 것 같은 그림이 벽에 덩그러니 걸려있다. 선곡해 놓았던 Stan Getz 앨범의 마지막 트랙이 끝나자, 본능적으로 음악을 바꿔야 된다 생각했던 이호영은 침대 위에서 자신을 안고 잠든 정희연을 옆으로 살짝 밀어내면서 다시 핸드폰을 만지작거린다. 다음 앨범을 뭐로 들을까 고민하던 이호영은 그녀를 안았던 나른한 느낌과 잘 어울릴 곡을 찾아 Billie Holiday의 앨범을 선곡리스트에 걸어놓는다.

'I am a fool to want you…'

이 곡은 마치 그녀를 사랑하는 자신의 심정을 반영한 곡이라는 생각도 든다. 그리곤 자신의 옆에서 잠이 들어있는 정희연의 입과 볼에 살짝 키스를 한다. 잠깐 잠이 들었던 정 박사는 이호영의 키스에 눈을 뜨면서 미소를 지으며 얘기한다.

"깼네? 조금 더 자두지?"

"널 옆에 껴안고 있으면 기분은 좋은데 잠은 잘 안 와. 그냥 너 바라보며 널 만지는 것도 좋아."

정희연을 품에 안은 이호영은 그러면서 그녀의 머리카락을 귀 뒤쪽으로 넘겨주고, 볼과 얼굴을 만진다. 그런 다음 다시 몸을 밀착시켜 맨몸이 된 희연의 매끈한 등과 허리를 쓰다듬는다. 그렇게 서로의 몸을 밀착시켜 그녀의 몸을 만지는 그 느낌은 평온함과 안락감을 준다. 그런 호영의 손길이 희연을 다시 깨어나게 한다.

"호영씨는 꼭 침대에선 반말하더라?"

그의 손길을 느끼던 희연은 그렇게 말하고는 그를 향해 웃으며 말한다. 그러면서 살짝 그의 입술에 키스한다.

"나도 침대에 이렇게 누워있으면 희연씨가 내 꺼인 것 같아 편안해서 그런가 봐. 하지마?"

"멀리 사는 친구한테는 가끔 내 얘기한다며?"

호영의 볼에 입을 맞추고 냄새를 맡으며 특유의 웃는 얼굴로 희연이 다시 얘기한다.

"뭐 별 사이는 아니라고 했어. 그냥 파트너라고…"

그렇게 얘기하자 희연은 그를 바라보며 장난이 심한 것 아니냐는 표정을 지으며 그의 몸에 올린 오른쪽 발로 호영을 한번 찬다.

"뭐 그렇다고 우리가 사랑하는 사이는 아니잖아? 사랑했던 사이인가?"

그런 말을 하는 이호영을 보고 희연은 다시 팔로 그의 얼굴을 잡아당겨 키스를 하며 웃으며 즉답을 피한다. 그런 그녀의 모습을 한번 쳐다본 호영도 늘 그런 것처럼 아무 말 하지 않는다.

가볍게 농담조로 물어보긴 했지만, 호영은 사실 그녀의 속마음을 듣고 싶기도 했다. 또한 그 말은 짧은 시간 동안 서로 사랑하긴 했지만 그녀가 조금씩 변하고 있다는 그의 심경을 드러낸 것이기도 하다. 그녀의 모습을 보고 그는 어떤 생각이 난 건지 그의 핸드폰에 있는 그림을 찾는다. Oskar Koko-schka의 '바람의 신부'이다. 코코슈카가 그토록 사랑하고 갈망했던 여인이 말러의 미망인인 알마이고, 마침내 그녀를 안게 되었지만 언제든 그녀가 떠날 수 있다는 불안감을 묘사한 그림이다. 그 그림을 보여주려던 그는 그녀의 얼굴을 보자 생각을 바꿨는지 그대로 침대에 다시 눕는다. 그리고는 화제를 바꿔야겠다고 생각해서 그녀에게 다시 질문을 한다.

"저 벽에 걸린 그림 보면 무슨 생각나?"

"글쎄. 너무 어려운 거 같아. 무슨 내용인지 감도 안 오는데?"

"난 가끔 그런 생각이 들어. 작가가 의도한 것을 다른 사람들이 정확히 알고 그 가치를 판단하고 있을까 하는 생각. 사실 그 사람의 말이나 그 사람이 남긴 글로 어떤 것에 대한 의미를 전부 파악하긴 힘든 거니까. 말하는 사람이 솔직하지 않을 수도 있고, 듣는 사람도 제대로 이해하지 못했을 수도 있고…… 그래서 특정인에 대한 신뢰지표가 없는 상황에서 그 사람을 있는 그대로 신뢰하고 평가하는 것은 어려운 것 같아. 더 웃기게 얘기하면 계량적 측량지표가 각자에게 부여되어 있어서 이를 통해 가중 평균을 하는 것이 객관적이거나 합리적이지 않을까? 그렇게 보면 Kooning의 진짜 속마을을 잘 모르는 상태에서 저 그림을 3,000억 원도 넘게 지불하고 산 사람에 대해 쿠닝은 멍청이라고 부를 수도 있을 것 같다는 생각이 들어."

"저 그림이 그렇게 비싸? 그리고 왜 그런 얘기해? 호영씨는 너무 복잡하게 생각하는 경향이 있는 거 같아."

"세상엔 다양한 단어와 의미가 넘쳐나고 있지만 누구나 그 뜻을 제대로 모른 채 살아가고 있는 것 같아. 나도 가끔 내 말의 의미가 정확하지 않고 부적절하다고 생각할 때가 있는 것처럼 말이야. 하지만 그 당시 내 말을 들었던 사람은 내 말을

168

그대로 받아들여 그 의미를 파악하려 노력했을 거야. 그리고 저 그림이 의미하는 내용과 제목 나도 잘 모르겠어. 그런데도 사람들이 이에 열광했었다는 것도 이상하다는 생각이 들고."

이호영은 말을 이어간다.

"그리고 설사 우리가 어떤 행동과 말을 했다고 하더라도 우리의 말과 행동을 기억하기 위해서는 해석이라는 게 필요한데 이 해석은 결국 어떤 관점에서 보여지냐에 따라 전혀 다른 모습으로 비치고 기록될 수 있으니 결국 인간에 관련된 진실이란 건 늘 저 멀리에 있는 것 같다는 생각이 들어."

그러면서 희연을 보며 의미심장한 미소를 짓는다.

"지금 나를 두고 하는 말이야?"

"나도 한동안은 니가 나를 사랑한다고 생각했거든. 근데 그게 아니라고 알게 되었지. 어찌 보면 이런 것도 소통의 오류겠지. 사랑이라고 믿었던 착각 말야. 맘은 아팠지만 그 이후 느낀 게 있어."

"그게 뭔데?"

"상처받지 않는 방법. 나에 대한 상처가 불가피 하다면, 그래서 내가 상처를 피할 수 없다면 충격을 덜 받는 방법 말이야."

"세상의 진리를 다 알게 된 사람처럼 말하네?"

호영은 희연을 안은 채 그림을 바라보며 얘기를 이어간다.

"아니 그런 생각이 들어서 그래. 뭐 나도 어떤 이슈에 대해 가치판단을 강요 받았을 때 이해가 부족하거나, 대답이 곤란한 경우에는 얼버무릴 수밖에 없는 상황이 있을 수 있는데, 그런 대답에 대해 이것을 받아들이는 사람은 뭐라 생각하고 판단할지 하는 걱정도 드네."

이호영은 그렇게 말하고 있지만 그 내용은 정희연에게 상당 수준 중첩되는 것이기도 한 얘기들이었다. 하지만 그녀의 속마음을 듣고 싶긴 하지만 평소처럼 그녀와 여러 가지 얘기를 하는 시간만으로도 충분할 수 있다. 뭔가 말한다는 것은 결정을 하는 것이고, 그런 결정이 스스로의 행동이나 관계 설정이 제약이 될 수도 있기 때문이다. 그건 또한 이 소대장에게는 두려운 일이기도 하기 때문이다. 물론 그녀도 그가 어떤 대답을 바라는지 잘 알고 있다.

"호영씨는 군인 같지 않아. 늘 군복이 어울리지 않는다는 생각이 들었어. 물론 지금 세상이 호영씨에게 군복을 입힌 거라 안타깝기도 해."

그러면서 정희연은 다시 이호영에 올라가서 키스를 하며 그의 몸에 자신을 밀착시키고 그를 깊숙이 받아들여 다시 느끼기 시작한다.

얼마의 시간이 지났을까. 새한국 진영의 요란한 헌병대 사이렌이 골목길 상가를 가득 울린다. 헌병대 차량 2 대에서 대원 두 명과 간부로 보이는 한 명이 내린다. 간부는 멀리서 봐도 김민근 소령임을 한번에 알 수 있다. 대원 두 명이 짚이 멈춘 펍으로 이내 곧장 들어간다. 그 사이에 김민근 소령은 천천히 주변을 두리번거리며 담배를 입에 문다. 잠시 후 2명의 청년이 헌병대에 의해 끌려 나온다. 아마도 탈영병 신고를 받고 출동한 것으로 보인다. 2명은 차에 바로 태우지 않고 거리 한복판에서 무릎을 꿇게 한다. 그리곤 김민근 소령이 무릎을 꿇은 두 청년의 얼굴과 가슴을 주먹으로 난타하기 시작한다. 한번 난타하기 시작한 김민근 소령은 본인의 감정이 실리게 되었는지 마치 샌드백을 두드리듯 멈추지 않고 무차별적으로 주먹을 날린다. 이 광경에 주변에 있던 사람들이 모여들지만 그 공포스러운 분위기에 눌려 누구 하나 말리거나 숨소리조차 내지 못한다. 전시 상황이고 그는 엄연히 군인이고, 또한 잔인하기로는 악명 높은 김민근 소령이기 때문이다. 얼마 후 그 중 한 명이 피투성이가 돼서 쓰러지자 기다렸다는 듯이 김민근 소령이 군화발로 머리를 짓밟으며 다시 잔인하게 그의 얼굴을 주먹으로 내리친다.

"니네들은 전쟁터에서 목숨 걸고 싸운 네 동료들이 도마뱀 한테 잡아 먹히고 죽어가고 있는데 여기서 술 쳐먹고 노닥거 리고 있으면 미안하지도 않냐? 니 동료들은 도마뱀한테 물려 서 피를 흘리며 죽어가고 있는데 술이 네 목구멍으로 넘어가? 도마뱀이 무서우면 아예 멀리 도망가버리지 왜 이런 데서 얼 쩡거려 열 받게 하는 건데? 이런데 있으면 내가 못 찾을 줄 알 았어?"

감정이 점점 격해진 김민근 소령의 분노는 단지 탈영자 두 명에게만 쏟아내는 것이 아닌 듯하다. 여기서 이 시간에 술을 마시고 있는 사람들을 두고 하는 말이기도 하다.

"니네는 양심도 없는 새끼들이냐? 니네가 여기서 술 처먹 고 노닥거리고 있을 동안 저 안에는 어떤 사람들이 어떻게 모 여서 목숨 걸고 싸우고 있는 줄 알아? 한 밤중에 자다가 저 도 마뱀 새끼들이 떼거지로 나타나서 부모 물어 죽이고 지 딸내 미 지키려는 마누라 물어 죽여서, 하나 남은 3살짜리 지 딸내 미 찾겠다고 도마뱀 쫓아가다가 자기 한쪽 다리 잘려졌는데도, 나한테 찾아와서 부탁한 사람도 있다. 뭐라고 부탁하는 줄 알아? 제발 저 도마뱀 죽이는데 자기도 끼어 달라고, 몸은 이래도 총은 쏠 줄 아니까 제발 총이라도 쏘게 해달라고, 지 새끼 찾아 복수하겠다고 울부짖으며 나에게 엎드려 사정하는 사람도 있다고! 그런데 넌 여기서 낮부터 술 처먹고 부끄럽지도 않냐."

이렇게 얘기하면서 김민근 소령은 쓰러진 사내 한 명의 장단지를 밟고 다른 발로 발목을 힘껏 밟아 버린다. 우지끈 하는 소리가 나면서 그 사내는 긴 비명소리를 지르며 발목을 감싸며 울부짖고 이 광경을 본 사람들은 다시 공포에 질린다. 그러면서 다른 한 명도 똑같이 가격 한다.

"아프냐? 그렇게 아파? 왜 다리 병신이라도 되었을까 봐? 다리 달려있어도 기껏 이런 술집에서 술이나 처먹는데 뭐가 2개나 필요해서 그래? 없는 게 낫지?"

김 소령은 마치 그 술집거리에 있는 모든 사람들이 들으라고 하는 얘기처럼 소리를 지르면서 절규한다. 생사를 넘나들고 있는 자신들과는 달리 마치 다른 세상 일처럼 여기에서 시간을 즐기고 있는 사람들에게 하는 화풀이처럼 말이다.

모텔 창문에서 이 광경을 지켜보던 정 박사는 휴대전화를 연신 보면서 초조한 듯 기다린다. 곁에서 그녀의 핸드폰을 흘 깃 바라본 이 소대장은 그 전화가 치매 걸린 아버지가 계속 전화하는 것이란 것을 알아챈다. 안절부절하던 정박사는 안되겠다는 듯이 갑자기 자리를 박차고 일어난다. 이 소대장이 말릴 틈도 없이 뛰쳐나갔지만 집으로 가기 위해서는 김민근 소령이 벌여 놓은 소동의 한가운데를 가로질러 갈 수밖에 없다. 공포 분위기로 미동조차 할 수 없는 사람들이 가득한 그 공간을 지나가는 그녀의 모습이 김 소령 눈에 안 보일 리가 없다.

"우리 정 박사님이 여기 웬일이세요? 이런데 자주 오세요?"

애써 모른 척 지나가려다가 김민근 소령과 눈이 마주쳐 버린 정 박사는 눈인사만 하고 지나가려고 한다.

"뭐 잘못이라도 하시다가 들킨 것처럼 어딜 그리 급하게 가세요? 애인이라도 만나셨어요? 급하시면 저희가 태워다 드릴께요."

정 박사는 사람들의 이목이 집중된 상황에서 아는 척을 하는 것도 부담스럽지만 그런 상황에서 굳이 저런 얘기를 하는 김 소령에 화가 난다. 더 이상 대꾸하기 싫은 정 박사는 빠른 걸음으로 지나가 버린다.

G섹터에선 예상대로 관련된 작전이 수행 중이다. 사실 작전이라고 하기엔 건물공사가 주된 비중을 차지하고, 군사작전은 혹시 모를 주변 경계 정도이다. 그만큼 작전 자체에 효과성 측면에서 정부군 내부적으로도 상당한 논란이 있었다. 파충류들을 유인하는 문제도 그렇고, 해당지역으로 파충류를 유인 후에 효과적으로 살상케 하는 문제도 군사 작전상으로 의견충돌이 많았다. 그럼에도 불구하고 이런 작전을 감행하는 배경은 우선 한반도를 집어 삼키고 있는 파충류들의 행동패턴에 대한 연구를 바탕으로 한다. 전국을 강타하고 있는 파충류 중 공격성이 강한 종은 마치 양서류와 같이 습도와 온도에 예민해 주로 늪이나 습지를 바탕으로 세력을 키워가거나 인공적인 시설을 공격해서 세력을 확장해 오고 있다. 따라서 인공적으로 시설을 만들어 그런 생태계를 조성해주자는 것이 이 작전의 핵심이다. 조태현 정보국장의 강력한 반대가 있긴 했으나, 현승표 실장의 설득으로 진행하게 된 사안이고 정희연 박사 등 생물학자들의 조언이 상당한 계기가 되었다. 따라서 이번 작전은 현승표 전략실장의 주도로 진행되고 있으며 군사적인 부분은 이 대대장이 총괄 진행하고 있다. 폐광 이후 개발된 온천지역을 활용하는 것으로서 버려진 대형 온천 및 물놀이 시설을 재가동하는 작전이다. 이로 인해 전체적으로 따뜻하고 습도가 높은 파충류가 좋아할 만한 서식지를 만들어 유인하는 계획이다. 물과 습도를 좋아하는 파충류의 특성을 감안하면 온천 테마파크 시설이 최적의 장소이다. 이를 위해 해당 장소

에 여러 가지 유인 미끼를 투입할 예정이다. 대량으로 유인해서 한꺼번에 폭파시키거나, 보다 군집된 상황을 조성해 생태를 더 면밀히 파악 후 기간을 갖고 살상할 수도 있다. '여명'작전이라 명명된 이 프로젝트의 결론은 결국 얼마나 많은 파충류를 유인해서 대량으로 효과적인 폭발을 수행하는 지가 관건이다.

한창 작업 중에 현장에 있던 이제욱 대대장에게 본부로부터 다급한 무전이 온다. 무전의 내용은 G섹터 새한국 경계지역 북측 지역에서 정부군과 새한국 측의 교전이 있었다는 내용이다. 처음엔 파충류 공격으로 인한 대응사격으로 보고가 되었으나, 이후 현장의 보고내용은 새한국 진영과의 교전이라고 수정되었다. 작업현장에 있던 이 대대장이 직접 현장으로 이동하려 했으나, 교전이 지금 발생한 것이 아니며 비교적 짧은 시간에 끝났다고 보고되었다. 과거 높은 장벽으로 지속되었던 새한국 진영과의 무력 충돌은 국가조직 와해와 내전이라는 초유의 불행을 맞이하게 되었지만, 장벽붕괴 이후 나타난 파충류로 인해 내전은 사실상 교착상태에 빠지고 정부군과의 연합작전이라는 초유의 범국가적인 군사 협력체계를 갖추게 되었다. 그럼에도 과거의 아픔이 남아있지만, 상호 동반자인 현재 상황에서 새한국 측과의 실제적인 교전은 이례적이고 충격적인 사건이 분명하다.

현승표 전략실장이 이제욱 대대장을 급히 호출한다. 평소 사이가 좋지 않았고 한창 교전 현장으로 이동 중이라 현 실장의 호출을 현장 지휘라는 핑계로 무시하고 곧장 현장으로 향한다. 현장에 도착하자 교전으로 인해 우리측 중상 1명과, 1명의 경상이 발생했다는 보고이다. 허벅지 쪽에 관통상을 입은 대원은 출혈이 다소 있었으나, 빠른 조치로 비교적 안정을 취하고 있고 생명에는 지장이 없지만 다리를 잃을 수 있다고 군의관으로부터 보고를 받았다.

"무슨 일이야? 어떻게 된 거야?"

이 대대장이 다그치듯 현장 중대장에게 묻는다.

"경계근무 중이던 대원들간에 사소한 말싸움이 번져서 결국 소총사격까지 발생한 것 같습니다."

"말싸움? 무슨 말싸움을 했다고 교전까지 일어나냐고? 현장 통제는 도대체 누가 하고, 여긴 지휘자도 없는 오합지졸이야?"

이 대대장이 고함을 치며 호통을 한다.

"그게……어제 일부 대원들이 경계선 근처에서 새한국 대원들과 사소한 충돌이 있었다고 합니다. 애들 장난 같은 별 것도 아닌 일인데 워낙 혈기왕성한 나이이고, 또 최근 몇 번의 전투로 민감해져 있다 보니 그 중에 화를 못 참은 새한국 대원이 먼저 공격하고 그런 과정에서 우리측 대원들이 대응사격하다 보니, 저 쪽 진영 어느 녀석이 자동 소총사격을 해서 교전상황이 커졌다고 합니다⋯⋯"

현장 중대장이 우물쭈물 말한다.

"근데 나중에 알아보니 이상한 건 저 쪽 대원이 우리가 쓰는 N5소총을 사용하고 있었고, 우리도 내부적으로 유출경위가 있는지 파악해 보고 있습니다. 우리측 무기를 사용한단 건 너무 당황스러운 상황이라서 말입니다."

현장 소대장의 얘기를 들은 이 대대장은 순간적으로 움찔한다. 사실상 무기교류가 있었던 건 사실이고, 이런 무기교류가 양측 교전의 수단으로 이용됐단 건, 교류의 명분이 있다 할지라도 민감하고 당혹스러운 상황이기 때문이다.

"새한국 측 얘기는 접수된 거 없었나?"

"그러지 않아도 새한국 측 김민근 소령이 우리측 상황에 대해서 물어왔습니다."

"일단 부상자 치료에 전념하고 경계근무는 강화할 수 있도록!"

이 대대장은 짧은 지시를 끝내고 캠프를 나간다. 그때 마침 김민근 소대장에게서 전화가 온다.

"니네 이제 시간이 지나니 옛 생각이 사무치는 거야? 왜 갑자기 총질하고 지랄이야! 총은 봐 가면서 쏴야될거 아냐! 눈깔은 어디다 두고 다니는 거야!"

이 대대장이 격분하며 고함을 지른다.

"애들이 말 같지도 않은 걸로 싸운 모양인데요, 그 쪽 사상자가 있다면서요? 죄송합니다. 형님. 우리 이럴 때가 아닌데 왜 이런 일까지 생기는지 모르겠습니다."

김 소대장이 말을 이어간다.

"죄송합니다 형님. 근데 하필이면 N5 소총으로 교전이 일어나서 저도 뜨끔한 상황입니다. 이 총은 대대장님과 저 사이에는 대화와 혈맹의 상징이기도 했는데 말이죠."

"개소리 하지마, 이 새끼야. 니네 윗대가리에 있는 인간들인성이 다 그 모양이니 애들 교육을 그 따위로 시키는 거야! 지금 소총을 사람한테 쏴대는 게 말이나 되는 소리야? 니네 그 정도로 닭 대가리들이야? 미친놈들아 총은 도마뱀 쏘라고 준거지 우리한테 쏘라고 준 것 같아?"

이 대대장이 열 받아 소리를 지른다.

"죄송합니다. 형님. 너무나 죄송합니다. 제가 어떤 말을 해도 분이 풀리지 않으실 거 압니다. 또 인명 사고이니 더더욱 그렇고요. 너무나 죄송하게 생각합니다. 애들 타이르고 쥐어박아도 혈기왕성한 놈들 꼭 말 안 듣고 사고 치는 놈들이 있다는 거 형님도 잘 아시지 않습니까. 우리 대원들은 저희 내부적으로 보고를 해서 규정에 따라 엄격하게 처리하도록 하겠습니다. 죄송합니다. 그것도 문제이지만 형님 걱정도 되고요. 거기 형님 씹는 인간들 많은 걸로 알고 있는데 이 사건으로 형님 신상에 엉뚱한 역풍이 닥치지는 않을까 저는 그게 너무나 걱정됩니다."

"총 주니까 우리 새끼들한테 쏴대서 겁나게 고마운데 걱정까지 해주니 몸 둘 바를 모르겠다. 내가이 따위 상황 만들려고 니네들한테 총 갖다 바친 줄 알아? 내가 늘 얘기했지? 난 니네 꼴통새끼들 못 믿는다고! 그동안은 다른 놈들 다 못 믿어도 넌 믿었는데 이젠 너란 새끼도 믿을 수 있는지 모르겠다."

"죄송합니다. 형님. 제가 할 말이 없습니다. 형님이 그런 말씀하시는 것 충분히 이해하고 있고요. 제가 상황을 잘 파악해 보고 다시 말씀드리겠습니다."

김 소령이 어쩔 줄 모르며 대답을 한다.

"닥쳐, 시발! 나도 모르겠다. 니네를 어떻게 생각해야 할지 난 정말 모르겠어. 니네가 적인지 동지인지 난 요즘 들어서 도통 모르겠다. 한 가지 분명한 건 난 이딴 거 말고도 신경 쓸 일이 존나게 많다는 거다. 니네들이 이딴 식으로 엿 먹이려 하지 않아도 난 지금 쓰러지기 일보직전이니 제발 작작 좀 해라. 그리고 네 전화도 받기 싫으니까 나한테 전화하고 이 딴짓 하지 마!"

신경질적으로 전화를 끊어버린 이 대대장은 대원들이 치료받고 있는 본부 병원으로 이동한다. 총상을 입은 대원들 모두 생명에는 지장에 없으나, 허벅지 관통상을 입은 대원은 다리를 잃을 가능성이 있는 상황이다. 경상을 입은 대원은 일주일 정도 치료 후 퇴원이 가능하다는 의견이고, 이 대대장이 다가오자 일어나서 경례를 한다.

"야. 됐어. 그냥 누워있어. 충성은 얼어 죽을……어제 어쩌다가 그렇게 총격까지 발생한 거야? 우리가 경계 근무 중에 저 쪽 자극한 거라도 있었어?"

이 대대장이 대원 한 명에게 다가와 조용히 묻는다.

"대대장님 사실 말입니다……"

대원이 말을 우물쭈물하자 이 대대장이 다시 묻는다.

"왜 그래? 뭘 망설여? 나 그런 말하는데 눈치 보는 사람 제일 싫어해. 괜찮으니까 편하게 얘기해봐. 너네도 이런 상황 열 받을 거 아냐."

"네 대대장님……사실 저희 경계근무 중에 이상한 소리가 계속 들렸습니다. 자세히 들어보니 파충류가 혓바닥 떠는 소리 있잖습니까. 그런 소리가 계속 나서 저희는 파충류 침입이라고 판단하고 경계를 강화하고 있었습니다. 그러던 중에 소리가 난 근처를 자세히 보니 파충류가 아닌 새한국 대원들이었습니다. 그래서 별일이 아닐 거라 생각하고 있었는데 그 다음에 본 건 정말 충격적이었거든요."

이 얘길 하면서 그 대원은 연신 놀라운 표정을 감추지 못하며 현장 중대장 눈치를 살짝 살핀다. 그러자 이 대대장이 괜찮다며 다독인다.

"괜찮다니까 그러네. 얘기해봐! 그래 무슨 일이 있었는데?"

"잘 못 들은 거라 생각하고 별 생각 없이 지켜보고 있었는데, 갑자기 그 중에 한 대원이 마치 파충류들처럼 몸이 굽어지며 혓바닥을 날름거리고 있었고 그때 그런 소리가 나고 있었어요."

갑작스러운 얘기에 이 대대장과 일행은 일제히 어이없어하는 표정이다.

"자네 자세히 본 것 맞나? 지금 무슨 소리를 하고 있는지는 알고 있는 거고?"

중대장이 당황하면서 해당 대원을 타이르듯이 말한다. 그러자 이 대대장이 만류하며 얘기를 계속 들어보자는 표정을 짓는다. 그러자 중대장은 이 대대장 눈치를 보며 다시 한번 묻는다.

"자네 자세히 본 것 맞아? 자네 말대로 백 번 양보해서 파충류라고 치자. 실제는 파충류인데 그걸 숨기려고 사람의 탈을 쓰고 다녔는데 그런 곳에서 파충류 새끼들처럼 혓바닥 날름거리며 활보하고 다니면 사람들 눈에 띄어서 탄로 날 텐데 대체 뭣 하러 그런 곳에서 그런 짓거리를 하겠어? 아님 이젠 숨길 만큼 숨겼으니 본격적으로 커밍아웃 하러 다니려고 새한 국 새끼들이 단체로 결심이라도 했다는 거야?"

중대장이 답답하다는 표정으로 물어보자 근처에 있는 일행들도 피식거린다.

"사실 우리가 볼 때 그 쪽은 약간 어두워서 잘 보이지 않는 공간이었어요. 우리측 주 경계 장소도 그 쪽이 아니어서, 그 놈들도 당연히 우리가 거기에 있을 거라곤 생각 못한 것 같습니다. 그리고 긴 경계근무시간 동안 우리가 어둠에 익숙해져서 볼 수 있었던 거지 밝은 곳에 있다가 언뜻 본 사람들이라면 보지 못했을 겁니다. 바로 그 옆엔 강한 경계등불이 비치고 있어서 시야를 방해하니까요."

"저희도 너무나 놀라서 숨죽이면서 지켜보고만 있었는데요, 그러던 중에 이상행동을 하고 있는 두 명의 대원들이 멀리서 볼 때 마치 키스라도 하듯 연신 얼굴을 가까이 대고 무엇인가 하고 있었어요. 무슨 일을 하는지 도무지 이해할 수 없는 행동들이었습니다. 그걸 조용히 지켜보던 우리와 그 쪽 한 녀석이 눈이 마주쳤고 놀란 그 놈들이 먼저 사격을 시작했어요."

"그럼 뭐 사소한 대화로 총격이 시작된 것이 아니네? 자네들 말 난 참 받아들이기가 힘든데, 만약 맞는다 해도 파충류라면 그 존재를 숨기려 했을 텐데 왜 그런 공간에서 정체를 드러내겠어? 자네들 말에 이해가 안가는 부분이 있어."

대원들의 얘기를 듣던 이 대대장이 말한다.

"대대장님이 어떻게 듣던 간에 저희가 겪은 일을 사실대로 말씀드리는 겁니다. 그리고 더 이상한 건 소총 사격에 열을 올리던 녀석 중에 한 명이 갑자기 우리한테 달려드는 거였습니다. 총알 따위는 무섭지 않다는 듯이 우리한테 맹렬히 달려들었고, 놀란 저희가 집중사격을 해서야 교전이 멈추게 되었습니다."

"자네들한테 달려들었던 놈들이 파충류라면 니네가 총으로 쐈을 테니 흔적이라도 남았을 거 아냐? 중대장 그런 것 확인된 것 있나?"

"총격 현장에 별다른 흔적은 발견되지 않았습니다만 총격 흔적과 일부 파충류 비닐, 혈흔 정도가 있긴 했었습니다. 하지만 이 흔적으로 총격전 상대가 새한국인지, 도마뱀인지, 파충류의 탈을 쓴 커밍아웃 직전의 사람 새끼인지 확증하기엔 무리가 있는 것 같습니다."

중대장이 얘기를 하자 주변에서 다시 한번 피식거린다.

이 대대장이 대원들 얘기를 듣고 생각에 잠긴 사이 현승표 전략실장이 도착했다는 연락이 왔다. 바쁜 시간이라 기분이 영 내키지 않아 나중에 찾아간다고 전령을 불러 얘기한다. 그러자 얼마 후 현승표 실장이 직접 현장으로 흥분한 채 찾아왔다고 연락이 왔다. 현 실장이 온다는 소식에 이 대대장도 다시 차를 돌려 작전지역 입구 막사로 나간다. 땀에 흠뻑 젖어있는 현 실장은 특유의 짜증나는 표정과 경상도 사투리가 섞인 말투로 이 대대장에게 얘기한다.

"이 대대장 여기저기 일이 많이 벌어져 힘들지요?"

이마에 연신 흐르는 땀을 손수건으로 닦아 내면서 미간은 찌푸린 채로 이 대대장에게 손을 내밀며 악수를 청한다.

"네, 제 일이 원래 그런 거니 열심히 해야죠."

이 대대장도 덤덤하게 대답하며 부대 사무실로 안내한다.

"여기 안 더워요? 이렇게 더운 데서 일하면 파충류 잡을 생각이 나긴 하겠어요? 더워서 집에 갈 생각만 하는 거 아녜요?"

"뭐 밖은 더 더우니 여기서 고생은 고생도 아니지요. 이렇게 더운데 본부 사무실에 계시지 여기까지는 무슨 일로 오셨어요?"

"제가 이상한 얘기를 들어서 왔어요. 뭐 전 사실이 아닐 거라고 생각은 드는데, 혹시나 하는 맘에 대대장님 말씀 얼굴보고 들어보려고 왔지요."

현 실장이 이 대대장 얼굴을 빤히 쳐다보며 얘기한다.

"더우신데 말씀 빙빙 돌리지 말고 툭 까놓고 얘기해보시죠. 뭐가 궁금하십니까?"

이 대대장이 큰소리로 단도직입적으로 물어보자, 현 실장은 그를 힐끔 쳐다보며 얘기를 이어간다.

"저 새한국 종자들이 우리 무기 훔쳐다가 우리한테 총질했다고 하는데 맞아요?"

"훔친 건지는 모르지만 우리 소총으로 총격전이 있었다는 보고는 받았습니다. 그게 무슨 문제라도 되나요?"

"그래요? 문제가 되냐고요? 이거 당연히 문제가 되지요. 적을 겨냥해야 할 총알이 우리 대원들 가슴 팍에 박히는 게 말이 되나요? 일개 대대를 이끌고 있는 대대장이 그렇게 말을 쉽게 하면 안되지요."

"가슴팍에 박힌 건 아니고요. 왜 또 가슴팍이라고 하십니까. 가슴팍에 총 박히면 죽습니다. 그리고 우리 소총, 우리 무기라는 게 어디 있습니까. 어차피 우리 나라에서 만들어진 무기를 제조사별로 구입한 거고 그 중에 우리가 주로 사용하는 제작사가 있고, 새한국 진영에서 자주 사용하는 제작사가 따로 있을 뿐이지. 우리가 나이키에서 만든 총 갖고 쏜다고 그게 무슨 문제가 된다는 건가요. 그리고 이번 총격전은 서로 적대적인 관계 속에서 발생한 것이 아닌 우발적인 총격전이었습니다. 그게 중요한 겁니다. 단순한 사고였던 겁니다."

"엄연히 우리가 사용하던 무기가 흘러 나가 새한국 놈들 손에 들어갔고, 그걸로 우리측 피해가 발생했는데 너무 간단히 생각하시는 거 아니신지요? 마트에서 칼을 사서 새한국 때려 잡는 경우와, 새한국 놈들한테 친한 척 우호분위기 만들어 무기 받아내서 다시 새한국 놈들 때려잡았다고 한다면 저 새한국 놈들 뭐라 할 것 같습니까? 다른 얘기 아니겠어요? 그리고 새한국 놈들이 훔친 게 아니라면 우리가 저쪽에 보내주기라도 했단 말인가요? 우리 잘 생각해야 됩니다. 다시 한번 짚어보면 우리는 저 놈들과는 엄연한 휴전상태이니까요."

"그 놈의 편가르기가 대체 언제적 얘기입니까. 실장님 한번 보십시오. 지금 우리 적은 엄연히 저 도마뱀 새끼들입니다. 저 새한국 놈들한테도 적은 우리가 아닌 도마뱀 새끼들이고요. 그럼 우린 공동의 적과 싸우고 있는 거고, 공통의 적은 적이 아닌 동맹관계인 겁니다. 동맹과 자원교류는 일반적인 것이고, 유출경로야 어떻든 그걸 문제 삼는 건 우리 동맹관계의 근간을 흔드는 문제입니다. 실장님 지금 우리에게 위협적인 존재가 새한국 놈들인가요, 아님 저 도마뱀 새끼들인가요? 저놈들이 도마뱀 잘 때려잡으면 도와줄 수도 있는 거지요. 연대장님 말씀처럼 우린 같이 싸우고 협력을 해야 할 때지 옛날처럼 편가르기만 하다간 우리 모두 다 도마뱀 뱃속에나 들어갈 신세가 되는 거 아니겠습니까."

"그래서 우리 무기가 새한국 측에게 반출돼서 우리 편을 향해 이용된다 해도 우리 대대장님은 상관없다는 말씀이신가요? 저는 절대 그렇게 안봅니다. 저들은 설사 지금 우리와 어쩔 수 없이 협력하는 척할 수도 있지만 결국 자기네 유리한 시기가 오면 반드시 태도가 돌변할 놈들이에요. 그러니 대대장님이 지금 파충류와 싸우시는 게 힘이 들더라도 절대 저들에게 의지하거나 믿어서는 안됩니다. 아주 교활한 놈들이에요."

현 실장은 이 대대장에게 연신 강조를 하며 말을 이어간다.

"대대장님 그리고 다시 한번 묻겠는데, 우리가 고의로 반출한 게 아니라면 유출됐다는 건데 그건 도난이나 관리소홀입니다. 어느 쪽도 이상한 결론이 나옵니다. 우리가 고의로 새한국진영에게 무기 반출하지는 않았는데 저 놈들은 우리 무기를 사용하고 있다? 그건 군기문란 사건입니다. 대대장님 어떻게 보세요? 저는 이걸 이해할 수가 없습니다. 고의로 그런 게 아니라면 우리측 무기 관리 체계가 상당한 문제가 있다는 얘기 아닙니까? 대대 책임자로서 그건 확실히 짚고 넘어가야지요."

현 실장은 집요하게 이 대대장을 추궁한다.

"현 실장님 말씀은 저도 잘 알겠습니다. 저도 현 실장님만큼 저 놈들에게 사무친 게 많은 사람입니다. 하지만 감정은 남아있지만 협력할 때는 협력하는 것도 장기적인 전략이기도 합니다. 저는 지금 우리가 저 놈들과 협력하더라도 절대로 저 놈들 믿지는 않을 겁니다. 저 놈들 교활한 건 저도 잘 알고 있는 문제기도 하고요."

"네, 저도 이 대대장님이 이 문제를 잘 해결하시리라 믿겠습니다. 또 그러셔야 되기도 하고요. 지켜보는 사람도 많습니다. 자신이 갖고 있는 권한이 스스로에게 왜 부여되었는지 잘 생각하셔야 됩니다. 그 자리에 있기 때문에 생기는 거니까요. 그러나 그걸 지킬 책임감이 없다면 그 자리에 맞지 않는다는 것도 대대장님은 스스로 잘 아셔야 됩니다."

"네 실장님 말씀 잘 알겠습니다. 저도 실장님이 부디 그 자리에 맞는 적절한 정보를 잘 수집해주셔서 전달해 주시리라 기대하고 있겠습니다."

이 대대장도 그의 말을 신경질적으로 받아서 얘기를 하고 자리에서 일어나 버린다.

공사 현장으로 돌아온 이 대대장은 찜찜한 맘을 지울 수가 없었다. 지금은 눈 앞의 파충류들 때문에 협력의 중요성이 부각되고 있긴 하지만, 그들과 치렀던 과거의 전쟁은 늘 상처로 남아있다. 따라서 단지 몇 번의 공동 전투 수행으로 아무 것도 없었다는 듯이 돌아갈 수도 없는 일이다. 이번 총격전도 어찌 보면 상대적으로 친분이 있었던 김민근 소대장을 통해 건네 주었는데도 이런 일이 발생했다는 것이 그의 의구심을 증폭시킨다. 이 대대장이 이 소대장을 불러 새한국 진영 측 면담 스케줄을 잡도록 요청한다.

"대대장님이 친하신데 직접 연락하시지 않고요?"

이 소대장이 의아한 듯 물어본다.

"다시 생각해보니 지금은 그 새끼도 못 믿겠으니 일단 공식적인 루트로 면담 요청해 봐. 공식적으로는 뭐라 하는지 한번 들어봐야겠어. 그리고 대대 전체에 공지해서 각 중대 별로 보유 무기현황 보고토록 하고, 이 시간 이후로는 대대장 승인 없이는 어떤 무기도 외부 반출 안되도록 지시해."

아까부터 이 대대장 핸드폰으로 전화가 계속 오고 있지만 이 대대장은 받지 않고 있다. 아마도 새한국 진영 김민근 소대장으로부터 걸려 온 것으로 보이는 전화였다. 핸드폰 수신리스트를 보던 이 대대장은 문자를 보낼까 망설이다가 그냥 다시 닫아 버린다.

잠시 다시 생각에 잠겼던 이 대대장은 공사현장으로 발길을 향한다.

사무실에 돌아온 김민근 소령은 CCTV자료를 다시 돌려본다. 경계 근무중인 2명의 소대원들이 어두운 경계펜스에서 서로 얘기를 하다가 각각 머리를 뒤로 젖히고 하늘을 바라보는 듯한 자세를 취하고 있었다. 화면은 너무 멀어 확대를 해서 보았지만 어둡고 해상도가 낮아 자세한 내용을 확인할 수는 없었다. 하지만 마치 이들의 입에서 무엇인가가 나오는 것처럼 보였다. 그러다가 갑자기 정부군 펜스 쪽을 바라보다가 화면 중간이 삭제된 것처럼 보이고 어디선가 나타난 파충류가 화면 너머 정부군 펜스 쪽으로 달려가는 모습이 보였다. 그리고 한참 후에 두 명의 소대원이 정부군 펜스 쪽에서 어둠을 뚫고 걸어 나오는 장면을 마지막으로 화면이 끝난다.

이상한 감정을 느낀 김 소령은 다시 한번 총격전이 있던 현장으로 나가본다. 새한국 쪽 건물 벽엔 그날 총격의 흔적이 그대로 남아 있다. 건물 여기 저기에 날아든 총탄으로 벽이 몇 군데씩 패어져 있다. 정부군 펜스 너머와 이곳이 그리 멀지 않은 곳이기 때문에 사실 오인사격의 가능성도 높지 않다. 물론 야간에 어두워서 그럴 수도 있다고 보지만 근처에 있는 조명을 감안했을 때도 이상한 것은 사실이다. 그런데 이 정도 총격으로 새한국 측 대원들이 이렇다 할 피해를 입지 않은 것도 신기한 일이다. 건물에서 펜스 쪽으로 걷다 보니 햇빛에 무엇인가가 비친다. 파충류 비늘이다. CCTV 영상에는 잘나오지 않았지만, 정부군이 주장한 치열한 전투와 비교했을 때 현장엔

그다지 큰 흔적이 보이지 않는다. 새한국 측 대원들 말은 단순 오인사격이라고 하니, 이 부분도 의아하긴 하다. 현장에서 고민하고 있는 상황에서 정부군 정희연 박사 차량이 새한국 측 경계를 지나서 들어가고, 동시에 한 대령 호출이 있다.

사무실에 들어가자 한명준 대령은 입에선 무언가를 씹으면서 모니터를 보고 연신 마우스를 누르고 있었다. 김민근 소령이 들어오자 냉장고에서 시원한 드링크 한 병을 꺼내주며 본인은 미지근한 물을 마신다. 사무실은 더위와 습기로 끈적거리고 있지만 선풍기 하나 돌아가지 않고 있다. 김민근 소령은 사무실 주변을 돌아보며, 한 대령이 예전부터 지독한 구두쇠 기질이 있다 생각했는데 선풍기도 아까워서 안 켜는 것 같다는 생각을 한다.

"정부군에선 뭐라고 하던가?"

한명준 대령이 의자를 뒤를 젖히며 팔짱을 낀 채 차가운 목소리로 물어본다.

"반응은 역시 생각했던 대로입니다. 우리 측을 상당히 의심하고 있습니다."

김 소령이 대답한다.

"너 전쟁하는 거 재미있어?"

"그게 무슨 말씀이신지……"

"너 예전에 깡패 짓 했을 때와 비교해보면 어떠냐고? 너 내가 들어보니 예전에 재미로 사람도 죽여 봤다며?"

한명준 대령이 특유의 버릇인 입술에 침을 연신 묻혀 가며 물어본다.

"재미로요? 그게 무슨 말씀이세요. 전 가만히 놔두면 절대로 먼저 나서는 타입이 아닙니다. 건드리는 놈들이 있어서 경고를 준 것뿐이었고요. 하지만 그것도 다 옛날 얘기입니다. 지금은 그런 것 다 잊었습니다. 지금은 그것보다 더 중요한 일을 하고 있잖습니까?"

김 소령이 정색을 하며 대답한다.

"그럼 요즘은 너 건드리는 놈들 없나 보네?"

"요즘엔 사람보다 파충류와 싸우는 것이 더 중요한 거니까요."

"지금 우리가 누구와 싸운다고 생각하냐? 우린 해충 잡는 회사가 아니야. 예전에 바퀴벌레 잡으려고 집에서 연막 같은 거 터뜨리고 그랬지? 파충류는 쳐들어오면 쥐새끼나 모기들처럼 약 뿌리고 잡으면 돼. 파충류는 그냥 파충류야. 넌 군인이지 농사꾼이나 벌레 잡으러 다니는 회사 직원이 아니라고."

"그러기엔 파충류로 제 주변 사람들을 너무도 많이 잃었습니다. 그래서 지금 우리도 공동전선을 벌이고 있는 거잖습니까?"

"좋아. 하지만 잘 들어. 새로운 적을 위해 예전의 적과 손잡으니 그림 좋고 바람직해 보이지? 얼마나 감동적이고 아름다운 모습이냐. 어떻게 보면 우린 파충류들 덕에 그동안 이루지 못했던 대협력을 이루었으니 참 뜻 깊은 사건이기도 하지. 하지만 그렇다고 그 놈들 내면에 갖고 있는 우리에 대한 생각이 달라질 것 같아? 그 놈들이 언제 한번이라도 우리를 인간으로 본 적 있냐? 사람들 살아가는데 있어서 생각이나 가치관이 다를 수 있지만, 그 다른 것에 대해 그 놈들이 예전에 우리 보고 뭐라고 했는 줄 알아? 우리가 박멸되거나 소탕돼야 할 대상이냐? 그 놈들 눈에 우리가 파충류 보다 덜 위협적이라는 생각이나 하고 있을까? 내가 걱정되는 게 뭔지 알아? 지금 우리 화력도 열세인 상황에서 파충류가 소멸돼서 인간만 남는다면 우리는 어떻게 될 것 같냐? 인간만 남으면 예전의 우리 앙금은 다 잊어버리고 같이 손잡고 희망차게 앞으로 나아갈 거 같아?"

한명준 대령이 낮은 목소리로 계속해서 얘기한다. 김민근 소령은 한명준 대령이 이렇게 얘기할 때 알아듣기 힘들 때가 많았지만 오늘은 특유의 낮은 목소리에서 다른 것이 느껴진다.

"물론 그렇긴 합니다만 파충류의 기세가 너무 강력합니다. 파충류가 이곳마저 함락하려 든다면 남한에 남아있는 인간의 생존도 장담할 수가 없으니……"

김 소령이 말을 이어가려 하자, 한 대령이 말을 단칼에 끊는다.

"누가 너한테 그런 얘기 듣고 싶어서 시간 내서 이런 얘기하는 줄 알아? 뭐든 적당히 하란 말이야. 너 이 대대장인가 뭔가 하는 놈하고 좀 친하게 지내더니 이념도, 아니 생각도 바뀐 거야? 그 놈이 너 넘어오라고 포섭이라도 해?"

"뭐 그렇게까지 말씀하십니까? 그럴 리가 있겠습니까? 또 그렇다고 제가 그럴 생각이나 하겠습니까. 저는 그 정도로 양아치 같은 놈 아닙니다. 지금 전쟁으로 난리이긴 하지만 그렇다고 제가 한 대령님에게 빚진 거 잊어버릴 정도로 근본 없는 놈 아닌 거 잘 아시지 않습니까?"

"좋아. 그 태도 잘 기억하고 명심해 둬. 넌 늘 우리 상황을 잘 생각해. 우리 상황이 엄중하지만, 파충류 잡겠다고 총 몇 번 같이 쏜 것이 술 한잔 같이 하고 어깨동무하고 노래방이라도 간 것처럼 모든 게 다 없어지는 거 아냐. 잘 알고 판단해."

"대령님 하지만 지금 저쪽이 우리를 보는 시각이 좋지 않습니다. 엊그제 있던 총격전도 정부군 측이 공동협력 한다는 명목으로 우리에게 제공했던 총이었는데 공교롭게 그 총이 우발적인 충돌에 사용되었으니 우리측을 많이 의심하고 있습니다. 대령님도 말씀하신 정부군 이제욱 대대장과의 관계도 사실 많이 틀어져 있고요. 대령님 하신 말씀과 우려 물론 맞습니다. 하지만 지금은 앞으로를 위해 협력하는 척이라도 해야 한다고 봅니다. 지금 저들과 관계가 틀어져서 전선이 하나 더 생긴다면 화력에서 불리한 우리측 전력상 고립될 수 있습니다. 정부군 쪽에선 이번 테마파크 작전 중 방해가 되고 인근 지역에도 자주 나타나고 있는 파충류 토벌 공격에 같이 했으면 하고 있는데 이번 기회에 공동작전을 하는 것도 현재의 상황상 좋을 것 같습니다."

한 대령은 그런 말을 하는 김 소령이 어이없다는 식으로 한

참을 빤히 쳐다본다.

"너 지난 번 연회 때 한예은씨와는 어땠냐?"

"너무 예쁘고 세련되긴 했는데, 저한테는 어울리지 않는 것 같았습니다. 과분한 여자였어요."

한 대령은 그런 김 소령을 다시 한번 어이없다는 식으로 쳐 다보며 얘기한다.

"깡패 짓거리 하던 놈이 전쟁 몇 번 하고 좀 띄워졌더니 군 사 전술가라도 된 거 같나? 나가서 파충류 몇 번 죽여봤더니 슈퍼스타라도 된 기분이야? 너 또 예전 깡패시절처럼 기분이 좋아서 뵈는 게 없나? 거울을 한번 보고 너 자신이 뭔지 한번 생각해봐. 지금 전쟁영웅인 것 같지만, 그 거울 건너편에 비치 는 니가 과거에서 완전히 벗어나 새로 탄생한 존재가 되었는 지 말이야. 김 소령, 난 할 말은 다했고, 슬기롭게 판단하고 행 동해. 무엇이 중요한 건지 곰곰이 잘 생각해 보라고."

"알겠습니다……"

"그럼 나가봐."

한 대령이 얘기하자 김 소령이 힘없이 대답하고 사무실 밖으로 나간다. 사무실을 나가는 김 소령을 빠꼼이 바라보던 한 대령은 민경호 국장에게 전화를 건다.

"민 국장! 앞으로 김민근이 잘 감시 좀 하세요."

한 대령 사무실을 나와 중대 사무실로 들어가기 전에 포획해서 실험중인 파충류 떼들을 사육하고 실험중인 우리가 눈에 들어온다. 역설적이게도 파충류의 습격은 많은 인간들에 고통을 가져다 주었지만, 김 소령에겐 뜻밖의 새로운 역할을 가져다 주었다. 어두운 음지에서의 삶을 버리고, 양지로 올라올 수 있는 것을 넘어서 그가 참여한 전투에선 예외 없이 승리라는 영광을 가져다 주었다. 이로 인해 그를 바라보는 주변의 시각은 완전히 뒤바뀌었고, 영웅의 반열에 올라서게 했다. 손가락질 받던 존재에서 많은 사람들에게 존경을 받게 된 계기는 뜻밖에도 파충류인 것이다. 그런 파충류를 물끄러미 바라본다. 두 존재 모두 철저하게 세상에서 외면 받고 혐오 받던 존재였다. 이 지구에서 분명 자신들의 역할은 있었지만 세상은 그걸 알아주지 않았고, 그런 어두운 자신들의 처지를 포기하고 그대로 살아가야 했다. 하지만 지금은 어떤가. 그들은 지금 그 누구도 무시하지 못 할 정도의 존재감을 드러낸 채 극적으로 이슈의 중심에 서게 되었다. 한편으론 상대의 존재가 자신의 존재 이유이자 타당성이기도 하며, 여기 서있을 이유이기도 하다. 어쩌면 상대가 촛불처럼 스르르 꺼져 버려, 자신의 존재도 깜깜한 어둠 속의 절대적인 공허 속으로 사라져 버릴까 걱정하고 있지는 않을까?

　복잡한 머리를 뒤로 하고 사무실로 들어가는 길에 사무실 밖 벤치에서 커피를 마시고 있는 정희연 박사와 민경호 국장을 발견한다. 그들도 대화를 멈추고 김민근 소령을 손짓한다.

"보기 좋네요. 제가 끼어도 되나요?"

김 소령이 얘기하며 벤치 옆에 앉는다. 지난 번 골목에서 떠들썩 했던 사건으로 정 박사는 그가 불편하긴 했지만 이내 아무 일도 없다는 듯이 그가 앉도록 자리를 조금 만들어준다.

"자네가 끼어야 알리바이가 성립되지. 자네도 여기 와서 잠깐 머리 좀 식혀. 감정이라는 걸 갖고 살아봐. 기계라는 소문이 있어."

"기계라면 사람 말 잘 들을 텐데, 요즘은 그러고 싶지가 않네요."

"자네답지 않게 무슨 말이야? 명령에 살고 명령에 죽는다고 얼굴에 써놓고 사는 사람이잖아."

"아닙니다. 그냥 답답해서요. 살다 보면 뭐 그럴 때 있잖아요. 그동안 살아왔던 것도 돌아보게 되고요."

"허허. 이 사람이 갑자기 죽을 때가 됐나? 천하의 김민근이가 갑자기 안 하던 소리를 하고 있네. 갑자기 득도해서 공중부

양이라도 했어? 내가 아는 김민근이라는 사람한테 나오는 얘기라고는 믿을 수가 없는 주옥 같은 멘트들이야. 자네는 너무 달려오기만 해서 휴식이 좀 필요할 거 같네."

"휴식이라뇨. 자고 일어나면 내 옆 동료는 살아있는지 살펴보는 게 일인데 그런 달콤한 생각을 할 수나 있겠습니까?"

"너무 걱정하지 마세요. 정부군 측에서도 최근 파충류 전투에서 승전보가 계속 들리고 있고, 그동안 부진을 만회할 작전도 진행한다고 하니, 뭔가 전기가 마련되지 않겠어요?"

곁에 있던 정희연 박사가 얘기한다.

"그래서 파충류 연구성과는 알겠는데, 전쟁터에서 하루하루 살아가고 있는 사람들한테는 너무 어렵고 먼 얘기들이에요. 보다 근본적이고 전황을 뒤엎을 계기가 필요해요. 연구 성과가 총이나 무기 같은 걸로 나타나야 돼요. 우린 공부하자고 모인 사람들이 아니니까요."

김 소령이 정박사에게 얘기한다.

"지금까지의 연구는 나름 대단한 진척이 있었다고 생각이 드니, 이제부터는 여러분이 전쟁터에서 싸우실 수 있는 총이 될 수 있는 연구를 계속 진행해 봐야죠. 다른 것도 중요하지만 연구는 특히 양 진영의 긴밀한 협조가 중요해요. 이제 한 걸음씩 시작하고 있으니까 머잖아 좋은 결론이 나올 거라고 생각이 들어요."

정 박사가 대답한다.

"네, 저희 쪽도 같이 도와드리고 싶지만, 박사님도 알다시피 우린 그런 형편이 못돼서요. 군바리가 무기도 제대로 못 갖고 싸우고 있으니 대원들 보기 쪽 팔릴 일이죠."

"근데 파충류와의 전투를 보면 확실히 새한국 진영 쪽 피해가 크지 않은 거 같아요. 전투에 노련한 훌륭한 군인 분들이 많아서 그런가 봐요. 사실 저 쪽 정부군 진영도 그런 정보와 노하우가 많이 필요하거든요. 서로 그런 노하우도 공유해주시면 많은 도움이 될 것 같아요."

"하하 그런가요? 뭐 그 놈들도 센 쪽들은 본능적으로 알아보나 보죠. 엊그제 파충류 출현으로 정부군 측과 오인사격도 있었는데, 사실 그 놈들이 우리보단 그 쪽을 위주로 공격하더라고요. 뭐 만만한 상대를 골라서 공격한 거 아니겠어요?"

김 소령이 대답한다.

"맞다. 그런데 정말 엊그제 총격전에서 정부군측 무기를 받아서 공격했어요? 그걸로 상당히 시끄럽던데⋯⋯"

정 박사가 의아해하면서 물어본다.

"그걸 그렇게 물어보시면 좀 이상합니다. 그건 그냥 단순한 오인사격인 문제이지, 어떤 총으로 쏜 거다 이런 건 상관없는 얘기에요. 왜냐면 파충류 전쟁 이후로 늘 군사교류는 있었으니까요."

"근데 식재료는 엄청 많이 구하시던데 전술 무기 구입할 만한 형편이 왜 안 되는 거죠? 대령님이 전술보강보다는 대원들 복지에 더 관심이 많으신가 봐요?"

"네? 그럴 리가요? 우리 애들 식단 부실해서 불만 갖고 떠들면 제가 뭐라고 호통치는데요? 전쟁 통에 물자 수급이 잘 안 되서그런거니 배부른 소리 하지 말라고 나무라는데요? 애들이 고기 먹고 싶어서 파충류 고기 잘 못 먹어서 탈난 대원들도 있거든요. 잘못 아신 거겠죠."

김 소령이 이상하다 생각하며 얘기한다.

"그래요? 육류 구매 량이 엄청나다 해서 대원들 복지에 신경 많이 쓰신다고 생각했는데 아니었나 봐요?"

정박사가 의아한 듯 물어본다.

"자 자. 이제 연구회의가 다시 시작된다고 하니 우린 들어갑시다. 자네도 관심 있으면 회의 와서 들어봐."

민 국장이 서둘러 대화를 마친다.

"아뇨, 전 연구나 공부라면 머리가 아프니 그냥 전달만 해주십시오. 전 더 급한 일이 있어서요."

연구회의 도중 신경숙 보좌관의 호출을 받고 회의실을 나온 민 국장은 내내 사무실에서 정보전략 관련 얘기를 신 보좌관과 은밀히 나누고 있었다. 그때 정희연 박사의 문자가 도착했다. 그는 정 박사에게 자신의 사무실로 오라는 문자를 보내고 신 보좌관과의 대화를 이어갔다. 대화가 계속되던 중에 정 박사가 사무실로 들어왔다. 서류 위에 그림과 도형을 그리며 대화했던 둘은 정 박사가 들어오자 황급히 서류를 뒤집는다.

"어머, 같이 계셨네요. 이따가 다시 올께요."

"아녜요. 괜찮아요. 들어오세요. 서로 잘 아시죠?"

신 보좌관과 정 박사는 눈빛이 마주치자 서로 어색한 미소를 지으며 목인사를 한다.

"예뻐지셨네요? 사랑하면 예뻐진다는데 좋은 일이라도 있으세요?"

"네? 이런 전쟁 중에 그런 것에 신경 쓸 시간이 있나요…"

그런 말을 던진 후 정 박사를 힐끗 본 신 보좌관은 민 국장에게 대화를 나누다가 뒤집은 서류를 가리키며 나간다. 그녀가 나가자 민 국장이 얘기한다.

"연구회의는 성과가 좀 있었어요?"

"저희 쪽 연구내용에 대해 얘기를 했지만 이 쪽 진영은 별로 관심이 없으신 거 같아요. 대신 파충류 공격이 조직적으로 이루어지다 보니 양진영간 군사정보망을 공유해야 된다는 의견을 제시하더라고요. 물론 취지는 이해하지만 민감한 군사정보망을 공유한다는 것은 상호간에 상당한 신뢰가 전제되어야 할 텐데 정부군측에서 어떻게 받아들일지 모르겠어요."

"일리 있는 얘기네요. 결국 이 전쟁을 끝낼 수 있는 것은 인간들이 더 높은 수준의 협력이 있어야 가능한 것인데, 여러 가지 보안상의 이유로 대의 명분을 거스르면 결국 저 파충류들에게만 유리한 것이지요. 우리가 초기 전황의 열세를 만회하고 여기까지 끌고 온 것도 그런 믿음과 협력을 통해서 가능했던 건데 정 박사가 중간에서 이런 역할을 잘 해주세요. 물론 우리도 노력은 하겠지만 정부군 내부에는 우리에 대해 경계하는 인물들이 아직도 상당하니까요. 그런 면에서 정 박사는 보다 중립적인 위치이잖아요. 참 그리고 부탁하신 약 준비했어요."

이렇게 말하면서 민 국장은 자신의 서랍에서 약 봉투를 꺼내 내민다. 아마도 그녀 아버지의 질환과 관련된 약으로 보인다. 그가 약을 건네주자 그녀가 받으려고 손을 내민다. 그때 민 국장은 건네 주려는 약을 잠시 뒤로 빼고 그녀의 얼굴을 한 번 보며 미소를 지으며 얘기한다.

"제 말 잘 알아들으셨죠. 구하기 어려운 약이긴 하지만 이런 약이나 드리면서 생색내고 그러는 건 절대 아니에요. 단지 우리 인간들의 목적은 분명한 거니 정 박사님한테 이런 기회를 통해서 부탁을 드리는 겁니다."

민 국장은 약을 건네주면서 다시 말을 이어간다. 정 박사는 어색해 하며 그에게서 약을 받아 든다.

"언제 한가할 때 같이 저녁이나 드시죠? 요즘 여러 가지로 많이 지치셨을 것 같은데 제가 맛있는 것 대접해 드리고 싶네요."

"네……그러세요. 연락 주세요…"

"그러지 말고 오늘 어떠세요? 전 오늘 마침 시간 괜찮은데."

"오늘요? 저도 괜찮긴 한데, 너무 급작스럽긴 하네요."

민 국장의 갑작스러운 제안에 정 박사도 놀라긴 하지만, 그에 대한 호감을 갖고 있던 그녀도 어찌할 바를 모른다.

"그럼 미룰 필요없이 오늘 저녁이나 같이 합시다. 맘 먹었
을 때 해야죠. 오늘 저랑 같이 나가시죠."

둘은 저녁을 먹고 나서 민 국장이 차로 그녀의 집 근처까지
데려다 주었다. 유부남이면서 나이차이가 나는 민 국장과 그
녀가 가깝게 지낸 건 그가 여러 차례 그녀의 집안에 대해 돌
봐 주었기 때문이기도 하다. 사실 집안의 가장 역할을 하고 있
는 그녀가 힘들어 했던 것을 곁에서 보고 도움을 준 것에 대해
그녀도 고마워했고 그러면서 그에 대한 호감이 싹터 갔던 것
도 사실이다. 그녀가 이호영을 한때 마음에 두고 있었지만 새
한국 수뇌부에서 일하고 있는 민 국장이 그녀에게 베풀어 줄
수 있는 여러 가지 혜택들에 비해 바쁜 이호영은 늘 그렇지 못
했다. 따라서 이호영의 빈자리 대신 자연스레 민 국장과 더 자
주 접촉할 기회가 생기면서 점점 더 끌리게 되었다. 또한 물질
적으로 도움을 주는 부분이 많았던 것도 그녀가 이호영과 멀
어지고 그와 가까워지게 됐다. 정 박사 집 근처에 차를 세운
그가 옆 좌석의 그녀를 잠시 보더니 손을 잡는다. 그녀도 싫지
않은지 그의 손길을 거부하지 않는다. 그러자 민 국장은 그녀
를 곁에 두고 키스하려고 한다.

"저, 이건 안될 거 같아요."

그를 막아서며 정 박사가 얘기한다. 하지만 그가 다시 그녀를 당기며 키스를 하자 그녀도 그를 받아들인다.

공사는 계획대로 진행이 되고 있었다. 이 작전의 핵심이라고 할 수 있는 파충류 유인도로 확보 공사가 약 30% 정도로 진척이 되고 있었다. 다만 시야 확보가 어려운 산악지형 공사 특성상 파충류의 기습공격에 대비한 경계근무가 공사만큼 중요한 요소이기도 하다. 최초엔 새한국 측과 협조를 해서 진행하려 했으나, 공사의 대규모성 및 외부 공사로 인한 파충류 습격 가능성 등을 이유로 새한국 측은 처음부터 부정적 입장이었다. 다만 섹터 내부 경계근무 지원을 제안해 와서 상대적으로 우리측 경계 업무에 대한 부담은 덜하게 되었지만, 섹터 일부 지역에 대한 경계가 새한국 측으로 넘어갈 수도 있다는 것은 논란거리가 될 수 있고, 공동 작전이 안 된단 것은 한편으론 상호 신뢰의 문제이기도 하며 멀게는 대 파충류 전쟁 공동 전선 확보에 대한 명분이 약화된 것이 라고도 볼 수 있다.

공사가 진행중인 이 테마파크는 입구인 남동쪽을 제외하고는 주변이 산으로 둘러싸여 있다. 남동쪽으로 도로가 길게 나 있고, 북쪽과 서쪽 둘레로 좁은 산길이 형성되어 있으며 특히 동쪽과 서쪽은 높은 지형으로 이루어져 이 부근에선 시설 전체를 조망해 볼 수 있다. 또한 이런 고지대를 이용해 입구 부분에 폭약을 집중 배치 후 파충류가 테마파크 안에 충분히 모이게 되면 입구를 봉쇄하고, 유인된 내부 시설에 대형 폭발을 일으켜 섬멸하려는 계획을 갖고 있다. 만약 작전이 여의치 않으면 주변의 산을 무너뜨려 매몰시킬 수도 있기 때문에 전략적으로 중요한 지역이기도 하다. 따라서 테마파크 주변에는 유인로를 건설해서 주변 습지대의 파충류를 최대한 유인하고, 동쪽은 유인된 파충류가 빠져나가지 못하도록 경계펜스 작업을 진행하고 있다. 또한 정문 앞쪽의 테두리 부분은 깊게 파서 한번 들어온 파충류는 빠져나가지 못하도록 하는 것도 큰 관건이다. 그래서 어느 정도 중장비가 필요하고 퍼낸 흙을 나르기 위한 운반차량도 많이 필요할 수밖에 없다. 그리고 주변이 워낙 산림으로 밀집되어 있어 실제적인 경계인력과 작업 공간 확보도 상당히 중요하다. 지역별로 지대가 높은 지역엔 경계탑을 건설 중이고, 경비인력 이외 드론 등 보조장비 활용의 필요성도 높다. 따라서 이런 장비구축에 대해 새한국 측과 협의 및 지원도 진행하려 했으나 이번의 총격사고와 일련의 전투작전 협력에 대한 의구심으로 단독 작전으로 의견이 모여 진행하기로 했다. 최근의 일로 인해 과연 저들을 있는 그대로 의심 없이 받아들여도 되는지 하는 의구심이 G섹터 정부군 수뇌부에 깊게 퍼져 있었다. 공사가 한창 진행중인 상황에서 정희연 박사가 급한 일이라며 연락을 부탁한다는 핸드폰 메시지가 왔다. 이 대대장은 우선 공사현장의 경계근무는 이상 없이 진행 중으로 복잡한 마음에 본부로 복귀를 하기로 한다.

본부에 복귀하자 정희연 박사가 파충류 사육실 내부에 있는 실험실로 부른다. 사무실에 가자 김일현 연대장과 조태현 정보국장, 현승표 전략실장과 정희연 박사가 심각한 표정으로 대화를 나누고 있었고, 그 곁에 장도안 중대장과 이호영 소대장도 같이 지켜보고 있었다.

"그러니까 정박사 얘기는 얘네들이 다른 파충류들과는 비교도 안될 만큼 아주 똑똑한 놈들이라는 거네요?"

놀라워하면서 현승표 전략실장이 말한다.

"네 어떤 이유인지는 모르겠으나, 유전적 진화 속도가 몇억년 이상이 걸리는 시간을 지금 이 파충류 떼들은 단번에 뛰어 넘어 변이를 계속하고 있습니다. 저도 이유가 뭔지는 모르겠으나, 무엇인가가 유전적으로 이들의 진화를 촉발하고 있는 것 같습니다. 물론 지금의 일들을 진화생물학적으로만 설명한다면 이미 설명 안 되는 일들이 지구상에는 너무 많이 벌어지기는 했습니다."

정희연 박사가 말을 한다.

"제가 우려하는 바는 생물이 진화의 방향성을 갖는다면 그 폭발성은 감당하기 어려운 수준으로 갈 수도 있다는 겁니다. 그 예를 들어 설명할 수 있는 것이 5억년 전의 캄브리아기 대폭발입니다. 그 전에 없던 생물군이 다양하게 증가했다고 해서 캄브리아 대폭발이라고 불리고 있고, 이 시기를 지나면서 현존하는 대부분의 생물문이 등장하게 되었습니다. 쉽게 말하면 그 전에는 해파리와 원시동물이 대부분이었는데 갑자기 골격이 있고 구조도 복잡한 삼엽충과 같은 생명체가 이 지구에 나타나게 된 거죠. 놀라운 일입니다. 아직도 무엇이 이런 대폭발을 초래했는지는 확실치가 않아요. 산소농도가 증가했다거나, 바다에 칼슘농도가 증가해 뼈와 골격을 갖게 되었다는 등의 여러 가지 주장이 있지만 모든 것이 가설일 뿐이에요. 그래서 어쩌면 창조론자들의 말처럼 누군가 창조한 게 아니냐는 얘기까지 있을 정도니까요. 하지만 그것을 훨씬 벗어난 놀라운 유전적인 도약이 현재 우리 앞에 벌어지고 있다는 것은 정말로 믿기 어려운 것 같습니다. 생물은 그 경향성이 나타나면 마치 빅뱅과 같이 강한 폭발력으로 유전적 변이를 단시간에 끝내면서 자신들의 모습을 확장시킨 사례도 있었으니까요. 지금 지구를 삼켜버릴 것 같은 저 파충류들이 어디서 어떻게 비롯됐는지는 확실치 않지만 지구에 있는 생명체와는 비교가 안될 진화의 폭발성과 어떤 방향성을 갖고 있는 게 분명해요."

"알아듣기 쉽게 얘기하시면 안되나요?"

이 대대장이 의자에 걸 터 앉으면서 얘길 한다.

"이해하시기 쉽게 사진을 보여드릴게요. 이 사진은 코모도왕도매뱀의 뇌 사진이고⋯⋯"

정희연 박사가 사진을 차례로 보여주면서 설명을 이어간다.

"이 사진은 쥐의 뇌 사진입니다……그리고 이 사진은 인간의 뇌 사진이고요. 어때요? 차이점이 보이시나요?"

"당연히 인간의 뇌가 더 복잡해 보이기는 하네요."

이 대대장이 대답을 한다.

"네 맞습니다. 인간의 뇌에는 파충류, 포유류의 뇌 모두가 들어 있습니다. 사실 모두 있다는 표현보다는 단계적으로 진화했다는 말이 더 가까운 것 같습니다. 진화론적으로는 가장 1차적이라 할 수 있는 뇌간이 생겨서 각 감각기관의 정보를 수집하고 운영해 기본적인 생명유지를 담당하고 있고요. 2차적으로는 소뇌에서 이 정보를 토대로 운동, 감정, 동기부여 등의 역할을 하게 됩니다. 그리고 마지막으로 이런 정보를 토대로 대뇌에서 정보처리를 하고 이를 통해 인간만이 갖고 있다는 인식과 지능이라는걸 갖게 되는 구조입니다."

정희연 박사가 화면에 사진을 다시 보여주며 얘기를 계속 이어간다.

"그리고 이 사진은 지난번 펜스 습격 당시의 파충류 뇌 사진이에요. 놀랍지 않나요?"

정희연 박사가 사진을 꺼내며, 다시 한번 신기한 듯 생각에 잠긴다.

"그럼 말이 파충류지 대가리는 포유류라는 건가요?"

이 대대장이 질문한다.

"단순히 포유류라고만 하기에도 지능이 높은 것 같아요. 여기 보시면 아시겠지만 대뇌피질이 상당히 발달해 있으니까요. 놀라운 일이죠. 진화론적으로는 지능발달이 포유류 아래 단계에 있는 종이 유전적인 단계를 건너 뛰면서 포유류 이상의 지능을 갖추게 되었으니 말이죠. 이 외래종은 어떻게 보면 차츰차츰 지구에 맞는 최상위 지배자가 되기 위해 적응을 하고 있는 것 같기도 해요. 그것도 지구에 있는 어느 생물 종과 비교도 안될 정도로 빠른 속도로 말이죠. 지구에 어떤 목적을 갖고 유입된 건지 모르겠지만, 만약 이 지구를 정복하기 위한 목적이 있다면 지금 그걸 착실히 이행하고 있다고 생각이 들어요. 보시는 것과 같이 총력을 다해서 신체구조를 변화시키고 있으니까요. 마치 누군가가 목적을 갖고 프로그래밍을 하고, 시행착오를 통해 업데이트하면서 차츰 그 진용을 갖추고 있다는 생각도 들고요."

"계속해서 그렇게 똑똑해진다면 나중엔 우리한테 전화해서 전쟁 관련된 협상이라도 하자고 하는 거 아닌지 모르겠네. 그리고 자체 진화가 아닌 누군가가 그런 목적을 갖고 하고 있다면 도마뱀의 하느님이라도 있다는 건가요? 어이가 없네요."

이 대대장이 어이없어 하며 농담을 던진다.

"그렇게 농담만 할 게 아니에요. 또 한가지 놀라운 점은 최근 들어 파충류 떼의 활동반경이 급격히 넓어지는 것이 이런 것과 관련이 있을 거라는 생각도 들어요. 지구상에 있는 대부분의 파충류는 변온동물이기 때문에 외부온도에 민감할 수밖에 없고 따라서 기온이 너무 낮은 환경에선 살 수가 없어요. 하지만 우리 한반도를 장악한 대형 도마뱀들을 보세요. 아주 짧은 시간에 걸쳐 창궐하게 되었어요. 물론 한반도 온난화 영향도 있겠지만 저는 이것도 이들이 한반도를 지배하기 위한 목적을 가진 유전적 변이라고 생각하고 있어요. 어찌 보면 그런 환경이 조성된 지구가 그들이 의도하는 시기였을 수도 있고요. 무엇인가가 이 파충류들을 변화하게 만든 거죠. 다음 화면 한번 보세요."

정희연 박사가 다음 화면을 보여준다. 화면에는 파충류의 체온 변화가 나타나 있다.

"이 화면은 저희가 사육하고 있는 파충류의 체온을 계속 측
정한 결과에요. 앞서 말씀드렸지만 지구 상의 파충류는 변온
동물이기 때문에 당연히 체온이 외부 변화에 따라 변화해야
하는데 거의 변화가 없이 일정해요. 상온동물인 포유류화 되
어가고 있다는 반증이죠. 거기다가 지능까지 높아지고 있으니
이들이 우리 인간의 자리까지 넘보는 게 이상하지 않다는 생
각이 들어요."

정희연 박사가 심각하게 얘기를 이어갔다.

"그리고 더 놀라운 것은 이 부분이에요. 최근 출몰하는 종
들은 하나 같이 작은 뿔을 갖고 있어요. 겉으로는 단순히 뿔인
줄로만 알았는데 피부 밑으로는 이런 조직이 있어요. 보기에
도 상당히 복잡한 조직이지 않나요? 근데 뭔지는 잘 모르겠어
요. 그리고 이 뿔도 놀라운 게 보통 동물의 뿔은 케라틴 성분
으로 되어 있는데 이건 철 성분이 상당히 있어요. 물론 지구생
명체도 몸에 철 성분이 대부분 있기는 하지만 이렇게 많은 양
이 이곳에 모여있다는 것은 참 이례적이에요. 그래서 저희는
그런 생각도 해요."

"뭐야, 이거 뭐 안테나라도 된다는 건가요?"

이 대대장이 놀라워하며 얘기한다.

"맞습니다. 저희도 놀랍지만 그런 게 아닌가 하는 생각에 연구를 하고 있어요. 생체에 전기적인 신호라는 게 이상하게 느끼실 지도 모르지만 사실 우리의 뇌도 감각기관의 정보를 전기적인 신호로 받아들여서 인지를 하고 운동 명령을 내리거든요. 만약 그런 추론이 맞는다면 통신 방식이 어쩌면 인간보다도 우월하다고도 볼 수 있어요."

"놀랍네요. 그렇다면 이 놈들은 껍데기는 파충류 같이 보이지만 내부로는 지구 정복을 위한 총결정체라는 거네요? 그것도 모자라 계속 외부환경에 적응하며 진화를 하고 있다는 말이고요? 다른 나라는 어떻다고 합니까?"

현 실장이 놀라워하며 물어본다.

"다른 나라에서도 마찬가지로 활동반경을 높이기 위한 변이가 아주 빠른 속도로 진행되고 있다고 합니다. 알래스카 지역과 러시아 북부 지방에서도 혹한을 견디며 위용을 떨치고 있다고 하니 참으로 무서운 생명체입니다."

"그래서 드리는 말씀인데 지난 번 정기 연구회의에서는 파충류의 고지능화와 조직화에 대비해 양진영간 보다 긴밀한 군사정보 교류가 필요하다는 의견이 있었어요. 물론 지금과 같은 상황에서 민감한 군사정보와 관련 네트워크를 공유한다는 것은 힘든 것일 수도 있지만 이번 기회에 정부군에서도 공론화가 필요한 시점이 아닌가 합니다. 파충류의 생물학적 진화도 그런 의견에 힘을 실어주고 있는 분위기이도 하고요."

"새한국 측 누가 그런 얘기를 합니까?"

현 실장이 정 박사에게 의심스럽다는 듯이 물어본다.

"일단 연구회의에서도 그런 의견들이 제시되었고, 정보국에서 그런 의견이고요"

"정보국이라면 민경호 그 작자 말씀하시는 건가요?"

"네. 맞습니다…"

"헐. 그 자식이 이제는 우리 군사 정보망도 탐내고 있나 보네요. 한예은 영입할 때 알아봤는데. 정 박사님은 민 국장과 아주 친하시죠?"

"그게 무슨 말씀이십니까? 그런 사적인 얘기나 하자고 아까운 시간내서 이런 얘기 나누는 것은 아니지 않습니까? 누가 얘기한 것이 아니고 새한국 측 그런 의견이 있다는 정도가 맞는 거지, 너무 나가시는 것 같습니다."

현 실장이 물어보자 조 국장이 얘기한다.

"제가 뭘 많이 나가요? 제가 민경호 그 자식 잘 아는데, 그놈이 갑자기 없는 인류애가 발동해서 순수한 인간 연대를 구축하려고 그런 소리를 할 인물로 보이시나요? 그 놈은 절대 그럴 놈이 아닙니다."

현 실장이 정색하며 대답한다.

"현 실장님이 굳이 그런 말씀 안 하셔도 지금 같은 상황에서 그런 이슈는 꺼내고 논할 가치는 없는 것 같습니다. 하지만 정 박사가 얘기한 것처럼 만약 파충류가 인간을 염두에 두고 전략적인 진화를 계속한다면 우리도 뭔가의 대응은 필요하지 않나 하는 생각입니다."

이 대대장이 상황을 정리하듯이 얘기한다.

"앞으로는 이런 회의도 보안을 잘 유지해야 하는 거 아닌지 모르겠네요. 도마뱀들이 저렇게 똑똑해지면 우리 회의 내용을 도청하거나, 내부에 첩자를 심을 수도 있다는 생각도 이상하지 않으니까요"

장도안 중대장이 답답하다는 듯이 얘기를 한다.

"도마뱀 보다는 인간들을 조심해야 됩니다. 우린 파충류와
전쟁을 하고 있지만 인간끼리의 전쟁도 아직 끝이 난 게 아니
니까요. 그런데 아직도 그런 상황을 간과해서 상황을 너무 쉽
고 편하게만 보려는 사람들이 있는 것 같습니다. 전시 상황에
서 우린 늘 조심하고 경계해야 됩니다. 과거와 달리 이야기도
몇 번 나누고 밥 좀 같이 먹었다고 예전 일들을 물로 씻어 버
리듯이 잊을 수는 없는 거니까요. 아주 조그마한 균열과 방심
이 전체를 파멸시킬 수 있는 거니까요."

현 실장이 회의실 안을 돌아보며 얘기한다. 이 대대장을 보
며 한 얘기는 아니지만 누가 보더라도 이 대대장을 염두에 두
고 한 말이다. 회의장은 일순간에 침묵이 흐른다.

"그건 또 무슨 말씀이세요?"

김일현 연대장이 현 실장에게 묻는다.

"연대장님은 아직 보고 못 받으셨습니까? 지금 우리 군사
자원이 유출돼서 우리측 피해가 발생했는데 어떻게 보고가 안

된 거죠? 정보국장님과 대대장님은 연대장님께 보고도 안 하셨어요?"

현 실장이 어이없다는 듯이 이 대대장과 조태현 국장을 보며 얘길 한다.

"현 실장님은 통상적인 군사자원 교류와 이번 건을 혼동하시는 것 같습니다. 이번 사건을 그렇게 바라보시는 건 상황을 너무 과거 냉전시대 시각으로 보시는 거예요. 전투과정 중에 우발적인 충돌은 늘 불가피하게 발생되는 거 아닙니까? 만약 그게 아니고 현 실장님 말이 맞는다면 우리가 다시 총부리를 겨누고 전쟁을 해야 맞는 거 아니겠습니까?"

조 국장이 얘길 한다.

"조 국장님, 우리가 저 새한국 놈들과 종전 선언이라도 했나요? 우린 저 놈들과 휴전상태입니다. 그리고 우린 왜 이렇게 저들에게 관대한 건가요? 저들이 우리한테 고의로 총질을 한 건지, 실수로 한 건지 어떻게 그렇게 잘 아신다는 겁니까? 저놈들 대가리 속에라도 들어가 보셨나요? 저놈들이 실수로 했다고 하면 우리는 그대로 믿어 줘야 하는 건가요?"

현 실장이 어이없다는 듯이 얘기를 한다.

"아무리 우리가 정전 선언이나 전쟁의 종지부를 못 찍었다고는 하지만, 현재로선 동맹관계 아닙니까? 새한국들 입장에서 가장 위협적인 존재가 누구입니까? 우리인가요? 지금까지 저들을 턱밑까지 위협하고 있는 건 파충류들이지 우리가 아닙니다. 그걸 새한국 측 사령부도 너무나 잘 알고 있고요. 우린 일부 특이한 사례로 전체를 판단하려는 잘못을 범해서는 안됩니다."

"동맹관계라고요? 저들이 말처럼 우리를 동맹관계라고 생각할까요? 저들은 상대 약점만 보이면 늘 물어 뜯는 놈들이에요. 겉으로는 우리와 협력해서 파충류들과 싸운다는 그럴듯한 명분을 갖고 있지만, 과거에도 그랬듯이 그들의 이익을 위해 언제든지 뒤에 칼을 꽂을 놈들이에요. 저들을 움직이고 있는 사람들을 보세요. 민경호 정책국장은 갖은 흑색선전으로 없는 사실도 만들어 내서 여론을 지네들에게 유리하게 만들려고 했던 놈이에요. 그리고 전쟁기간 그 얼마나 우리측 정보로 우리를 악랄하게 괴롭혔나요. 그러면서 지난 회의 때는 아무 일도 없던 것처럼 말 같지도 않은 소리 지껄이면서 뻔뻔하게 앉아 있는 것 보면 저는 치가 떨리고 지금이라도 그 놈의 입을 찢어버리고 싶습니다. 저는 저 놈들 못 믿겠어요."

현 실장이 목소리를 높여서 얘기를 한다.

"아니 그래서 지금 어쩌자는 겁니까? 도마뱀 새끼들이 우리 모가지 물어 뜯으려 달려들고 있는데, 총은 저 놈들한테 갈기자 그건가요? 아니 이게 무슨 해괴 망측한 소리에요?"

가만히 있던 이 대대장이 자리를 박차면서 얘기를 한다.

"이 대대장 말이 너무 지나치네요"

조 국장이 흥분한 이 대대장을 말린다.

"지금 상황 좆같은 거 저도 알아요. 밖에 나가면 도마뱀이 우글거리지, 옆엔 옛날 철천지 원수 새한국 새끼들이 지랄 염병하고 있지. 예전에는 안 그랬습니까? 밑에서 쪽바리 새끼들이 호시탐탐 우리 땅 갖고 지네 꺼라고 지랄하고, 북쪽에선 혹부리 영감이 총질해대고, 저 멀리 짱깨 새끼들까지! 하지만 어떡합니까? 지금 주변에 좆 같은 새끼들이 우글거리고 있지만 그 중에서 지금 당장은 덜 좆 같고, 모가지를 덜 물 것 같은 새끼들과 잠깐이라도 손을 잡고 지금 내 대가리 지켜야죠. 모든 개 쌍놈의 새끼들하고 한꺼번에 싸울 수 없는 거 아닙니까? 개시발 놈들이지만 손을 잡을 땐 잡아야지요."

이 대대장이 흥분하며 말을 한다.

"표현이 거칠어도 이 대대장 말이 맞습니다. 지금은 우리 인간들끼리라도 협력할 때지 예전 기억을 떠올리면서 싸울 때는 아닙니다. 살아 남아야 됩니다. 살아 남아야 문명이 지속될 수 있고 우리가 겪었던 반목도 해결할 수 있죠."

김일현 연대장이 조용히 얘기를 하며 분위기를 가라앉히고 질문을 한다.

"그런데 총격사건은 어떻게 된 거죠?

"어제 새한국 경계지역 북측 교전은 새한국 측의 오인 사격이었다고 공식적인 답변이 왔습니다. 그래서 그 쪽도 매뉴얼과 경계규정에 오류가 없었는지 확인 중이라고 합니다."

조 국장이 답변을 한다.

"오발사고는 전쟁상황에서 아군들끼리도 흔히 일어나는 일이니까 이번 일을 너무 과대해석 하지는 맙시다. 저 쪽도 잘못을 인정했다고 하니까요. 이 대대장님도 이번 일로 너무 위축되지 마시고 소신대로 진행하도록 하세요. 그리고 정희연 박사님도 고생 많으신데, 관련 연구 계속 진행하시고 특이사항 있으면 보고해 주시기 바랍니다. 그럼 회의를 마치는 걸로 하시죠."

"아, 그리고 이번에 파충류 연구결과는 새한국 진영 쪽에도 공유해 주시고, 같이 주의를 당부한다고 전해주세요. 이런 정보는 같이 공유하고 연구해서 해결책을 찾아야 되는 문제이니까요."

　김 연대장이 회의를 마치고 나가면서 정희연 박사에게 얘기한다. 김 연대장이 회의실을 나가자 현 실장이 정 박사에게 다가가서 얘기를 한다.

　"그 쪽에는 그렇게 자세히 얘기하지 마세요. 그 놈들 우리한테 얘기해준 게 뭐가 있습니까? 그냥 대략적인 얘기만 하시고, 궁금해하면 그 쪽도 상응하는 정보를 달라고 하세요. 동맹이라고 말씀하셨는데 협조든 동맹이든 뭔가 상호 오가는 게 있어야 되지 않겠어요? 일방적인 건 안 좋은 거에요."

　곁에서 지켜보던 이 대대장은 대화를 잠시 듣고 뭔가 참견하려 하다가 그냥 회의실을 나가고, 정 박사는 그런 이 대대장과 이 소대장 얼굴을 난감한 듯이 바라보다 현 실장에게 얘기한다.

　"네……저희도 뭐 얻을 만한 정보가 있는지 얘기해 볼게요. 사실 이런 연구야 말로 실험결과를 서로 공유해서 부족한 점을 보완하는 것이 중요하긴 하거든요."

정 박사가 얘기한다.

"네 정보교환도 중요한데 상호 호혜도 중요한 거에요. 저 놈들은 우리가 준 것 받아먹기만 하고 우리한테 아무 것도 준 것이 없어요. 준 게 대체 뭐가 있어요. 정 박사님이 잘 판단하세요. 그리고 그 자들 만나서 얘기하는 것 민감할 수도 있으니 그것도 잘 판단하시고요."

현 실장의 그 말은 정 박사의 정체성에 대한 의구심에서 나온 말로 해석된다. 정 박사가 민 국장과 모종의 관계가 형성되고 있다는 말이 최근 정부군 측에서 들리고 있기 때문이다.

정 박사가 회의실을 나가자 밖에서 천천히 걸어가고 있는 이 소대장을 발견한다. 이 소대장도 걱정스러운 표정을 지으면서 조용히 현관문을 나가면서 얘기한다.

"지금 분위기는 안 좋아. 이 대대장님도 말은 저렇게 하지만, 이번엔 단단히 화가 난 것 같더라고. 믿을 놈들 하나도 없다고. 그러니 박사님도 상황을 잘 보면서 판단하세요."

이 소대장이 싸늘하게 얘기한다.

"저보고 무슨 상황을 보고 판단을 하라는 거에요? 저는 그냥 연구원이고 학자에요. 전 생물학자로서 파충류 연구해서 뭔가 군사적으로 우리에게 도움이 될 만한 분야에서 최선을 다하는 거지, 이런 저런 눈치나 보면서 처세하는 정치꾼이 아니라고요."

정 박사가 정색을 하면서 얘기한다.

"정 박사 그런 심정 이해하는데 지금 상황이 안 좋아요. 이번 공사에 대해 새한국 측 협조도 무산되었고, 그래서 저 놈들 믿네 못 믿네 이렇게 된 상황에서 엊그제 그런 총격전도 발생했고, 게다가 그 무기도 우리가 제공한 무기이고······그런 상황에서 회의시간에 새한국 측의 군사정보 공유라는 이슈는 대체 뭐에요?"

이 소대장이 단호한 표정을 지으면서 얘기를 한다. 그러자 정 박사도 순간 얼굴이 빨개진다.

"저는 의견을 전달한 것뿐인데 다들 저를 이상하게만 바라보네요. 그건 그렇고 새한국 측에 우리가 제공한 무기가 간 게 그럼 맞는 거네요?"

정 박사도 놀라워하면서 묻는다.

"몰랐으면 뭐 그리 알려고는 하지 마세요. 저도 그런 것까지 정 박사에게 얘기하는 것 이제 주저되니까요. 이 대대장님도 아까 정색을 하면서 얘기하긴 했지만, 스스로는 많이 당황한 것 같아요. 분위기가 그렇다는 것만 알아둬요."

이 소대장이 차갑게 얘기를 한다.

"네. 무슨 말인지는 알겠는데, 답답하네요. 늘 느끼는 거지만, 다른 것보다 인간끼리의 갈등이 제일 힘든 것 같아요. 파충류들과는 있는 그대로 이해하고 대처하면 되지만, 인간은 여러 사람마다 다 생각이 다르고 그에 따라 다 다르게 움직이니 쉬운 게 없는 것 같아요."

정 박사가 한숨을 쉬며 얘기한다. 그러자 이 소대장이 주변을 살피며 그녀에게 조용하지만 단호하게 얘기한다.

"정 박사! 정 박사는 순진한 거에요, 아님 멍청한 거에요? 사람들이 당신을 뭐라고 부르고 다니는지 모르세요? 남들이 뭐라 부르고 평가받던 상관없다고 생각하세요?"

이 소대장이 정색을 하며 작심하듯 말을 이어간다.

"저도 사실 희연씨 알게 된 건 짧지 않은 시간이지만 여전히 잘 모르겠어요. 하지만 한 가지만 알아둬요. 지금 같은 상황에서는 말 한마디, 행동 하나 하나가 중요하다는 것을 말이에요. 회의시간에도 나온 말이지만 우린 휴전 중이에요. 저도 저들 믿을 수 없고요. 희연씨가 새한국 측에 무엇인가 바란다는 소문 저는 믿지도 않고 듣고 싶지도 않아요. 하지만 사실이 어떻든 간에 희연씨가 현명하게 처신하지 못한다면 크게 실망하는 일이 생길 수도 있다는 말은 꼭 해드리고 싶어요. 그리고 한가지 더요. 아까 파충류의 유전적 변이 얘기하셨죠? 전 그들의 변이보다 인간들 마음의 변화가 더 두려워요. 인간 마음의 변화는 가늠할 수도 예측할 수도 없으니까요."

그의 말은 새한국 측에 대한 경계의 목소리일 수도 있고, 그녀를 연모했던 스스로의 목소리일 수도 있다. 또한 연인이었던 사이에서 변해 버린 그녀에 대한 얘기일 수도 있다. 차갑게 얘기하면서 이호영은 그냥 자리를 떠나 버린다. 그런 말이 그도 가슴이 아팠지만 지금 그녀에게는 이보다 더 매몰찬 얘기 이외엔 해줄 수 있는 얘기가 없었다. 그녀는 갑자기 이 세상에 혼자 남겨진 것 같은 느낌이 들었다. 그런 외로운 감정과 절망감이 그녀를 감싸오기 시작했다.

이 대대장이 사무실에 복귀하자 새한국 측 김민근 소령이 대기하고 있었다. 이 대대장은 보고를 받았지만, 들은 척 안하고 본인의 방으로 들어가 버린다. 회의실에 앉아서 대기하고 있던 김 소령은 복도로 이 대대장이 들어가는 것을 보자 대기하던 접견실을 나와 이 대대장 방으로 들어가자 비서가 제지를 한다.

"대대장님 일정이 있으니 접견실에서 대기해 주세요."

비서가 얘기한다.

"잠깐이면 되는데 바쁘세요? 오늘 따라 갑자기 차가워지셨네요."

"어디나 절차가 있는 거잖아요. 대기하시라 했는데 갑자기 이렇게 오시면 곤란하네요."

"찬바람이 쌩쌩 부네요. 알았어요. 일단 저희 쪽에서 가져온 공문인데 우선 전달해 드리세요. 한숨 자고 올 테니 대대장님 부르시면 알려주세요."

평소와 다른 분위기를 눈치챈 김민근 소령이 조용히 서류를 전해주고 다시 접견실로 들어간다. 비서에게 서류를 전달받은 이 대대장은 화가 난 얼굴로 사무실을 뛰쳐나와 김 소령이 있는 접견실로 달려가 서류를 집어 던진다.

"니네는 시발 그렇게 총질 해대고 지금처럼 종이 쪼가리만 휙 던져 놓으면 아무 일 없는 것처럼 다 끝난다고 생각하냐? 그러니까 실수로 총질했으니까 이해해 달라고? 니네는 시발 도마뱀들과 싸우다 보니 눈깔이 갑자기 퇴화돼서 사람하고 도마뱀 새끼들도 구분 못하냐? 그렇게 헷갈리면 이마빡에 '쏘지 마시오' 붙이고 다닐까? 니네 겁나서 만날 수가 없어. 재수 없으면 또 총맞을 거 아냐. 맨날 도마뱀들하고 싸우다 보니 갑자기 우리가 도마뱀으로 보여서 환장해서 총질을 한 거냐?"

이 대대장이 연신 김소령에게 쏘아붙인다. 화가 난 이 대대장을 가만히 지켜보며 듣던 김 소령이 조용히 지켜보다가 얘기한다.

"미안합니다. 형님."

얘기를 하며 자리에서 일어나서 허리를 크게 구부려 공손하게 다시 한번 사과한다.

"제가 이렇게 죄송하다고 말씀드리지 않습니까. 그래도 형님이 우리는 못 믿어도 저는 믿으시잖습니까. 저를 믿고 화를

234

좀 푸십시오."

"너 시발 가서 똑바로 알아듣게 얘기해. 우리가 도마뱀 때문에 가끔 만나서 만담 좀 늘어 놓는다고 니네가 착각하고 있는지 모르겠지만, 우리는 한순간도 니네를 우리편이라고 생각한 적 없다고! 농담 따먹기 몇 번 한다고 지난 과거를 다 잊을 정도로 우리 기억력 나쁜 거 아니고, 니 놈들 과거 만행 분명히 기억하고 있다고. 우리를 어떻게 봤는지는 몰라도 정신 똑바로 차리라고 해. 니네와 우리는 엄연히 휴전 중이라고. 그러니 앞으로 거슬리는 행동하면 이마빡에 구멍 뚫어줄 테니까 알아서 하라고 얘기해. 좋네 뭐. 우리도 시발 총 맞았으니 앞으로 봐주고 그럴 거 없이 우리도 신나게 쏴 대면 되겠네. 이젠 망설일 필요도 없다고. 지금 도마뱀들한테 쫓기고 있지만, 니네가 우리 적이라는 걸 잠깐 까먹고 있었는데 마침 잘됐네. 우리는 여전히 니네들 적이라고 생각한다고 가서 분명히 얘기하라고!"

이야기 도중 화가 폭발한 이 대대장은 접견실 문을 크게 열고 확 닫고 나가 버린다. 그런 모습을 김소령은 물끄러미 바라보다가 뒤돌아서 가고 있는 이 대대장의 뒷모습을 보고 허리를 굽혀 인사를 하며 이야기한다.

"대대장님 화 풀어지시면 연락 주십시오."

최근 공사지역 파충류 출몰 횟수가 늘어나고 산발적인 파충류와의 충돌이 잦아짐에 따라, 추가적인 부상과 전력 손실이 우려되고 있는 상황이다. 이에 따라 정부군측에선 경계근무 지역을 확대하기로 방향이 정해졌다. 경계근무 영역을 점진적으로 북쪽 산림지역으로 확대하고, 상황을 보면서 거점을 일별로 계획을 세워 점진적으로 늘려가는 작전을 진행 중이다.

오늘은 북쪽으로 2개 분대가 4개 조를 이루어서 각각 이동하기로 했다. 특히 이병욱 상병은 그 지옥 같은 인간수용소에서 극적으로 탈출한 뒤 휴식을 가지라는 주변의 만류에도 불구하고 다시 작전을 자원했다. 자신만이 그런 특별한 일을 겪은 게 아니라며 한사코 자신을 다시 작전에 넣어 달라고 요청했다. 그래서 이 소대장은 비교적 난이도 적은 지역에 그를 배치해 주었다. 이 상병 조는 정문을 기준으로 9시 방향 300여 미터 고지의 산등성이를 따라서 작업을 진행하기로 했다. 차량으로 작전지역 외곽을 돌아 북쪽 산 입구에 내리면 과거에 있던 산악 소방도로로 도보 이동을 해야 한다. 물론 과거엔 차량이 다닐 수 있었지만, 오랜 기간 동안 차량 통행이 없어지면서 길은 걸어가야 겨우 확인을 할 수 있을 정도이다. 그래도 다른 조에 비해 작업의 난이도는 괜찮은 편이다. 오래 전이긴 하지만 시멘트 포장된 도로로 이동할 수 있는 장점이 있기 때문이다. 물론 이동하면서 차후 차량이동이 가능하도록 작업을 병행하면서 올라간다. 말이 군사작전이지 상당한 작업이 병행

된다. 날씨도 더운데다가 1명은 전기 톱으로 작업을 하고 나머지 2명은 주변 경계 근무를 하면서 진행해야 되기 때문에, 전기 톱으로 크고 작은 나무를 쓰러뜨리는 과정에 발생되는 시끄러운 소음으로 대화 나누기도 힘들다. 그렇게 약 3시간을 진행했지만 고작 산중턱에 다다랐다. 산중턱 아래에는 버려져 있는 작은 인가도 보인다. 동네주민들 말로는 원래 그곳에 다른 건물도 있었지만 파충류 공습으로 사람들이 떠나게 되었고, 그런 격리된 폐쇄성으로 난치병을 앓던 사람이 살았던 적도 있다고 한다. 하지만 그 후 이 곳에 파충류 서식한 흔적이 발견되어 소탕작전을 벌이기도 했다. 하지만 지금은 다시 버려진 산속의 적막감을 대표하는 존재가 되었다. 이 상병 조는 여기서 잠시 휴식을 취하기로 했다. 3면이 산으로 둘러 쌓여 있고, 앞엔 작은 호수가 있어 훌륭한 풍경이 펼쳐지고 있다. 산 속 깊은 곳에 시작된 듯한 바람이 여기저기 스쳐서 계곡의 찬기를 잠시 머금고 낮은 평지를 지나 흐르다가 바위 위에 앉아 있는 이 상병의 목덜미를 관통해서 지나간다. 휴식시간이 주는 상쾌함과 더불어 잠시나마 오전 동안 진행된 힘든 작업을 잊게 만든다.

"경치 죽이네요. 이 상병님."

오전 동안 전기톱을 휘둘러서 온 몸에 땀이 범벅인 윤장호 일병이 얘기한다.

"너 그렇게 일하다가 허리 부러지는 거 아니냐? 살살해. 그러다가 연애도 못해. 좀 쉬어."

"목 마르시지 않으세요? 뭐 마실 것 없나요?"

"마실 거라면 미지근한 물은 있지."

"그럼 맥주 한잔 하실래요? 그렇게 시원하진 않지만."

윤 일병이 얘기하며 배낭에 있던 맥주 캔 하나를 꺼낸다. 그러자 곁에서 지켜보던 한 일병이 다가오며 물어본다.

"그거 뭡니까? 그런 거 있었으면 진작 말씀하셨어야죠."

한 일병은 나이는 많지만 입대가 늦어 계급도 조금 낮다. 하지만 나이가 많아 다들 존대말로 대해준다. 윤 일병이 이렇다 할 사이도 없이 한 일병이 맥주를 낚아채 가듯이 가져간다. 그리고 혼자서 산속으로 올라간다.

"한 일병님 어디 가세요?"

"산에 왔으면 고수레를 한번 해야죠. 요즘 그런 거 없이 산속에서 총질만 해대니 인간 편 들어주는 존재가 없나 봐요. 여기 산신령님께 한잔 드리고 올게요."

말릴 겨를도 없이 한 일병이 총도 없이 혼자 숲 속으로 사라진다. 이 상병과 윤 일병은 그런 한 일병을 보다가 어이없다는 듯 서로의 얼굴을 바라본다.

"혹시 모르니 윤 일병이 같이 다녀와."

이 상병의 지시로 윤장호 일병도 총을 들고 한 일병이 간 곳으로 따라 나선다. 이미 사람의 왕래가 없는 깊은 산속 길이라 한 걸음 한 걸음 앞으로 나아가기가 어렵다. 사람 키만큼 높은 풀이 나있는 숲 입구를 어렵게 지나니, 키가 큰 나무의 영향으로 햇빛이 줄어들어서 그런지 풀의 길이도 짧아지고 우거졌던 풀숲도 이젠 줄어들어 있다. 윤 일병이 지나간 흔적이 보이기 시작한다. 뭐 하러 이렇게 높은 곳까지 올라오려고 하는지 속으로 투덜대며 들어간다. 그러자 한 일병이 수풀에 숨어있는 것이 보인다. 그는 윤 일병을 향해 입을 손가락으로 막아 조용히 하라는 신호를 주며 저 멀리를 손가락으로 가리키고 있었다.

한 일병이 손가락으로 가리킨 약 100여 미터 떨어진 곳에는 파충류 몇 마리가 주변을 서성이고 있었다. 파충류 특성상 청각은 다소 떨어지지만 후각은 상당히 발달해서, 긴 혓바닥을 날름거리며 꽤 먼 거리에 있는 대상의 냄새를 감지할 수 있을 정도이다. 따라서 이렇게 가까운 곳에서 움직임만으로도 공격을 받을 수 있는 긴박한 상황이다. 또한 이곳은 예전에 파충류가 대단위로 서식하던 장소이기도 하고, 몇 차례 파충류 떼를 대대적으로 소탕했는데도 아직도 남아있다는 것은 여기가 파충류 서식에 꽤 좋은 환경을 가진 것이라는 반증이기도 하다. 산으로 둘러싸여 있지만 계곡을 따라 바람이 잘 불고 있고, 맞은편에는 호수가 놓여있어 인간의 출입이 어려우면서 충분한 수분도 공급받을 수 있어 최적의 장소가 된 듯하다.

현재는 군집해 있는 파충류의 규모가 어느 정도인지 파악이 필요하고 상황에 따라 직접 대응할지 추가지원을 요청할 지가 중요한 순간이다. 숨죽여 파충류의 동태를 파악하고 있는 순간 근처에 작은 파충류 한 마리가 슬금슬금 기어올라오고 있다. 무리와 이탈되어 여기저기 호기심을 갖고 돌아다니고 있는 것처럼 보인다. 사실 기존 파충류는 포유류와 달리 다량의 알을 자연상태에서 산란해 이후 독자 생존하는 방식이나 현재 전 지구를 휩쓸고 있는 파충류는 마치 조류와 같이 군집생활을 통해 산란하고, 공동체에서 육아를 하고 있는 구조이다. 아마도 이런 생활 패턴을 갖게 된 것이 비약적으로 그 개체수를 끌어올리게 된 것으로 보이고, 지난 정희연 박사의 연구결과와 같이 지능이 높아진 원인으로 추정되기도 한다.

호기심이 가득한 어린 파충류가 여기저기 돌아다니면서 윤 일병과 한 일병 있는 근처까지 근접해지고 있다. 지금 사격을 하기엔 다수의 파충류 공격이 우려되고, 그대로 두기엔 대원들의 존재가 발각되기 직전이다. 그때 갑자기 한 일병이 새끼 파충류 입을 틀어막고 목을 자른다. 아주 짧은 순간 눈깜짝할 사이에 새끼 파충류는 한 일병의 긴박한 움직임으로 그대로 죽임을 당하고 말았다. 멀리 있는 파충류의 움직임을 보니 다행히 아무런 낌새를 채지는 못한 것으로 보인다. 한 일병과 윤 일병은 조용히 뒷걸음질 치면서 오던 길로 돌아가려고 한다.

그때였다.

갑자기 어디서 나타난 건지 모르는 거대한 도마뱀이 한 일병의 목을 물은 채로, 머리를 이리저리 움직여 그 자리에서 한 일병을 죽인다. 사격을 할 수도 없는 짧은 순간이었다. 갑자기 나타난 파충류에 윤 일병도 겁에 질려 얼굴이 사색이 된 채 무차별 사격을 시작한다. 사격소리를 듣고 주변에 있던 파충류들도 일제히 몰려와 단체 공격을 시작한다.

파충류들은 어느덧 주변으로 몰려들어 총을 난사하고 있는 윤 일병 곁을 에워싼다. 당황한 윤 일병은 계속해서 총을 난사하면서 뒷걸음질 친다. 하지만 뒤를 돌아봐도 이미 많은 파충류 떼들이 빠른 속도로 몰려들고 있다. 짧은 시간에 많은 파충류들이 몰려오면서 윤 일병은 순식간에 파충류에 밀려 고립되고 만다. 윤 일병의 총알을 이리저리 피하던 파충류들은 총알이 떨어진 것을 인식이라도 한 것처럼 총알을 피해 살아남은 약 20여 마리 정도 되는 무리가 한 마리씩 윤 일병 주변을 에워싸기 시작한다. 그러던 중 무리에서 한 마리가 천천히 걸어 나와 한 일병의 공격으로 죽은 도마뱀 쪽으로 다가가 눈으로는 윤 일병을 경계하고, 혀로는 날름거리며 냄새를 맡으며 살핀다. 그러다가 죽은 것을 흘깃 보고 확인하더니 큰 보폭으로 윤 일병 곁으로 유유히 걸어간다. 총알이 다 떨어져 무장해제된 윤 일병은 극도의 공포감 속에서 허리춤에 있던 단도를 꺼내면서 주변을 노려보며 소리 지른다.

"덤벼 이 새끼들아. 덤벼!"

총알이 난사될 때까지만 해도 맹렬히 공격하던 파충류들은 약속이라도 한 것처럼 동작을 멈추고 필사적으로 저항하고 있는 윤 일병이 애처롭다는 듯이 아주 조용한 움직임으로 포위한다. 무리가 미동도 없이 조용히 지켜보고 있는 광경은 보는 것만으로 소름이 돋는다. 마치 파충류가 마지막 심판이라도 하는 것처럼 윤 일병을 둘러싸고 우두머리나 행동대장 같은 한 녀석이 조용히 다가가고 있는 모습이라니······

휴식장소에 혼자 머물러 있던 이 상병도 총소리를 듣고 자리에서 황급히 일어난다. 상황이 심상치 않은 것을 깨달은 이 상병은 황급히 총소리가 난 곳으로 다가온다. 총소리가 너무 거칠어지고 있어 황급히 소리가 난 곳으로 달려갔지만, 이내 총소리가 멈춘다. 맹렬히 퍼붓던 총소리가 멈추었다는 것은 긍정적이기 보다는 부정적인 예감을 갖게 한다. 또한 부정적인 예감을 갖고 있다는 것은 남아 있는 시간이 얼마 되지 않다는 것이기도 하다. 그만큼 긴박한 상황이고 이 상병의 머릿속에 여러 가지 생각이 교차한다. 지난 지옥 같은 수용소에서의 끔찍했던 순간이 떠오르면서 전쟁에서는 사소한 행동과 의사결정이 예기치 않은 결과를 불러 일으킨다는 생각을 떠올린다. 처음부터 한 일병을 말렸어야 하는데 하는 자책감이 그를 괴롭히며 발걸음을 재촉하게 만든다. 산등성이를 넘어가기 직전에 파충류 비린내가 풍기기 시작한다. 조만간 이 상병의 눈에도 윤 일병과 그를 에워싸고 있는 파충류 무리가 한 눈에 들어온다. 그의 눈에 들어온 이런 일방적인 대치 상황은 보는 것만으로도 심각하다는 것을 보여준다. 수용소 탈출 후 다시 절대적인 열세의 규모로 파충류를 대면하게 된 것이다. 수용소에서 안타깝게 죽어간 노수민이 다시 생각이 났다. 어찌해야 되나 고민이 된다. 얼마 남지 않은 시간이고 더 이상 지체할 시간도 남아 있지 않다. 이 상병이 갖고 있는 화력은 수류탄 4발과 20개 들이 총탄 3개뿐이다. 지금이 윤 일병을 구할 수 있는 마지막 시간이기 때문에 더욱 고민이 깊어진다.

그 순간 몇 년 전 그의 가족을 덮쳤던 파충류의 기억이 되
살아 난다. 그리고 얼마 전 그의 품에서 죽어간 노수민의 얼굴
도 다시 떠오른다. 지금 윤 일병도 이 상병이 아니면 누구도
도움을 줄 수 없다. 이 상병은 혼자 전체를 다 상대하기는 무
리라고 생각했다. 우선 주변을 살펴 비교적 줄기가 굵고 키가
큰 소나무 위로 천천히 올라갔다. 지면과 약 2m 정도 높이로
올라가 시야를 충분히 확보하고 몸을 숨길 수 있는 위치를 선
정한다. 그리고는 오른쪽을 향해서 힘껏 수류탄을 던졌다.

   그 순간 파충류 무리 전체가 일시에 동요한다. 윤 일병을
감싸고 있던 무리도 일순 와해되고, 추가 공격이 오는지 주변
을 살피기 시작한다. 어수선한 틈을 타서 윤 일병도 천천히 뒷
걸음질 치며 이 쪽으로 걸어오려 한다. 이를 눈치챈 파충류 한
마리가 윤 일병에게 다가간다. 그 녀석에게 이 상병이 조준 사
격을 한다. 총알은 정확히 녀석의 머리를 맞고 그대로 쓰러진
다. 무리들은 다시 동요한다. 이 상병은 다시 숨을 죽여 시간
을 기다린다. 그 틈을 타서 다시 윤 일병이 빠른 뒷걸음질로
이동 한다. 역시 두 마리 정도가 다시 따라붙자 어김없이 총알
이 날아온다. 추격을 하던 한 마리는 그대로 쓰러지고, 나머
지도 역시 당황한 듯 주변을 살핀다. 이런 공방이 몇 번 더 계
속된다. 하지만 이런 상황에 조금씩 익숙해지면서 파충류들의
템포도 빨라지고, 이 상병이 내뿜는 총구가 총알을 뿌리는 횟
수도 빨라진다. 횟수가 빨라질수록 위치의 노출 가능성이 커

질 수밖에 없다. 어느덧 발사된 탄환은 8발이고, 쓰러진 파충류는 4마리이다. 시간이 지날수록 정확성도 조금씩 떨어진다. 간격이 빨라지면서 더 정확한 조준을 할 시간이 없어지고, 긴장감을 가질 수밖에 없어 탄환은 조금씩 빗나가기 시작한다. 그때 또 한 마리가 다가오면서 총알이 또다시 발사된다. 갑작스러운 동작에 조준할 틈을 놓친 탄환은 빗나가게 되고, 윤 일병에 다가가는 속도가 빨라져 이내 소총을 다시 발사하게 된다.

그러면서 파충류들이 일제히 이 쪽을 바라본다. 마치 이런 공방전이 이 상병의 위치를 파악하기 위해 의도된 행동의 결과라도 되는 것처럼 연이어 발사된 총알로 일순간 위치가 노출이 되고 만다. 파충류들의 이런 행동을 눈치챈 윤 일병도 이젠 더 이상 지체할 수 없다는 것을 깨닫는다. 그 순간 윤 일병도 달리기 시작하고, 이 상병의 사격 소리도 점차 거세진다. 이 상병이 갖고 있는 탄환은 제한적이고, 윤 일병이 파충류와 거리를 벌려야 수류탄과 같은 살상무기를 사용할 수 있는데 간격이 좀처럼 벌어지지 않는다. 이제 남은 탄창 하나를 마지막으로 교체하고 다시 사격을 시작한다.

20, 19, 18, 17, 16, 15, 14, 13, 12…

이젠 총알이 10발이 채 남지 않았다. 20여 미터 앞으로 윤 일병이 다가오자 이 상병이 수류탄을 빼들어 후미 쪽에 우선 투하한다. 파충류 4~5마리 정도가 쓰러지고 파편이 흩어지지만 나머지 무리들이 이내 기계적으로 다시 쫓아온다.

이제 윤 일병과 남은 거리는 약 10미터도 채 되지 않는다. 연신 불을 뿜던 그의 소총이 일시에 멈추자, 이 상병은 수류탄을 다시 긴박하게 빼어 든다. 윤 일병이 이 상병 쪽으로 거의 근접하자, 이 상병은 몸을 일으켜 7~8미터 후미로 수류탄을 투척하는 것과 동시에 나무 위에서 몸을 날려 윤 일병을 덮친다. 수류탄 파편이 맞지 않도록 엎드리게 하려는 것이다. 큰 폭발음과 동시에 일대는 순간 정적에 휩싸인다.

이 상병이 나무 위에서 뛰어내려 윤 일병을 덮치면서 내려오자, 그 무게와 충격으로 중심을 잃고 같이 쓰러진다. 쓰러지는 순간 옆에 낮게 패인 구덩이에 있는 돌에 머리를 부딪히고 수류탄의 파편도 일부 날아오면서 정신이 아득하게 느껴졌다.

"윤 일병 괜찮아?"

이 상병이 다급하게 윤 일병을 불러본다. 윤 일병이 천천히 눈을 뜨자 이 상병도 안도하며 옆에 돌아눕는다.

"한 일병은?"

이 상병이 윤 일병 옆에 누워 물어보자, 윤 일병은 이 상병 쪽을 바라보고는 조용히 고개를 젓는다.

"그래, 됐어. 넌 최선을 다했으니까…"

"이 상병님 감사합니다. 저는……"

윤 일병의 말이 끝나기가 무섭게 갑자기 나타난 파충류가 이 상병을 물어서 공격한다. 깜짝 놀란 윤 일병은 주변을 살피며 소총을 찾다가 여의치 않자, 허리춤에 있는 칼을 꺼내 파충류의 목에 꽂으며 올라탄다. 그리곤 올라탄 상태에서 계속해서 몸통과 머리를 찔러댄다. 파충류도 몸을 이리저리 움직이고 날뛰면서 고통스러워 하며 윤 일병을 떼어 내려 발버둥친다.

한편 파충류의 갑작스러운 공격으로 이 상병은 왼쪽 팔이 절단된 채 그 옆에 내팽개쳐지고 말았다. 갑작스러운 상황으로 이렇다 할 겨를이 없던 이 상병은 가까스로 정신을 가다듬자 윤 일병이 파충류를 탄 채 사투를 벌이고 있는 장면을 마주하게 되었다. 왼쪽 팔이 절단되어 출혈이 심각하고 극심한 통증이 계속되고 있었지만 사투를 벌이고 있는 윤 일병을 그대로 두어서는 안된다고 생각 되었다. 가까스로 정신을 가다듬어 주변을 살펴 자신의 소총을 찾기 시작한다. 나무 뒤편에 내

던져 있던 소총을 겨우 찾은 이 상병은 오른쪽 팔만으로 소총을 잡아 조준하려 하지만 여의치 않다. 다시 바닥에 누워 소총구를 가까스로 조준해 방아쇠를 당겨보려 하지만 파충류의 격렬한 움직임으로 조준하기가 상당히 어렵다. 또한 출혈이 심각한 상황에서 오른손만으로 조준해서 방아쇠를 당기는 것도 여의치 않다.

윤 일병의 끈질긴 공격으로 괴로워하며 몸을 요동치던 파충류는 윤 일병을 떨어뜨리려 하지만 생각대로 되지 않자 이내 달리기 시작한다. 달리면서 나무에 몸을 부딪히면서 그를 떨어뜨리려 하지만 그럴 때마다 윤 일병이 몸을 이리 저리 움직이면서 끈질기게 매달려 있다.

이런 공방이 계속해서 이어지자 이를 지켜보던 이 상병이 몸을 일으켜 소총으로 다시 조준하지만 이내 시야에서 멀어지고 만다. 이제 주변은 파충류 사체 10여 구와, 이리저리 패인 포탄의 흔적 그리고 저 멀리 쓰러져 있는 한 일병의 시체 만이 갑작스러운 참극의 현장을 보여준다. 이 상병은 출혈이 지속되고 있는 절단된 왼쪽 팔을 한 손으로 누르며 발걸음을 옮기려 하자, 극도의 긴장감이 풀어지며 현기증을 느낀 채 쓰러진다. 한동안 그 자리에서 멍하니 누워있던 이 상병은 다시 정신을 차리고, 옷을 찢어 출혈부위를 동여매고 몸을 일으켜 아까 전의 휴식장소로 필사적으로 걸어간다. 휴식장소에 무전 장비가 있어 어떻게든 거기까지 도달해야 된다. 가파른 산등성이를 따라 몸을 질질 끌듯이 미끄러지며 필사적으로 내려 가고 있다. 그렇게 힘겹게 휴식장소로 이동을 하던 이 상병은 목표지점을 약 5미터를 놔두고 다시 쓰러지고 만다.

무전기를 앞에 둔 풍경은 그 어느 곳 보다도 아름답고, 평화로우며, 변함없는 자연의 자태를 보여주고 있다. 어쩌면 이 상병도 그런 아름다운 모습을 희미해져 가고 있는 맥박으로 땅을 가까스로 지탱하며 어슴푸레 볼 수 있지 않을까? Mozart의 플루트 협주곡 1번 알레그로 선율이 어디선가 들려온다면 더할 나위 없이 아름다운 장면이 될 것 같다. 어쩌면 가장 치열하고 잔인하며, 힘든 상황에서 극적이고 절대적인 아름다움을 느낄 수도 있는 것이 아니겠는가? 그런 게 역설이면 어떤가? 우리가 이런 상황이 어때야 한다는 오만한 기대치를 기어이 말할 필요가 있을까? 그런 생각은 인간이 만들어낸 착각의 산물뿐일 수도 있다.

그런 슬픔을 달래주듯이 계곡에서 시원한 바람이 불어와 쓰러져 있는 이병욱의 볼과 목덜미를 스쳐 지나간다. 이 상병도 그러면서 천천히 자신의 삶을 조망하고 있을지도 모른다. 그래서 그런 고통스러운 삶을 이런 편안한 죽음으로 보상 받고 싶을 수도 있다. 죽음은 그에게 댓가없는 휴식을 주기 때문이다. 또 그런 사멸은 어쩌면 슬픔이 아닐 지도 모른다. 자연은 늘 어머니의 품 안처럼 아늑하기 때문이다. 그런 시원한 바람이 그토록 치열했던 그의 삶을 돌아보며 어루만지고 포근히 안아주려 하고 있다. 이 상병도 그런 자연이란 존재에 이제 몸을 맡기고 싶어진다. 어쩌면 그토록 바라던 그의 가족이 바로 그런 모습일수도 있다는 생각도 든다. 맥박이 점점 약해지지만 원래 자연이란 것, 생명이란 것은 그런 것이기도 하다. 저 멀리 숲 속에서 소리에 놀라 날아가는 새는 그 소리가 어디서 어떻게 났는지 알지는 못하지만 새는 본능적으로 날개를 퍼득이고, 이는 다를 게 없는 자연의 아주 사소한 일상이기도 하다.

우리 인간의 죽음이 그런 것과 대체 뭐가 다르고 도대체 뭐가 그리도 특별하단 말인가? 계곡의 바람이 다시 산 속 깊숙이 스쳐 지나간다.

윤 일병을 태운 파충류는 미친 듯이 발악하며 그 이후로 약 30분 이상을 달려가며, 자기의 등위에 있는 윤 일병을 떼어내기 위해 사투를 벌인다. 하지만 이제 너무 긴 시간을 발버둥치면서 윤 일병은 물론 파충류도 이미 지쳐가고 있다. 특히 자신의 등위에서 몇 십 분째 이어진 무방비 공격으로 이미 파충류는 너무 많은 피를 흘린 것은 물론 긴 시간의 전력질주로 체력도 고갈되어 간다. 파충류를 올라타고 있는 윤 일병의 손도 이미 피범벅이고 감염까지 우려되지만 파충류의 이런 몸부림도 얼마 남지 않았다는 것을 직감적으로 느끼고 있다. 파충류의 등에 필사적으로 매달려 공격을 하느라 온 신경을 집중해 있던 윤 일병은 이제 정신을 차려 주변을 조금씩 쳐다본다. 이미 부대와 상당거리로 멀어져 있는 상태이고, 무엇보다 자신을 지킬 수 있는 무기는 오로지 지금 파충류의 등에 수 차례 꽂혀진 단검 두 자루뿐이다. 치열한 사투와 극도의 긴장감으로 체력이 소진되고 있지만 누가 먼저 쓰러지느냐다. 다시 한번 정신을 차리고 오른손으로 파충류 오른쪽 목덜미에 꽂혀있던 칼자루를 뽑아서 오른쪽 눈에 꽂으려 한다. 다시 파충류가 격렬하게 움직여 윤 일병은 떨어질 뻔하다가 가까스로 목덜미를 꾸기듯이 잡으며 중심을 잡는다. 파충류의 등과 목덜미엔 윤 일병이 휘두른 칼자국으로 피가 범벅이고, 윤 일병의 옷도 빨갛게 물들여 있어 누구 피인지 가늠하기 어렵다. 파충류의 거친 숨소리가 윤 일병에게도 느껴진다. 파충류의 코에서 흐른 피가 입 속으로 들어가고 입 속은 갈증과 메마름으로 헉헉거리는 소리가 점점 커진다.

파충류의 달리는 속도가 점점 약해지고, 숨소리가 점점 거칠어질 무렵 전방에 가로질러 누워있는 나뭇가지가 보인다. 윤 일병은 파충류가 얼마 가지 못할 거라 판단하고 목덜미에 꽂혀 있는 칼을 재빨리 빼들고 손으로 가지를 잡아 파충류에서 벗어난다. 지친 파충류는 자신에서 벗어나게 된 윤 일병을 고개를 돌려 돌아보다가 몇 걸음 못 가고 그 자리에 털썩 주저앉는다.

약 1시간 이상을 달려오면서 지칠 대로 지친 윤 일병은 우선 안전하게 쉴 곳을 확보하는 게 중요했다. 마침 해가 저물어가면서 밤이 되기 전에 우선 하룻밤을 버틸 은신처를 찾아야 했다. 그 이후 몇 십 분을 헤매다 보니 숲이 끝나고 나무가 없는 평원이 나온다. 평원의 중간은 마치 차량이 다녔던 것처럼 도로 같은 형태가 어렴풋이 보이고, 동쪽 끝엔 동굴 같은 것이 보였다. 가까이 가보니 간신히 비를 피할 정도의 공간이 남아있었고, 동굴 안쪽으로는 고사리류와 칡넝쿨들이 어지럽게 자라고 있었다. 윤 일병은 동굴 입구에 몸을 눕히고, 주변에서 끌어 모은 덩굴 등으로 몸을 숨길 가림 막을 했다. 그러다 보니 일순간 긴장감이 풀어지며 잠이 들고 말았다.

얼마나 지났을지 모르는 시간에 윤 일병은 타는 듯한 갈증에 눈을 뜨고 일어났다. 아마도 새벽 3시가 넘은 시간으로 보인다. 주변은 달빛이 유난히 밝아 있었고, 한낮의 찌는 듯한 더위는 찾기 힘들 정도로 시원한 밤바람이 불고 있었다. 주위를 둘러봐도 고요함과 적막 이외에 어떤 존재나 대상도 없는 것 같고 그 절대적 고요함의 한가운데에 윤 일병만 남아 있는 것처럼 느껴졌다. 하지만 그런 적막감은 오히려 오후에 있었던 피비린내 나는 혈전과 비교해보면 극적인 대조라는 생각이 들었다. 갑자기 홀로 남아진 상황을 돌아보니 오늘 그렇게 죽어간 동료들의 얼굴이 떠오른다. 하지만 이런 외로운 어두움이 깊어질수록, 이는 곧 그 끝이 얼마 남지 않았다는 반증이기도 하다. 인간은 늘 끝이 보이지 않을 것만 같은 어둠에 투쟁하면서 때론 희망을 잃고 좌절했지만, 그런 다난한 과정을 거치면서 더 강해졌고, 인간의 존엄성을 가까스로 지키면서 다음 세대들에게 그런 유전인자를 물려주며 세대를 거쳐 지키고 투쟁해 왔으니 말이다. 그 역사의 한 편을 써 내려가고 있는 그 대상들은 대부분 자신들이 그런 역사의 주역이란 사실을 깨닫지 못하고 먼지와 같이 쓰러져 가지만, 그런 무명의 희생들로 우린 올바른 것과 희망이란 것을 가질 수 있었다.

윤 일병은 그날 오후를 생각하며 목마름도 잠시 잊고 동굴 뒤편으로 몸을 철푸덕 눕히자 갑자기 입구가 균열을 내며 구멍이 생긴다. 놀란 그는 몸을 일으켜 구멍 안을 자세히 들여다본다. 라이터를 이리저리 비춰 본 윤 일병은 별다른 위험이 없어 보이자 내부로 들어간다. 내부는 왠지 모를 아늑한 느낌이 들어 우선 날이 밝을 때까지 눈을 붙이기로 한다.

악몽을 꾸다 놀라 갑자기 잠을 깬 윤 일병은 온몸에 땀이 흥건한 채로 일어난다. 밖에선 매미소리가 유난하게 울고 있고, 온도도 새벽에 비해 높아지고 있는 것처럼 느껴진다. 정신을 차리고 동굴 안을 자세히 살펴보니 마치 사람의 손길이 닿아 있는 것처럼 내부는 잘 정리가 되어있었다. 자세히 살펴보기 위해 나무에 불을 붙여서 내부를 다시 보았다. 동굴 입구에서 10여 미터를 낮은 자세로 들어가자 갑자기 인간의 발자국 소리가 동굴 밖 저 멀리에서 들려왔다. 조금 더 걸어가보니 어두운 동굴이 끝나고 저 멀리에서 밖의 햇살이 비쳐왔다. 긴장한 윤 일병은 숨소리를 죽인 채 조용히 햇살이 비치고 있는 곳으로 발걸음을 옮겼다. 동굴 내부는 마치 파충류 떼가 다녔던 것과 같은 구조를 보이고 있었고, 이는 공교롭게 햇살이 흐르는 곳까지 연결되어 있었다. 근처까지 다가가자 동굴은 외부로 통하고 있었고, 동굴 앞에는 창고와 같은 건물이 나타났다. 건물 앞에는 무장한 군인이 보초를 서고 있었다. 하지만 군복으로는 소속을 짐작하기 어려운 생소한 복잡을 하고 있었고, 이를 본 윤 일병은 뭔가 이상한 느낌이 들어 내부를 봐야겠다고 생각했다.

다시 파충류 굴로 들어간 윤 일병은 동굴 내부를 이리저리 살펴보니 구멍이 여러 군데로 나아져 있는 것을 발견했다. 특히 파충류들이 건물근처에 동굴을 뚫어 흔히 침투하는 습성을 보여왔던 것처럼 구멍 중에 건물로 침투된 흔적을 찾아봤다. 과연 동굴은 건물의 지하창고 쪽으로 구멍이 나있었다. 지하창고로 천천히 들어간 윤 일병은 조심스럽게 1층으로 올라갔다. 지하에서 올라오자 1층엔 깔끔한 대리석 재질의 바닥이 나타난다. 크기는 좌우 약 10평방 미터 가량 되어 보이는 꽤 넓은 공간이었다. 이는 건물의 현관 같은 구조로서, 그 공간을 지나면 좌우로 창고나 사무실로 보이는 공간이 들어서 있었다. 밖에서 볼 때는 자연상태의 숲처럼 보이나, 내부는 복도 길이가 50여 미터 이상 되는 꽤 큰 규모의 건물이었다. 외부의 삼엄한 경계와는 달리 내부는 인적이 드물고 고요하게 느껴졌다. 그리고 어디서 나오고 있는 것인지 모를 기계음이 건물전체를 감싸고 있다. 윤 일병은 조심스레 그 중 첫 번째 문을 열어본다.

　창고 문을 하나 연 윤 일병은 경악하고 말았다. 내부는 거대한 인공 부화장이었다. 약 15 제곱 미터 넓이 및 약 2.5 미터 정도 높이의 공간 안의 방에는 5단으로 된 거대 부화틀이 내부를 가득 메우고 있었다. 천장에 있는 공조시설이 각 부화틀과 연결이 되어 있었고, 부화틀 내부에는 하얀 색의 커다란 알이 놓여 있었다. 자세한 것은 알 수 없으나 파충류로 추정되는 알이 그 내부에 빼곡히 펼쳐져 있었던 것이다. 윤 일병은 황급히 방을 나가 다른 방에도 들어가 보았다. 다른 방도 다름 없는 거대 부화장의 모습을 갖추고 있었다. 복도 끝까지 대략 20여개의 방에 대부분 이런 부화시설을 갖춘 것으로 추정이 되고 있다.

누가, 왜 이런 시설을 만들었는지 하는 생각이 윤 일병의 머릿속을 때린다. 그리고 누군가 의도적으로 만들었다면 지금 이 시설이 보유하고 있는 것을 인지하는 것 만으로도 이를 발견한 사람은 큰 위험에 쳐 할 수도 있을 것이다. 윤 일병은 위협감을 느끼며 황급히 주변을 둘러보았지만 건물 내부에 인적은 보이지 않았다. 윤 일병은 다급히 그 자리를 빠져나와야 한다는 것을 직감했다. 하지만 어제 일을 생각하면, 윤 일병 혼자서 아무런 일도 하지 않고 이대로 그냥 돌아갈 수는 없다고 생각했다. 돌이켜 보면 어제 그런 일이 있던 것이 우연히 이곳에 오게 된 계기가 되었고, 이는 윤 일병에게 무엇인가에 대한 의무감을 은연 중에 부여한 것일 수도 있다는 생각이 들었다. 윤 일병은 두 동료의 희생으로 자신은 가까스로 살아남아, 죽을 고비를 넘으면서 여기까지 오게 되었고, 이런 과정이 그로 하여금 이 곳에 대한 정보를 더 파악해 가도록 만들었고, 이로 인해 살아남은 자의 소명을 다하라고 명령을 내린다고 생각했다.

윤 일병은 긴장되어 상기된 얼굴로 희미한 조명이 비추는 건물 안의 여러 방을 둘러보기 시작했다. 건물의 거의 끝 지점 방까지 들어가자 순간 무슨 움직임 같은 것이 느껴졌고, 부화틀을 가만히 불로 비치자 이제 막 부화하려는 듯 알 외부에 금이 생겨 깨지려는 것이 보였다. 그 순간 윤 일병은 이 시설을 그냥 두어선 안 된다는 생각이 들었다. 자기가 이 시설을 알게 된 이상 무엇인가 해놓고 가야 된다는 생각이 퍼뜩 들었다. 우선 알을 몇 개 챙겨서 가방 안에 집어넣었다. 그리고 무기가 없던 윤 일병은 부화되는 알에 자극을 받아 주변을 둘러보며 알을 내리칠 무엇이든 찾아보려 방안을 둘러보았다. 방의 한쪽에 있는 원형 테이블과 이를 받치고 있는 기다란 나무다리가 눈에 띄었다. 테이블을 뒤집어서 테이블 상판과 테이블 다리를 분리한 후 받침대를 제거해서 막대기를 만들었다. 그리고 그 옆의 박스 안에 있는 비닐을 막대기 끝에 징징 동여매고는 문을 열고 밖으로 나갔다.

그 순간 윤 일병은 그 자리에 그대로 멈춰 설 수밖에 없었다. 이미 방문 앞 쪽으로 수많은 파충류들이 에워싸고 있었기 때문이다. 당황한 윤 일병은 갖고 있던 막대기를 들어 이리저리 휘저으며 파충류들을 경계했지만, 그럴 때만 잠깐 물러설 뿐 다시 윤 일병을 점점 옥죄이고 있었다. 윤 일병은 다시 막대기 끝 비닐에 불을 붙여 다가오려는 파충류 떼에 휘저었다. 주변을 살피던 윤 일병은 천천히 방으로 뒷걸음치듯 들어가 부화틀 하나를 깨뜨렸다.

파충류들이 놀라며 다가오려 하자, 깨진 틀 안에 횃불을 넣으려는 시늉을 했다. 파충류들이 일순간 주춤했다. 파충류들의 눈치를 살피던 윤 일병은 부화 틀에서 알 몇 개를 꺼내서 그 중 하나를 벽을 향해 힘껏 던졌다. 파충류들이 놀라며 동요했지만 알을 몇 개 갖고 있는 윤 일병을 자극할 수는 없었다. 알을 몇 개 더 가방에 챙긴 윤 일병은 천천히 방을 나와 복도로 나갔다. 윤 일병은 알과 횃불을 파충류들에게 휘두르며 경계를 늦추지 않고 천천히 뒷걸음질치며 아까 왔던 지하입구로 도망치듯 움직이고 문을 잠가 버린다.

긴장한 탓에 식은 땀을 연신 흘리며 지하창고 내부를 서둘러 둘러보았다. 지하창고 밖의 파충류 떼들은 연신 문을 쿵쾅거리며 두드려 대고 있다. 지하창고 내부에는 여러 가지 약품들이 한 켠에 쌓여 있었다. 윤 일병은 약품 통을 자세히 보면서 인화성 물질이 있는지 확인해 보았다. 그 중에 소독용으로 쓰이는 메틸알코올 플라스틱 통 안에 담겨있는 것을 발견하고는 통을 지하창고 곳곳에 배치한다. 그리고는 그 중의 하나를 열어 지하창고 내부 곳곳에 뿌린다. 시간 제약상 우선 이 곳 창고만이라도 마지막으로 폭파시켜놓고 가는 것이 미약하나마 자신의 의무를 다하는 것이라는 생각에서 였다. 파충류는 연신 문을 두드리며 마치 박살내려는 기세로 맹렬하게 도발하고 있다. 철문이라 워낙 단단하지만 이곳이 여의치 않으면 다른 우회 통로를 통해 이곳에 닥칠지도 모른다. 재빨리 알코올

뿌린 윤 일병은 가방을 매고 파충류 굴을 통해 건물을 빠져나
간다. 그리곤 3~4미터 멀리서 창고를 향해 불을 붙인 비닐 덩
어리를 집어 던진다. 알코올 자국을 따라 빠르게 가던 불길은
알코올 통에 닿자 소리를 내며 터지며 지하창고가 불에 휩싸
이고 동굴까지 불길이 날아온다. 윤 일병은 횃불을 들고 이리
저리 출구를 찾아 전력 질주한다.

　이제 여기서부터는 살아서 돌아가는 것만이 남았다. 그래
서 이런 곳을 왜 만들었는지, 누가 만들었는지, 누가 관리하고
있는지를 밝혀야 한다. 거대 폭발음으로 외부에 경비를 하고
있던 군인들도 부리나케 건물을 살피러 들어간다. 파충류 떼
들도 놀란 건지, 아님 내부를 지키려고 한 것인지 뒤따라오는
놈들은 안 보인다. 윤 일병은 사력을 다해 부대로 달려갔다.

정부군 진영에서는 윤장호 일병 사건에 대해 구체적인 군사 작전을 진행키로 했다. 사실상 표면적인 이유보다, 내부적으로 수집된 최근의 일련의 정보와 발생된 사건에 대해 보다 정확한 원인규명과 근거 수집이 필요하다는 수뇌부의 은밀한 의도이기도 하다.

결과는 2개 분대 규모의 최정예 병력과 연구진을 우선 투입하는 것으로 방향이 정해졌다. 한 개 분대는 경계 및 전투를 수행하고, 또 하나는 시설에 대한 정밀한 분석 및 연구를, 나머지는 부대에서 대기를 하면서 유사시 출동할 수 있는 체계를 갖추는 것이 효율적일 것이라는 판단이다. 이호영 소대장이 2개 분대를 이끌기로 했고, 정희연 박사도 동행해서 현장을 파악하는 것으로 했다. 여차하면 바로 공격을 해야 될 수도 있는 위험한 원정이기도 하다. 비교적 거리는 가깝지만 산악지대를 이동해야 되는 어려움이 있다. 윤 일병 진술로는 건물주변에 도로가 있다고 하지만 정말 차량이 다닐 수 있는지는 의문이다. 따라서 퇴로 확보의 문제점도 있어 기동성이 우수한 최정예 병력과 드론 등을 통한 화력 지원도 하기로 했다. 현장 통제와 작전은 이 호영 소대장이 맡고, 전체적인 작전 통제는 이 제욱 대대장이 본부에서 모니터로 실시간 진행키로 했다.

한창 준비가 진행중일 때 새한국 진영 측 김민근 소령이 이제욱 대대장을 찾아왔다. 이번 작전에 새한국 진영 측도 협력하고 싶다는 것이다. 현 실장의 강력한 반대가 있었지만 마냥 틀어진 사이를 이어가는 것도 정부군 진영에서도 부담이었다. 결국 김 연대장과 조 국장의 설득으로 이번 원정은 같이 진행하는 것으로 의견이 모아졌다.

"지난번 총질하고, 사사건건 부정적인 놈들이 여긴 왜 졸졸 따라온다는 거야?"

작전개시에 앞서 이 대대장이 부대를 찾아온 김민근 소령에게 얘기했다.

"너무 그렇게만 얘기하지 마십시오. 우리 사이가 한 두 번의 그런 반목으로 틀어지는 사이는 아니지 않습니까? 지금은 서로 협력해야 되는 상황이고요."

"지랄하네. 넌 정치꾼이냐, 군바리냐? 내 앞에서 정치꾼처럼 얘기하지마! 내가 성질 같아서는 니네들 다 일렬 종대로 세워놓고 총알 밥이라도 먹여주고 싶지만, 파충류 쏴 죽일 총알이 아깝고 네 얼굴을 봐서 라도 참는다. 그렇게 우리 꽁무니 따라다니고 싶으면 붙여는 줄게. 하지만 명심해라. 나 너희들 못 믿는 거!"

"역시 우리 형님 불 같은 성격 여전하십니다. 우리가 여러 차례 공동 작전했으니 이번에도 잘 할 수 있을 것 같습니다. 개인적으로도 저도 오래 전부터 우리 형님 고생하시는데 뭐라도 같이 하고 싶었고요."

"하여튼 알았고. 니네들 현장에선 절대 내 명령만 들어야 돼. 그게 아니라면 너네들 같이 갈 수 없어. 그것만 맹세해!"

정부군과 새한국 진영은 병력을 꾸려서 윤 일병이 도착한 이틀 후에 출발했다. 차량 이동 후 현장까지 산악으로 이동하는 데는 대략 3시간 이상이 걸릴 것으로 예상된다.

"근데 이번 공사가 그렇게 규모가 커요?"

이동 중에 정희연 박사가 이호영 소대장에게 묻는다.

"공병대에서만 대응하기엔 공사량이 많고, 병력도 적어서 민간인들도 대량으로 징집 된 것 같아요. 왜 그래요?"

"우리 집에도 의무적으로 참가해야 된다고 하는데 이 소대장님도 알다시피 우린 아버지 밖에 없잖아요."

"아마 착오일거에요. 하지만 그런 상황도 지금 전선이 심상치 않다는 반증이기도 해요."

"그렇다고 불편하신 아버지만 혼자 계시게 할 수도 없어요. 제가 집에만 있는 것도 아니고……"

"아마 지금이 가장 중요한 전황이 될 것 같아요. 특단의 대책을 세우지 않으면 여기도 안전하지 못할 거라고 판단하니까요. 그리고 오히려 공사현장이 나을 수도 있어요. 거긴 지금 방치된 숙소도 꽤 있어서 당분간 가족이 거기에 머물러 있어도 좋을 거예요."

"거긴 유인지역으로 알고 있는데 너무 위험하지 않나요?"

"우리 대원들은 공사기간 동안 주로 거기서 생활하는 일이 많아질 거 같아요. 그러니 거기가 더 안전할 수도 있어요. 여긴 연대장님과 본부 정도의 병력만 남기고 작전에 집중할 것 같아요. 물론 이 지역의 병력이 상당수 작전지역으로 이동하는 동안 새한국 측 병력이 경계를 도와줄 예정이지만 우리 측에서 지내시는 게 더 안전할 거란 생각이 들어요. 또 그래야지 내 맘도 편하고요."

사실 이 소대장은 그녀와 이런 대화도 불편했다. 그녀가 이미 다른 사람처럼 느껴졌기 때문이다. 그도 이미 얼마 전부터

그녀가 누군가를 사랑하고 있다는 느낌을 갖고 있었다. 그래
서 의도적으로 그녀를 멀리 하게 되었다. 그녀에 대해 원망했
지만 그렇다고 마음이 떠난 여자에게 유치한 모습은 보여주기
싫었다. 하지만 지금 그녀의 그런 걱정이 섞인 질문은 의지할
사람이 없거나 있더라도 이것에 대해 마음을 써주지 않은 상
대라고 판단했다. 그래서 그런 걱정을 하고 있는 그녀에 대해
갑자기 연민이 느껴졌고, 한편으로는 자주 찾아 뵙던 그녀의
아버지도 걱정 되는 마음에 얘기 했다. 이 소대장의 마지막 말
에 긴장하며 듣던 정 박사는 얼굴에 미소가 살짝 비친다. 지금
의 힘든 상황에 그래도 변함없이 자신의 손을 잡아준다는 느
낌을 받았다. 그래서 미안한 마음도, 한편으론 의지하고 싶은
마음도 다시 생긴다. 그리고 자신이 힘들게 했는데도 변하지
않게 자신을 생각해주는 그의 마음에 대해 미안하다는 생각도
든다.

"저희 가족은 전부 옮기셨어요. 물론 설득하는데 어렵긴 했
죠. 아시잖아요. 노인들 나이 먹을수록 고집만 세지는 거……
하지만 아버지도 제가 늘 집에 못 들어온다는 건 불안해하세
요. 그래서 마음을 움직일 수 있었던 거고요."

정 박사는 바쁠 때마다 그녀를 찾던 그녀의 아버지를 떠올
린다. 그래서 그의 말을 듣자 다시 맘이 흔들린다.

"저도 그럼 생각해보고 설득 해야겠네요."

아침 8시 출발한 원정대는 예상보다 다소 늦은 10시가 조금 넘어서 현장에 도착했다. 중간에 차량을 이용하긴 했지만 산악지대를 소대규모의 인원이 이동하는데 어려움이 있었고, 연구인원 등의 비 전투 인원도 참여한 이유이다. 동굴입구에 도착한 대원은 동굴이 아닌 산을 타고 올라가기로 했다. 많은 인원들이 움직이기에 공간적인 제약도 있었고 건물에 대한 시야가 확보되지 않는 것도 위험했다. 동굴 위 낮은 언덕을 올라가서 건물을 살펴보자 건물 주변에 별다른 인력이 보이지 않았다.

이호영 소대장이 공격분대를 이끌고 내부 침투하라는 지시가 떨어졌다. 8명의 분대원들이 건물 내부로 천천히 진입한다. 어두운 내부는 대원들의 라이트로 천천히 그 내부를 드러내고 있다. 안으로 들어가자 어둠과 함께 적막감이 흐르고 있었다. 하지만 워낙 건물 내부가 큰 규모로서 긴장을 늦출 수 없었다. 2명은 후방을 경계하고, 3명은 복도 끝의 전방을 경계 주시하면서, 나머지 3명은 천천히 첫 번째 방을 들어간다. 어두운 내부엔 과연 윤 일병 말대로 부화틀 같은 것이 방안 가득 있었으나, 내부엔 어떤 알도 보이지 않았다. 또한 공조를 비롯한 내부의 시설도 작동을 안 하고 있어서 윤 일병 말과는 달리 어떤 특이사항도 발견되지 않고 있다. 내부는 긴장된 대원들의 숨소리만 가득하다. 첫 번째 방을 나와 천천히 2번째 방도 들어갔다. 이 곳도 마찬가지로 파충류나 파충류 알 등 어떤 흔적도 보이지 않고 있었다. 그렇게 시간이 걸리는 수색 작업도 어느덧 마지막 방까지 계속해서 수색을 완료했다.

"건물 전체 방을 검색한 결과 파충류나 파충류 알은 보이지 않습니다."

수색을 마치던 이호영 소대장은 이제욱 대대장에게 보고를 하다가 방을 하나 발견한다. 그건 일종의 상황실로서 건물 전체에 대한 시스템을 관리하고 있는 것으로 보인다. 건물에는 CCTV와 연결된 모니터와 여러 제어장비들이 보인다. 그리고 연한 파란색의 패드 같은 것도 책상 위에 보인다. 그리고 제어실 의자에 낯익은 점퍼 하나가 걸려 있고 그 곁엔 역시 낯익은 모자도 보인다.

이 소대장은 이 낯익은 소품이 무엇일까 곰곰이 생각을 했다. 좀처럼 생각이 나지 않다가 그의 뇌리 속에 한 가지가 떠올랐다. 지난번 휴게소에서 만났던 파충류 사나이가 입고 있었던 것이다. 또한 상황실 통제화면에는 있지만 CCTV에는 없는 지하 2층 시설을 발견했다. 이를 보고하자 이 대대장이 그곳에 직접 들어가서 확인할 것을 지시한다.

이 소대장을 비롯한 1개 분대와 정희연 박사를 포함한 연구진도 지하 2층에 위치한 시설을 확인하기 위해 내려갔다. 화재가 있었던 지하 1층을 지나는 바람에 이 시설은 입구를 찾는데도 상당한 시간을 소요했다. 지하 1층에서 그름으로 가득한 허름한 문을 열고 들어가자 그 안에는 갑자기 어울리지 않는 철제 문이 보였고 그 옆에는 생체인식기가 붙어 있었다. 하지만 잠겨있는 보안시스템을 본부와의 무선연락으로 해체하려고 했으나 쉽사리 되지 않자 이 대대장은 그대로 부술 것을 지시했다.

폭약을 설치해 뚫고 들어간 내부는 놀랄 만한 시설이었다. 최첨단 시설을 보유한 상당한 규모의 의료시설이나 연구시설로 보였다. 에어샤워기를 거쳐 지나가자 방역제가 내부 방문자에게 자동으로 뿌려져 경계 중이던 대원들이 놀라 사격을 할 수도 있는 상황도 벌어졌다. 이후 내부로 들어가자 왼쪽에는 연구실 형태의 사무실이 보였으며 오른쪽에는 투명한 유리로 된 회의실과 같은 방이 보였다. 이후 작은 복도를 지나 중앙의 문을 열고 들어가자 좌측, 우측, 중앙 세 부분으로 길게 뻗어져 있는 마치 밀폐된 선반과 같은 시설이 끝도 없이 펼쳐져 있었다. 이를 다가가서 가까이 가 보자 스테인리스 재질로 밀폐되어 있었으며 그 외부엔 온도와 습도 등을 표시하는 디지털 장비가 있었고 파란색 버튼을 누르자 내부 모습이 비친다. 카메라를 통해 비친 내부엔 얇은 유리재질의 트레이에 무엇인가가 담겨 있는 듯 보였다. 그리고 그 환경이 미세하게 관리되고 있는 것 같았다.

"이게 다 뭐죠?"

이 소대장이 묻자 정 박사도 유심히 살펴보면서 대답한다.

"글쎄요. 유리 트레이에 무엇인가가 담겨 있고 그 환경이 세밀하게 관리되고 있다고 한다면 무엇인가 배양되고 있다는 생각이네요……"

"배양된다고요? 혹시……"

무슨 생각이 들었는지 이 소대장이 이 시설에 총을 쏘려 하자 정 박사가 말린다.

"조심하세요. 바이러스일 수도 있어요. 상황이 더 악화될 수도 있어요. 총으로 해결될 일이 아녜요."

이 소대장은 이를 이 대대장에게 보고한다.

"대대장님 여기 수상한 흔적이 많습니다. 대대장님이 보시는 바와 같이 이곳 지하 2층의 시설은 더욱 의심스러운 시설이기도 하고요. 이 시설 위치가 발각되어 파충류 무리는 어떻게 했는지 몰라도 위장되어 있는 이 시설은 어쩔 수 없이 방치된 것 같습니다. 이런 상황들이 여기가 어떤 세력들에 의해 관리되어 있다는 것을 보여주는 것 같습니다."

이 소대장이 이 대대장에게 보고한다.

"알았다. 추가적인 증거가 나오는지 더 정밀하게 수색해 볼 수 있도록 하라. 그리고 증거가 될 수 있는 것이 있으면 확보할 수 있도록 하고. 그리고 지하 2층은 별도 지시가 있을 때까지 잘 경계해주기 바란다. 우리도 조만간 추가 경비인력을 지원하겠다. 그리고 나머지 전투 인원들은 건물 외부로 나와서 특이사항이 있는지 확인하기 바란다. 새한국 진영군도 수색에 동참해 주기 바랍니다."

이제욱 대대장이 지시를 내린다. 이제 정부군 경계조는 천천히 건물 내 외부 수색을 시작하고, 김민근 소령이 이끄는 새한국 진영도 지역을 나눠서 임무를 수행한다. 나머지 연구팀은 정희연 박사를 중심으로 건물 내부와 부화틀 등 파충류 흔적여부를 확인하기 시작한다.

이제 건물 수색을 모두 마친 이 소대장은 건물 밖을 수색하기 시작했다. 한여름의 날씨는 찌는 듯이 더웠다. 숲 속 이동

중엔 몰랐던 한여름의 더위가 몰려오면서, 긴 이동 중의 피곤함을 느끼게 한다. 건물 외부도 별다른 특이사항은 보이지 않았다. 건물 외부를 천천히 수색하고 풀밭이 있는 평평한 곳으로 이동하려고 하자 김민근 소령이 갑자기 장난치듯 불쑥 나타나 긴장한 채 수색하고 있는 이호영 소대장을 깜짝 놀라게 한다.

"혹시 둘이 연애하세요?"

"갑자기 나타나서 깜짝 놀라게 하고 그게 무슨 말이세요?"

"아니죠? 혹시나 해서요."

"그건 또 무슨 말이에요."

"아니 정 박사 소문이 좋은 여자는 아닌 거 같아서요."

"그런 얘기는 또 누가 합니까?"

"뭘 그리 정색을 하세요? 누가 보면 사귀는 줄 알겠네요. 혹시 제가 실수했나요?"

"됐습니다. 실수는요……"

270

김 소령의 말에 순간적으로 화가 났던 이 소대장이지만 그가 이런 상황에서 화를 낸다는 것도 이상한 것 같아 이내 수색에 집중한다.

"그건 그렇고 거기 분위기는 좀 어때요? 대대장님 여전히 예민하죠?"

"잘 아실 거 아니에요? 분위기가 왜 이렇게 안 좋아진 건지는……"

"거긴 너무 이것저것 따지는 사람이 많아 보여요. 이 대대장님은 그런 스타일이 아닌데 말이죠. 우린 전쟁터에서 괴물들 잡는 군인이지 정치꾼이 아니잖아요. 주변에서 도와줘야 하는데 발목만 잡고 있으니 답답하네요. 그렇게 얘기할 시간에 대신 나가서 괴물이라도 한 마리 더 잡아야지 이게 무슨 쓸데없는 짓들이에요."

"그런 말씀하시기엔 이번 사건은 좀 과한 것 같네요. 이 대대장님이 그런 상황을 맞이한 것에는 극적이게도 새한국 진영 측의 역할이 크다고 들었거든요. 이 대대장님을 우스운 꼴로 만드신 거잖아요. 근데 이번엔 웬일로 이번 수색작전을 참여하신다고 했어요? 다 반대만 하시다가 이번에 참석해서 도와주신다니 의외네요."

그 둘은 건물 외부의 숲 속과 풀밭 등까지도 수색을 계속하며 대화를 이어간다.

"제가 엄청 설득했죠. 사소한 사건으로 우리 동맹관계가 흔들리면 안되잖아요. 난 아직도 정부군 측이 우리를 적으로 보는 것 같아서 그게 안타까워요. 우리가 서로 적이에요? 우리가 서로 적이면 지금 총질하며 싸워야죠. 윗대가리들이 문제예요. 난 이 대대장님 좋아하는데 이런 일 있을 때마다 안타까워요. 파충류들과 싸우기도 바쁘신 분 그만 좀 놔두라고 하세요."

"김민근 소령 측은 차량 진입로를 따라가서 수색해 보고, 내부 수색인원을 제외한 인력은 건물 주변 산까지 반경을 넓혀서 수색을 해서 이동 흔적이 있는지 확인해 볼 수 있도록!"

이 대대장의 무전 소리가 들린다. 김민근 소령도 부대원들을 데리고 건물 동쪽 차량 진입로부터 수색을 시작한다. 이번 작전에는 김민근 소령 자신의 부대원이 아니라 수색전문 요원과 같이 수색 중이라 다소 어색했고, 이로 인해 김 소령과 전투스타일이 맞지 않아 못마땅 해하고 있었다. 그래서 아직 손발이 맞지 않는 대원들의 사소한 실수가 나오지 않을까 하는 초조감이 그에게는 늘 본능처럼 도사려 있다. 오랜 기간 전쟁터에서 파충류를 상대해온 동물적인 감각이 그에게 그런 경계심을 갖게 했다. 2개 분대가 도로를 각각 양분해서 전후 좌우를 수색하면서 수색의 정확성을 높이고 있었다. 특히 파충류 출몰한 지역은 보통 잔당 세력이 남아있는 경우도 있어서 경계를 늦출 수가 없다. 특별한 흔적이 발견되지 않고 수색한지 30여 분이 지나자 김 소령은 긴장감도 풀어지고 조금 여유 있게 수색했으면 하는 생각이 들었다.

"니네는 요즘 여자랑 연애는 해봤냐?"

김 소령이 무전을 통해 부대원들에게 대뜸 얘기한다. 적막감 속에서 뜬금없는 얘기로 어리둥절했을까. 얘기를 했지만 모두들 아무 대꾸도 없이 수색에만 열중한다.

"여자들이랑 연애해봤냐고? 안 들려? 여자랑 연애하거나 자봤냐고 묻잖아!"

김 소령이 고함지르듯 얘기했지만 모두들 김 소령을 한번 쳐다보고는 다시 수색에만 열중한다.

"됐다 이 새끼들아. 얘기하기 싫으면 관둬라. 어디서 범생이 같은 놈들만 죄다 챙겨서 데리고 왔나 보네."

그렇게 다시 수색이 진행되고 10여분이 지나자 더운 날씨로 김 소령도 몸에서 땀이 나기 시작한다. 그런데 같이 온 대원들을 보면 완전군장에 소총, 헬멧 및 위장 마스크까지 했는데도 목덜미에 땀 하나 나는 대원들을 보지 못했다. 그러다가 한 눈 팔던 김 소령이 나무뿌리에 다리가 걸려 앞에 있는 대원의 몸에 살짝 부딪히게 되었다. 그때 김 소령의 코에는 익숙한 향기와 끈적임이 느껴졌다. 순간적으로 김 소령의 머리에 한 가지 생각이 빠르게 스쳐 지나갔다. 얼마전 만났던 한예은에게서도 비슷한 느낌을 받았기 때문이다. 순간 김 소령은 본능적으로 불안감이 엄습해 왔다. 관등성명도 제대로 모르는 낯선 대원들과 작전 나올 때부터 찜찜하긴 했으나 지금은 자신이 함정에 빠졌다는 생각마저 들고 있다. 그리고 정부군과의 미스터리한 총격전도 그의 뇌리를 스쳐 지나갔다. 그의 그런 생각을 마치 인지라도 하듯 이들의 움직임이 김 소령의 행동을 의식하고 있음이 느껴진다. 상황이 이상한 것을 감지한 김 소령은 자신의 앞에 가던 대원의 목을 뒤에서 잡고 그의 머리에 총을 겨누며 소리친다.

"니네 대체 뭐하는 새끼들이야?"

2개 분대의 대원들이 길을 멈추고 일제히 고개를 돌려 김 소령을 돌아본다. 마치 하나의 움직임과도 같은 일사 분란한 움직임이다. 또한 김 소령의 급작스러운 행동에 놀라거나 동요하는 분위기가 전혀 없이 냉정하리 만큼 차분하다.

"니네 뭐 하는 놈들이냐고? 내 말 안 들려?"

모두들 요동도 하지 않고 대치하는 듯한 분위기가 이어졌다. 그러다가 갑자기 한 명이 조용히 김 소령 앞으로 나와서 얘길 한다.

"진정하십시오. 그 총 내려놓으세요."

잿빛 얼굴에 감정이라곤 전혀 없는 듯한 메마른 목소리로 김 소령에게 얘기한다.

"뭐라는 거야? 니가 뭔 데 총을 내려놓으라는 거야? 움직이지 마. 그대로 있으라고."

"지금 우리 이럴 상황 아닙니다. 침착하시고 조용히 총을 내려놓으십시오."

"너 나 알지? 난 니네 한번도 못 봤는데 뭐야 니들? 니네 정체가 뭐냐고 이 새끼들아! 모두 당장 총을 내려놓는다 실시!"

김 소령이 소리치지만 다 들 미동조차 없다. 김 소령이 다시 소리친다.

"뭐들 하는 거냐? 내가 다섯까지 세겠다. 다섯까지 전원 무장해제 하지 않으면 이 놈은 저 세상이다. 알았나?"

김소령이 대원의 머리에 총을 겨누면서 소리친다.

"1, 2, 3, 4……"

약속된 숫자가 점점 가까워온다. 김 소령도 소리를 지르지만 미동조차 하지 않는 대원들을 보고 상황이 한치 앞도 내다볼 수 없다는 것을 깨닫는다. 그러다 어느덧 시간이 다가왔다.

"5!"

외치자 마자 총성이 울렸다. 불을 품은 총알은 김 소령이 잡고 있던 대원의 가슴팍에 꽂혔다. 김 소령 소총에서 발사된 총이 아닌 맞은편 대원들의 총에서 출발한 총탄이 그대로 관통해서 꽂혀버린 것이다. 상황을 미리 간파했던 김 소령은 쓰러지는 대원의 소총을 잡고 두 손으로 사격을 하며 몸을 날려 길 옆 수로로 몸을 날려 숨긴다. 그 순식간의 짧은 순간에도 김 소령의 머리에 떠오르는 게 있었다. 자기편임에도 가차없이 방아쇠를 당기던 무표정하고 무감각해 보이는 잿빛의 표정들을……그리고는 재빨리 수류탄을 대원들을 향해 던진다. 커다란 폭발음과 함께 집중되던 사격소리는 소강상태를 보이고 그 사이에 김 소령은 수로를 건너뛰어 계곡 사이로 몸을 날린다. 산 중턱의 가파른 계곡이어서 몸을 날린 김 소령은 온갖 나무에 몸이 부딪치며 거의 뒹굴듯이 산에서 굴러 떨어진다. 그렇게 약 몇 미터를 내려갔는지 모를 정도로 심한 충격이 계속되며 추락을 하다가 온 몸이 피투성이가 되어 낭떠러지에 있는 나뭇가지에 위태롭게 매달린 채로 멈추고 만다. 그의 의식은 반 이상도 남아있지 않은 듯 보였다. 몸을 가눌 힘도 정신을 차릴 힘도 남아있지 않았다. 그리고 그의 살려는 의지도, 그의 목숨도 낭떠러지 끝에 걸린 것과 같이 위태롭게 흔들리고 있었다. 온몸이 다 부러지고 깨진 것 같은 것을 느꼈다. 그리고 무엇보다 여기서 그를 돌봐줄 사람이 없다는 것이 가장 위태로운 것이었다. 가까스로 의식을 차려 주위를 살피고 손을 뻗어 나뭇가지를 잡으려고 한 김 소령은 이내 나뭇가지가 우지끈 소리를 내며 부러져 버렸다. 찌는 듯한 오후의 습한 공기를 뚫고 바람을 가르며 그의 몸과 나뭇가지가 아주 짧은 순간 자유 낙하를 시작한다. 그의 영혼이라면 이내 저 허공으로 날아가고 싶었을 텐데 그의 육신은 그런 그의 영혼을 아랑곳하지 않고 육중한 나무와 함께 방향을 멈추지 않고 땅으로 곤두박질쳐 버린다. 깊은 산속의 아름다운 풍경의 산에서는 잠시 소동이 일어난다. 하지만 이내 숲 속은 다시 언제나 그렇듯 평화로운 정적을 지속한다. 낭떠러지 밑으로 떨어져 피투성이가 된 김 소령은 차츰차츰 피를 토하며 숨이 식어간다.

"아무래도 최근에 벌어지는 일련의 일들이 심상치는 않은 것 같습니다. 저희가 정보를 더 수집해봐야 알겠지만, 최근 이상 증상을 나타내고 있는 대원들의 혈액 샘플을 조사해 보니 이상 바이러스가 발견되었습니다. 누군가가 의도했든, 의도하지 않았든 간에 최근 파충류와 접촉한 대원들에게서 공통적으로 발견되었습니다. 아직 접촉자와 비접촉자 사이의 보다 큰 규모의 바이러스 보유여부를 조사하지 못했지만, 잠정적으로는 파충류와 비슷하거나 혹은 이와 유사한 생명체와 접촉을 했을 때 증상이 나타나는 것이 아닌가 합니다."

김 연대장과 현 실장이 사무실에서 은밀히 대화를 이어가고 있다. 현 실장이 먼저 얘기하자 김 연대장이 궁금해하며 묻는다.

"파충류와 접촉해서 감염증으로 피부 괴사 등을 일으키는 바로 그 바이러스 말인가요?"

"초기 피부 감염증을 일으킨 바이러스는 단순 피부 괴사만 일으켰는데요. 우리 연구원들이 최근 알아본 바로는 그 바이러스들이 변형을 쉽게 일으킬 수 있는 레트로 바이러스 계열이었다고 합니다. 이들이 DNA 대신 상대적으로 불안전한 RNA로 유전물질을 복제해서 에러가 다수 발생하는 단점이 있긴 하지만, 많은 변형을 갖고 있어 다양한 환경에 적응해서 살아나갈 가능성이 높다고 합니다. 하지만 모르는 일이죠. 어떤 존재가 높은 생명공학 기술을 바탕으로 바이러스 단위에서 이런 변형자체를 제어할 수 있어 세부적인 방향성을 만들어 낼 수 있다면 말이죠."

"어떤 존재라고 한다면 누구라는 말씀이세요? 새한국 세력들 말씀이신가요?"

"모르겠습니다. 하지만 그들이 그럴 정도의 기술력이 있겠습니까. 있더라도 다른 존재들이겠죠. 하지만 이런 바이러스를 기반으로 실체가 드러나지 않은 세력들이 눈에 보이지 않는 공격을 한다는 것은 섬뜩한 일입니다. 파충류 없다는 이유로 우리가 안정적으로 보고 있는 현실도 사실은 우린 인지하지 못하지만 또 다른 참혹한 전쟁터일 수도 있는 것이니까요.

그리고 지난 경계초소의 총기 사건으로 감찰을 진행해본 결과 일부 대원들이 이상하다는 것을 발견했습니다."

"이상하다뇨? 무슨 말이죠?"

"약품 펜스를 뚫고 침입한 파충류 떼들 사실 내부에서 인위적인 해체작업이 없으면 불가능합니다. 저희가 테스트 해본 결과 해당 약품에 대한 파충류의 유해성이 여전히 심각하고요. 놀라운 것은 관련 사건이 있는 곳에 근무했던 대원들이 하나같이 최근 파충류에 물려 감염된 적이 있다는 겁니다. 그리고 이 영상을 보시죠."

현 실장이 놀라워하는 김 연대장에게 노트북의 화면을 보여주며 대화를 이어간다. 화면에는 약품펜스에 있는 약품을 치우고 있는 여성이 보인다. 자세히 보니 그녀는 정희연 박사였다.

"지난번 치워진 약품 펜스를 이상하게 생각해서 저희가 전략적으로 중요한 펜스에 감시카메라를 은밀히 달아놨습니다. 보십시요. 저 펜스는 무기창고 근처를 향하는 중요한 위치인데 저 곳에 있는 펜스의 약품을 의도적으로 치웠다는 거죠. 저는 사실 처음부터 정 박사 수상했습니다. 겉으로는 순진한 척하지만 여기저기 붙어먹으며 결국 자기 잇속으로 움직이는 아주 나쁜 여자입니다."

"놀랍군요. 전혀 예상을 못했는데 저런 짓을 저지르다니… 그럼 처음에 있었던 파충류 습격 사건도 그녀에 의한 거였나요?"

"그건 아직 모르겠습니다. 우리가 확보한 증거는 이 정도이니까요. 저 여자일 수도 있고 전염된 대원 중의 하나일 수도 있고 확정할 수는 없는 상황입니다."

"그럼 누가 저런 짓을 시킨다는 거죠? 새한국이라는 건가요?"

"모르겠습니다. 새한국인지, 파충류와 연관이 있는 다른 세력이 있는건지, 아니면 새한국을 배후에서 조종하는 다른 세력이 있는건지 아직 밝혀진 것은 없습니다. 더 알아봐야죠."

"그녀에 대해 더 알아낸 것은 없나요?"

"그러지 않아도 저희가 심문을 해보았습니다. 죽어도 자긴 그런 의도가 아니라고 발뺌하더군요. 약품 효과에 대한 검증 차원에서 일부러 자재창고가 아닌 펜스에 있는 시료를 갖고 연구실에서 테스트하기 위한 것이라고 하던데 제가 볼 때는 새빨간 거짓말이죠. 스스로 한 짓으로 수많은 대원들을 잃을 뻔했는데도 자기는 그럴 의도가 없다고 지껄이는 것 역겹습니다. 파렴치한 여자에요."

"스스로 학자로 연구만 전념하겠다는 얘기를 많이 한 것으로 알고 있는데 놀랍네요. 역시 믿을 사람이 없다는 것과 저들의 포섭력이 놀랍다는 생각입니다. 우리들도 대원들 관리에 만전을 기해야겠습니다."

"새한국 측에서는 자기 아버지 약을 얻은 것 이외에는 아무 것도 없고, 단순히 테스트 차원으로 진행했던 것을 확대 해석하지 말라며 얘기하더군요. 또 자기는 그렇게 노력했는데 우리 진영에서는 자신을 의심만 한다는 얘기까지 하고 있습니다."

"그래서 그녀를 어떻게 했습니까?"

"일단 지하 유치장에 감금해 놓았습니다. 지금 재판을 할 상황도 아니고, 그렇다고 반역죄를 저지른 여자를 그냥 태연히 놔둘 수도 없으니까요."

"바이러스 검사는 해보셨나요?"

"음성입니다. 사실 지금 저들 수뇌부가 인간인지 의심스럽기는 합니다. 여러 가지 의심스러운 정황이 상당하니까요. 단순히 생각해보면 두 가지 가능성이 있습니다. 첫번째는 새한국 측이 단독으로 우리를 함정에 빠뜨려 파충류 공격을 받게 하려는 테스트 차원일 수도 있고, 두번째는 어떤 배후세력에 장악된 새한국 수뇌부가 의도적으로 정 박사를 자기네 편으로 포섭해 어떤 도구로 이용하려 한 것이었을 수도 있습니다. 하지만 그럴 경우 그녀를 이용하기 위해서는 바이러스 주입 후 변화시키려 했을 텐데 그런 과정 없이 부친 약을 미끼로 단순 임무를 부여해 움직이게 했다는 것은 우리 눈을 피하기 위한 술책이라고 밖에 생각이 들지 않습니다. 이런 것을 보면 저들도 우리가 자신들에 대해 얼마나 알고 있는지도 짐작이 갑니다. 그래서 내부 보안이 아주 중요하고요. 적을 이기기 위해서 어떤 짓이든 하는 저자들 보면 참으로 무섭다는 생각이 듭니다. 아주 오래전부터 지금까지 저들의 행태를 보면 인간이라고 볼 수 없는 자들이었으니까요. 목적을 위해선 온갖 흑색선전과 잔혹한 행위를 일삼았지 않았습니까? 과거에도 저들이 저지른 일들을 인간이 저질렀다고 눈으로 보고도 믿기 힘들었으니까요. 인간이라기 보다는 인간의 탈을 쓴 짐승보다도 더한 놈들이었죠. 과거 우리와 전쟁을 벌이며 저질렀던 저들의 악행은 지금 날뛰고 있는 파충류들이나 감염된 인간들 보다 더하면 더했지 부족하지 않은 존재들입니다. 아마도 어떤 존재가 저들을 이용하려 했다고 한다면 그런 속성을 기반으로 이용하려 한 것이 아닐까 하는 생각도 듭니다."

"생각보다 전황이 이상한 곳으로 흐르고 있네요. 이젠 저들의 정체가 무엇인지 고도의 심리전까지 해야 되니까 말이죠. 감염된 대원들은 작전에서 격리시켰나요?"

"네, 일단 그들은 격리시켰지만, 문제는 얼마나 많은 대원들이 감염이 되었는지 여부입니다. 이들이 파충류에 물린 이력 이외에는 확인할 방법이 없고, 그 상처가 경미한 경우에는 더더욱 다른 사람이 알아내기가 어렵습니다. 따라서 그 규모가 얼마나 될 지는 계속 은밀히 더 조사해봐야 할 것 같습니다."

"심각한 상황이군요. 우선 이 내용은 저와 현 실장님만 아시는 것으로 하고요, 그 누구에게도 비밀로 해주시기 바랍니다. 감염된 대원들은 전염병으로 인한 격리라고 공지를 해주시고, 절대 일반 대원들과 섞이지 않도록 주의해 주시고요."

"네 알겠습니다. 그리고 이런 상황에서 제가 드리는 말씀이지만 이번 작전에 대해서도 염려가 됩니다. 만약 우리가 생각하는 것 이상으로 그런 부류들이 우리 부대에도 번져있다면 군사작전에 대한 보안성도 우려됩니다. 특히 이번 여명작전도 말이죠. 그리고 한가지가 더 있습니다."

"한가지가 더 있다뇨?"

"저희가 정보를 더 확보해 봐야 알겠지만 새한국 수뇌부가 파충류들과 무엇인가 계략을 꾸미고 있는 것 같습니다. 최근 규모가 커진 파충류도 예전과 같은 장벽이 없는 상황에서 무엇인가의 도움이 없이는 갑자기 그 개체수가 급격히 늘어나긴 어려우니까요. 지난번 수색에서 발견된 비밀 시설도 그런 추정을 반증케 하고 있습니다. 또한 그런 비밀 시설이 우리가 발견한 한 곳만 있다는 보장도 없고요."

"네, 맞습니다. 그것에 대해서는 현 실장님이 정보를 더 파악해 주시기 바랍니다. 그리고 상황이 그렇게 심각하다면 표면적으로 드러난 작전은 어쩔 수 없다고 하더라도 구체적인 작전 진행은 은밀히 변경하는 것으로 현 실장님께서 계획을 세워주세요. 제가 기회를 봐서 믿을 수 있는 지휘부에만 지시를 할 테니까요."

"알겠습니다. 그럼 이 사건에 대해서는 추가적으로 조사해서 보고 드리겠습니다."

이 소대장은 현 실장 호출로 그의 방에 들어왔다.

본부 사무실엔 현 실장이 심각한 얼굴로 그를 기다리고 있었다. 분위기가 심상치 않은 것을 눈치채고 이 소대장은 조심스럽게 자리에 앉는다.

"요즘 전투하시느라 고생이 많지요? 부대원들의 사기는 좀 어떤가요?"

"몇 년째 이어진 전투에 다 고생하고 있지만 소대원 누구 하나라도 힘들다는 얘기는 못하고 있습니다. 자신의 동료들이 전투에서 감쪽같이 죽어나가고 있으니까요."

"네. 모두들 힘들고 지쳤겠지요. 어려운 상황입니다. 혹시 그 죽어 나가는 동료들이 다른 이유로 죽었을 수도 있다는 생각은 해보셨나요? 파충류들이 물어 뜯어서 죽는 게 아니고 다른 이유로 죽는다면 말이죠."

"그게 무슨 말씀이세요? 다른 이유라뇨?"

"정 희연 박사와 가깝게 지내시죠?"

이런 대화를 하는 도중에 정 박사라는 이름이 현 실장 입에서 나오자 그도 순간 움찔했다.

"가깝게 지내는 것보다는 업무적으로 파충류에 대해 조언을 구하거나 하는 거죠. 지난번 발생한 파충류 침입사건 조사처럼 말이죠."

"지난번 우리 부대 내부에 알이 발견돼서 발칵 뒤집힌 적이 있었죠? 어떻게 그런 일이 가능하리라 봅니까? 파충류들이 약품 펜스를 손으로 치워서 밀고 들어왔다고 생각하세요?"

"그걸 제가 어떻게 압니까⋯⋯저희는 명령에 따르는 것뿐이고 그런 전략적인 상황은 본부에서 판단하시는 것 아니겠습니까?"

질문의 수준이 심각해지자 이 소대장은 긴장하며 대답을 이어갔다.

"정 박사는 현재 구속되어 있는 상태에요. 지금 전쟁 중이라 재판이 열릴지 모르겠지만 파렴치한 반역행위를 저질렀어요."

"반역행위라뇨? 무슨 소리이신지……?"

"소대장님을 제가 의심해서 하는 소리는 아니지만 소대장님이 정 박사와 각별한 관계라는 소문이 있어서 묻는 거에요. 그 여자가 평소에 부탁하거나 군사적인 정보 물어본 적이 있나요?"

이런 얘기가 오간다는 사실에 이 소대장은 충격을 받을 수밖에 없었다.

"전 정 박사에게 그런 민감한 질문 받아본 적이 없습니다. 제가 민감한 정보를 다룰 위치도 아니고요."

"그럼 둘은 어떤 관계세요?"

현 실장이 의심스러운 눈초리로 바라보며 질문한다.

"무슨 관계라니요? 저희는 그냥 일로 만난 사이입니다. 그 이상, 그 이하도 아니고요. 그리고 제가 아는 정 박사도 그런 것을 저지를 만한 사람은 아닙니다. 다른 의도를 갖거나 우리에게 해를 끼칠 그런 사람은 아니라고 봅니다."

"일로만 안다고 하시면서 마치 그 여자에 대해 잘 알고 있는 것처럼 얘기하시네요. 잘 알아 두십시요. 저희는 저 여자에 대해 더 조사를 해보고 여죄를 추궁할 겁니다. 그래서 만약 어떤 범죄행위라도 밝혀진다면 그냥 두어서는 안되겠죠. 일단 알겠습니다. 제가 당부 아니, 강조하지만 전쟁 중에 사해행위는 우리들 대원들 목숨을 위태롭게 합니다. 저도 그런 행위에 대해서는 절대 용서 안 할거고요. 그러니 이 소대장도 현장에 가서 이런 상황 잘 유념하고 소대원들에게도 전달하기 바랍니다."

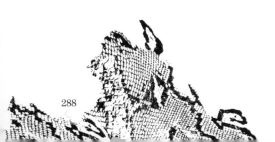

다시 부대원들에게 비상상황을 알리는 메시지가 전달되었다. 이 소대장은 현 실장과 나눈 대화로 머리가 복잡한 채 본부 상황실에 복귀하자 본부에는 대부분의 병력들이 공사 작전 지역에 있고, 연대장과 장 중대장이 남아있는 상황이다. 새한국 측 정보에 의하면 현재 파충류는 엄청난 규모로 밀고와 동쪽 새한국 지역을 쑥대밭으로 만들고 정부군측 경계를 넘어 사령본부까지 넘보고 있다고 한다. 현재 사령본부에 남아있는 병력은 2개 중대 규모로 장 중대장이 지휘를 하고 있으나 역부족이다. 특히 파충류의 압도적인 규모의 공격은 경계선 약품펜스까지 삽시간에 돌파할 만큼 맹렬한 기세를 이어가고 있다.

　　"그런데 저 녀석들 이젠 경계펜스 따위는 그냥 통과해 버린 거야?"

　　장 중대장이 상황 모니터하고 있는 대원에게 묻는다.

　　"네, 평상시 같으면 경계펜스까지만 공격을 하다 돌아갔는데 현재는 마치 전략적으로 움직이는 것 같은 패턴을 보이고 있습니다. 대형자체도 분업화를 통해 진행되고 있습니다. 선두 돌격대가 약품펜스 등을 온몸으로 돌파하고 희생을 한 후에 뒤에 본진이 넘어오고 있습니다."

"무서운 놈들이네. 이 놈들은 희생이란 것도 아는 놈들인가 보네? 전부 전략적으로 움직이고 있다니 기가 찰 노릇이구먼. 지금 여기까지 도달하려면 시간이 얼마나 걸리는 거야?"

"길어야 30~40분 정도일 것 같습니다."

"좋아. 남아있는 대원들은 모두 정위치 경계태세 유지할 수 있도록 한다. 우리 한 두 번 저 놈들과 싸워본 거 아니니 평상시 하던 것처럼 하면 돼!"

들어온 소식에 의하면 남쪽에서 북상하던 파충류들이 중부 지역에 있는 세력들과 규합해 그 규모가 엄청나게 커졌다고 한다. 그렇게 되면서 각 지방의 소도시를 초토화시키고 그동안 규모를 늘려오던 섹터들도 고전하고 있다고 한다. 정확한 규모를 짐작하긴 어렵지만 지금 물밀듯이 밀고 들어오면서 인간의 군사력은 한계에 봉착하고 있다.

"좋아, 그럼 2중대가 전방 이외 지역 수비를 맡는다. 그리고 1,2 중대 포병 병력은 모두 옥상으로 집결해서 대열을 갖출 수 있도록 하고."

사령본부 뒷면은 막다른 바위 벽을 뒤로 하고 있어서 파충류 침입이 어렵지만, 전방과 측면은 병력의 집중적인 경계가

290

어려우면 사령본부는 물론 정부군 지휘계통 모두가 위험에 빠질 수 있다. 장 중대장은 계속 말을 이어간다.

"자, 너무 긴장들 하지 말고, 우리 늘 훈련했던 대로 대비하면 된다. 알지? 우리 이런 훈련 수도 없이 했던거! 1중대 2,3 소대는 정문을 중심으로 전투태세를 갖춘다. 그리고 1소대는 이호영 소대장이 후송차량을 이끌고 반경 1km이내를 순찰하면서 아직 대피하지 못한 민간인을 후송해 온다. 알다시피 시간이 없으니 빨리 움직여서 한 명이라도 더 구해오는 게 너희들의 미션이다. 최선을 다해주기 바란다. 그리고 20분 내에 복귀해!"

이 소대장은 그 즉시 소대원을 이끌고 사령본부 앞 민간인 거주지역으로 향한다. 그 사이 장 중대장은 설비실로 내려가 파충류 근접에 대비 측면과 입구를 제외한 경계펜스를 올리도록 지시를 한다. 경계펜스는 높이가 약 3미터 이상의 철제 펜스로 파충류 침입을 막기 위해 유사시 작동하도록 사령본부 건물 주변에 설치해 놓은 보호 장벽이다. 이 장벽을 설치할 때만 해도 장벽의 필요성에 대해 의견이 분분했지만 이를 작동시키는 광경은 묘한 감정을 갖게 한다. 탱크2대와 장갑차 2대도 사령본부 앞에 집결되어 격전준비를 속속 마치고 대기 중이다.

민간인 거주지역을 향한 이 소대장은 대원들에게 대피방송을 하고 눈에 보이는 민간인 모두 차량으로 탑승시킬 것을 지시한다. 그리고 이 소대장은 우선 정희연 박사의 집으로 향한다. 그가 현재 구금중인 상황이라면 그녀의 부친도 홀로 집에 남겨져 있을 것이 분명하기 때문이다. 집으로 들어가자 탁자에 우두커니 앉아 있던 노인이 누군가와 대화를 나누는 것처럼 앉아서 중얼거리고 있다. 그러다가 집으로 들어오는 이 소대장을 보고 얘기한다.

"희연이 왔니?"

정 박사인줄 안 것 같다.

"아버님 지금 당장 나가셔야 되요. 여긴 지금 위험해요."

"무슨 말이야? 난 지금 못나가. 딸도 아직 안 들어왔고 너무 오래 이사 다녀서 더 이상은 못 가."

"여기 계속 계시면 위험합니다. 빨리 나가셔야 되요. 여기 계시면 아버님도 위험하지만 따님도 위험해요. 지금 저와 빨리 나가셔야 돼요."

"무슨 소리야. 우리 딸은 지금 집에도 안 들어왔어. 난 기다려야 돼. 전화한다고 했단 말야. 당장 나가!"

　치매에 걸린 노인은 화를 내며 얘기한다. 그리고는 큰 소리를 외치며, 손에 있던 쇠 지팡이를 크게 휘두르자 이 소대장의 관자놀이에 정확하게 맞고 만다. 쿵 소리와 함께 큰 타격을 받은 이 소대장은 그대로 쓰러지고 만다. 그리고는 지팡이를 휘두르면서 탁자 위에 켜놓았던 촛불이 넘어지면서 쌓아놓은 책에 불이 붙으며 집안은 일순간 불길로 뒤덮이고 만다. 한번 뒤덮인 불길은 삽시간에 식탁 옆 커튼에 엉겨 붙으면서 손쓸 틈 없이 온 집안을 휘감는다. 정신을 차린 이 소대장은 한쪽 눈만 간신히 뜨고 저항하는 노인을 강제로 업고 집 밖으로 뛰어나온다. 시간은 이미 15분여가 흐르고 있었다. 대원들은 20여명의 민간인을 태우고 대기 중이었다. 이 소대장도 황급히 노인을 태우고 후송트럭에 올라탔다. 그리고 출발하면서 안내 방송을 계속 이어갔다.

　"사령본부에서 알립니다. 지금 G섹터가 파충류 공격을 받아 후퇴하고 있는 상황입니다. 이 방송을 듣는 모든 분들께서는 지금 즉시 밖으로 나오셔서 저희 차량에 탑승하시기 바랍니다."

　관자놀이를 다쳐 피를 흘리던 이 소대장을 옆 대원이 쳐다보며 상처부위를 닦아준다. 그렇게 차량으로 이동 중 도로변

낡은 상가건물 2층에서 5살 정도 되어 보이는 아이가 울고 있는 모습을 발견한다.

"잠깐 정지해봐. 아기가 있어."

"네? 지금 2분여 정도밖에 남지 않았어요. 거의 파충류가 이곳에 들이닥칠 겁니다. 위험합니다."

"알았으니 1분만 여기서 기다려. 너무 늦으면 바로 출발하고."

부대원들이 다시 말릴 틈도 없이 이 소대장은 이렇게 말을 던지고 혼자서 건물 2층으로 올라간다. 활짝 열린 문을 지나 안으로 들어가자 이상한 분위기가 있음을 알게 된다. 벽에 발톱자국과 핏자국이 남겨져 있고 집안 전체가 어수선한 상황이다. 이 소대장은 긴장하며 권총을 꺼내 장전하고 조심히 내부로 진입한다. 핏자국이 있는 곳을 따라 천천히 거실을 지나 왼쪽으로 들어가자 파충류 한 마리가 쓰러져 있는 여자를 물어 뜯고 있는 장면이 보인다. 이 소대장이 그대로 총을 파충류 머리에 겨누어서 쓰러뜨리자, 파충류는 반항할 사이도 없이 그대로 자리에 주저 앉고 만다. 가까이 다가가서 보자 여인은 이미 죽어 있었다. 아까 울고 있던 아이를 옆 베란다에 던져 창문을 닫고 그녀는 필사적으로 파충류를 막으려 했던 것으로

294

보인다. 베란다 문을 열려는 사이 뒤에서 파충류 한 마리가 뛰어올라 이 소대장의 오른쪽 어깨를 물고 늘어진다. 갑작스러운 공격으로 총을 떨어뜨린 이 소대장은 필사적으로 파충류를 떼어내려 하지만 날카로운 이빨에 어깨가 깊숙이 박혀 빼낼 수 없는 상황이다. 그때 파충류가 다시 한번 힘을 주어 이 소대장의 어깨를 크게 깨문다. 극심한 통증과 엄청난 파충류의 힘에 압도당한 이 소대장은 순간적으로 정신을 잃을 뻔하다가 가까스로 정신을 차린다. 그러고는 바닥에 떨어진 그의 총을 찾는다. 하지만 총을 잡기엔 너무 멀리 있고 무리하다간 어깨마저 떨어져 나갈 것 같다. 이 소대장은 다시 허리춤에서 단검을 왼손으로 가까스로 꺼내 파충류의 왼쪽 눈에 내리 꽂는다. 파충류가 외마디 소리를 지르며 이빨을 빼고 뒤로 물러서자 이 소대장은 바닥에 있는 총으로 파충류의 머리를 명중시킨다. 그리고 그는 그대로 정신을 잃고 쓰러지고 만다.

한편 도로에서 기다리던 중 뒷차량에 있던 경계조가 소리친다.

"파충류 떼가 몰려오고 있습니다. 지금 빨리 출발하셔야 됩니다."

경계조의 황급한 소리에 놀라 백미러를 보자 수십 마리의 파충류 떼가 도로를 점령하고 미친 듯이 달려오기 시작한다.

고개를 돌려 뒤를 본 김 병장에게 옆으로 뛰어든 파충류 한 마리가 유리창으로 달려들어 부딪히고는 떨어진다. 후송 트럭 후미까지 달려온 파충류 떼가 후송트럭으로 뛰어오르려고 하자 사격이 시작되고 후송트럭은 긴급히 출발한다. 출발한 트럭에서 선임을 맡고 있는 김 병장이 이 소대장에게 전화를 하지만 받지 않는다. 그리고는 무전으로 출발을 알리며 후송트럭을 이끌고 사령본부로 출발한다.

본부에서는 1소대의 무전을 받고 정면을 주시하며 본격적인 전투태세를 작동하기 시작한다. 사령본부 모니터를 통해 본 파충류의 규모는 보는 것만으로도 상당했다. 사령본부를 향해 달려오는 후송트럭은 공사작전 지역으로 빠지도록 명령했다. 이미 뒤에 붙은 수많은 파충류로 인해 사실상 정문 개방은 어렵기 때문이다. 후송트럭이 사령본부 앞을 지나 작전 지역으로 빠져나가자 뒤를 이어 파충류 군단이 도로를 장악한 채 맹렬한 속도로 달려온다. 장 중대장은 우선 탱크를 앞세워 도로 한가운데 서게 하고 집중사격을 지시한다. 맹렬한 속도로 다가오던 파충류는 연이은 탱크의 공격에 커다란 굉음과 함께 공중에서 산산조각이 돼서 부서진다. 사방으로 파충류 떼의 살점이 떨어져 나가고 연기가 피어 오른다. 그렇게 10여 차례 공격하자 무서운 줄 모르고 달려오던 파충류 떼들의 대열이 흐트러지면서 주춤한다. 이때 뒤편에 대기해 있던 장갑차가 탱크를 앞질러 다가가 파충류 대열에 자동화기로 조준사격을 시작한다.

연이은 선두에 대한 타격으로 일순 주춤하지만 뒤편에서 달려오던 파충류들은 아랑곳없이 동료의 시체를 짓밟고 달려온다. 사령본부 맞은편에 있는 약 6~7미터의 감시탑에 장착된 자동소총까지 집중사격을 시작하자 선두가 다시 속도를 줄이고 주춤한다. 그때 다시 후미에 있던 덩치가 큰 파충류 떼가 상당한 규모로 마치 압도하듯 순식간에 밀려 들어온다. 초반의 분위기에 자신감을 갖던 사령본부는 순간 당황하면서 긴급히 지시한다.

"탱크 조와 장갑차 조는 후방으로 후퇴한다!"

장 중대장은 무전지시를 마친 후 사령본부 건물 앞으로 뻗어 있는 큰 도로에 배치된 소이탄 계열의 폭탄 작동을 지시한다. 목표물이 점점 근처까지 다가오자 폭탄이 묵중한 소리를 내며 굉음과 연기를 내며 일대를 일순간 초토화시켜 버린다. 한동안 정적이 주변일대를 집어삼킨다. 그리고 사령본부 측은 긴장한 채로 거대한 먼지구름이 걷히기만을 기다린다.

시간이 흐르면서 천천히 연기가 걷히자 주변은 마치 폐허가 된 것처럼 파충류 시체 이외에는 아무것도 보이지 않는다. 본부에서 모니터로 상황을 지켜보던 대원들은 환호성을 지른다.

"바깥에 경계중인 대원들은 현재 보이는 상황 보고해 주기 바란다."

장 중대장이 본부 경계탑에서 상황모니터링과 사격 중이던 대원들에게 연락한다.

"파충류 시체 이외는 보이지 않습니다. 연기가 걷힌 후 몇 마리들이 주변을 돌아가는 것이 보이기는 했으나 현재 시야에 확보되는 파충류들은 없는 상황입니다."

상상 이외의 파괴력으로 아마도 파충류 떼들도 깜짝 놀랐을 것으로 추정되는 가운데 장 중대장은 대원들에게 전열을 가다듬고 본부 밖에 나가 주변을 수색하라고 지시한다. 그러자 갑자기 본부 건물 왼쪽에서 요란한 자동소총 소리가 들린다. 놀란 장 중대장이 상황을 보고하라고 무전 지시하는 동안 본부 내부 전기가 나가면서 모니터 전원이 다 꺼지고 만다. 이제 저녁이 되어가면서 밀폐된 내부는 어두움과 공포가 엄습해 온다.

"무슨 일이야? 본부 소대 전기 나간 원인 보고 바란다."

장 중대장이 무전을 하지만 연락이 없다. 그러다가 본부 건물 현관 옆 창문을 깨고 파충류 떼가 들어오며 공격을 시작한다. 파충류 떼들의 기습적인 본부 건물 침입에 내부는 난장판이 된다. 건물 내부에서 경계중인 대원들이 대응사격을 하지만 숫자가 워낙 많다 보니 역부족이다.

"지금 건물 내부가 습격당했다. 외부에 있는 대원들 일부는 지원 바란다!"

장 중대장이 다급하게 무선 지령을 내린다. 건물 밖에서 경계를 하던 인원들도 다급히 들어오지만 내부가 아군과 뒤엉켜 있고 정전으로 인해 시야확보가 어려워 쉽지 않다. 상황을 같이 지켜보던 김일현 연대장도 크게 당황한 모습이다. 지금은 우선 퇴각을 해야 될 시점이다.

"장 중대장, 여긴 나중에 다시 찾아도 되지만 대원들의 상황이 안 좋으니 우선 후미 부대부터 퇴각하는 걸로 합시다."

"네, 그럼 저희 중대가 최대한 시간을 벌어볼 테니 연대장님은 우선 대피하시기 바랍니다."

"그리고 한가지 중요한 건 반드시 정보 통신 관련 장비는 따로 챙겨 오거나 그렇지 못하면 파괴하셔야 됩니다. 우리가 비운 사이에 적군의 손에 들어가는 것은 매우 위험합니다."

"알겠습니다. 연대장님."

장 중대장은 연대장의 우려가 선뜻 이해되지 않았다. 분명 적군이라는 표현은 파충류 떼를 지칭하는 것이나, 그런 파충류 떼가 특정 장비를 노린다는 것은 이상한 얘기이기 때문이다. 더 이상 생각하거나 물을 틈이 없던 장 중대장은 간단히 말해 통신장비가 남아있는 것이 위험할 수 있다는 정도로만 이해하기로 했다.

장 중대장 부대를 제외한 나머지 대원들은 김 연대장과 함께 건물 내부로 퇴각한다. 사실 이 건물의 지하에는 비상용 차량과 군용무기 보관시설이 있고, 탈출을 위한 통로가 맞은편 도로 7층짜리 건물 지하와 연결되어 있다. 유사시를 위해 비밀리에 운용하던 시설로, 이 시설을 활용해 탈출해야 하는 상황이 온 것이다. 김 연대장 일행이 지하벙커로 퇴각하자 남아있는 일원들은 다시 전열을 가다듬고 사격을 시작한다. 우선 상황실은 포기하고 내부 사무실로 한 켠 물러나 집중사격을 해서 건물에 침입한 파충류에 대한 포격을 계속한다. 건물 내부에서 거의 귀청이 떠나갈 듯한 사격이 이어지면서 사격하는 대원들의 눈에선 핏기마저 감돈다. 본진이 습격 당하는 전례 없는 상황으로 동료들이 하나둘씩 하염없이 쓰러지다 보니 공포보다는 분노가 더 치솟고 있는 것으로 보인다.

"건물 밖에서 현재 건물을 포위하고 있는 파충류 떼 공격 상황 보고해 주기 바란다!"

"현재 파충류가 건물을 빼곡히 에워싸고 있습니다. 그리고 전방에서는 계속해서 수백 마리의 파충류 떼가 모여들고 있습니다. 내부에서의 소총사격으로는 무리입니다."

"좋아, 그럼 우리가 최대한 대응 사격을 할 테니 그 시간에 외부에 있는 대원들은 건너편 건물 지하로 집결해주기 바란다. 탱크와 기갑조도 후퇴하면서 최대한 엄호사격 바란다. 한 명의 대원이라도 더 살아 돌아가게 지원 바란다."

사실 이렇게 말하긴 했지만 지금 이곳은 대원들의 생사를 가늠하기 어렵다. 건물에 대한 갑작스러운 습격으로 외부에서 경계중인 대원들은 대응할 틈도 없이 그대로 파충류들의 습격을 받아 희생되고 있다. 또한 본부 내부는 파충류와 전우들의 시체가 어지럽게 널부러져 있는 가운데 파충류의 공격과 아군의 총알이 숨쉴 틈 없는 공방을 해가며 귀청을 멀게 하는 총소리와 비명소리, 고함소리만이 가득한 상황이다. 장 중대장 소속 중대원의 절반 가량은 이렇게 내부에 침입한 파충류와 숨막히는 전투를 벌이며 어려움을 겪고 있지만, 문제는 외부에 있는 대원들이다. 외부에 있던 중대원은 사실상 파충류에게 그대로 노출된 상태로 전투를 하고 있어 생사를 가늠하기조차 어려운 일촉즉발의 상황이다.

"모두 상황실을 버리고, 후면 사무실로 이동한다. 단, 수류탄 등 건물 벽이 무너질 수 있는 공격은 자제하라."

외부 파충류 규모가 워낙 커서 폭약 투척 시 경계 역할중인 건물벽이 무너질 수 있다는 판단에서 소총사격을 집중하면서 상황실을 버리고 모두 뒤편 사무실로 퇴각하기 시작한다. 퇴각 중에 총소리가 잦아들자 파충류 떼는 미친 듯이 달려들며 공격을 이어간다. 퇴각하면서 문을 봉쇄하긴 했지만 얼마나 버틸 수 있을지는 의문이다.

"여긴 7명만 남고 나머지는 다시 뒤편 사무실로 넘어가고, 다시 7명 정도만 대기한다. 그리고 나머지는 전부 지하벙커로 이동해. 빨리 움직여!"

장 중대장이 대원들에게 소리지르며 지시한다. 파충류와의 접점이 거의 목척으로 다가왔다. 이젠 탄환도 많이 남지 않았다.

"중대장님 이제 지하 벙커로 움직이시죠. 시간이 얼마 없습니다."

"우선 건물 저편 지하벙커에서 5분까지만 기다리고 만약 우리가 돌아오지 못하면 일단 철수해. 자네 2명은 나와 함께 할 임무가 있다."

장 중대장은 이렇게 말하며 곁에 있는 두 명의 소총수에게 지시해 자신을 따라오도록 하고 나머지 5명은 마지막 저지선을 사수하고 여의치 않으면 퇴각할 수 있도록 명령한다. 모두들 의아했지만 지금 다른 생각할 시간이 많지 않았다. 장 중대장은 황급히 2명의 대원을 이끌고 통신실로 들어갔다. IT장비 특성상 통신서버와 장비를 전부 가져가는 것은 불가능했다. 장 중대장은 우선 하드디스크만 챙기는 것으로 하고 나머지는 폭발시키기로 했다.

"중대장님 지금 피하셔야 합니다. 탄환이 거의 떨어져 가고 있습니다."

5명의 사수조에게서 무전이 온다. 그는 하드디스크를 챙겨 2명의 대원들에게 우선 갖고 가라고 지시한다.

"중대장님도 빨리 피하셔야 합니다."

"알았으니까 우선 이거 챙겨서 나가! 난 바로 뒤따라 갈 테니까. 지금 사무실 쪽에서 사격중인 대원들도 빨리 무기 챙겨

서 나가라고 해. 그리고 자네는 그 유탄발사기 나한테 주고 나
가."

장 중대장이 대원들에게 하드디스크를 챙기도록 하며 빨리
움직이도록 다그쳤다. 대원들이 챙기고 나가자 그는 유탄발사
기를 통신실 내부에 발사했다. 하지만 생각 외로 파괴규모가
크지 않자 그는 수류탄을 뽑아서 통신실 내부에 투척하려고
했다. 바로 그때 그의 등 뒤에서 파충류 몇 마리가 그에게 점
점 다가오고 있는 것을 알게 되었다. 긴장한 그는 그들에게 수
류탄을 던지려 하다가 통신실 쪽을 바라보았다.

그 순간 이 일이 그의 삶에 남은 마지막 임무라는 것을 직
감하게 되었다. 그리고 그 임무를 지금 마쳐야 한다는 것도 알
게 된다. 짧지 않았던 그의 삶이 그의 뇌리에 스쳐 지나갔지만
그것보다 임무를 완수해야 한다는 것이 그의 가슴을 요동치게
했다. 그는 최대한 많은 파충류들이 따라붙도록 천천히 시간
을 끌며 뒷걸음질 쳤다. 그러면서 소총을 간헐적으로 발사하
자 파충류들은 움찔하며 뒤로 물러가다가 다시 몰려오기를 반
복했다. 이윽고 통신실로 들어오자 그는 다시 소총을 난사하
며 빠르게 통신실 내부까지 들어와 반대편 벽에 등을 기대고
파충류 떼를 기다린다. 빠르게 통신실 내부로 들어온 파충류
무리들은 점점 그 수가 많아지면서 통신실 내부를 가득 메운
다. 소총을 빠르게 다시 난사하자 주춤하던 파충류 떼가 다시

그에게 일제히 달려든다. 이를 눈치챈 그는 수류탄 3개를 한꺼번에 꺼내 폭파시킨다. 방안은 엄청난 굉음과 함께 IT기기 파편과 파충류 시체로 인해 순식간에 불구덩이가 된다.

지하벙커에서 폭발음을 들은 나머지 대원들은 가능성이 없음을 깨닫고 망연자실해 한다.

하지만 그대로 있을 수는 없었다. 모두들 서둘러 건물 건너편 집결장소로 이동한다. 죽음을 목전에 두고 살아 돌아온 대원들은 힘을 잃은 표정으로 김 연대장 앞으로 다가와서 그의 눈을 바라본다. 장 중대장 없이 온 것을 본 김 연대장은 사태를 직감한다. 그리곤 살아남은 대원들을 다독이며 얘기한다.

"우리가 살아남은 건 우리 동료들의 값진 희생 덕이니 우리가 그걸 잘 알아야 됩니다. 그들이 떠나면서 우리한테 바랐던 것을 잊으면 안되고요. 우린 그런 분들의 희생으로 더 큰 임무를 함께 수행하고 있다는 것을 알아야 합니다. 모두들 살아남느라 수고 많았고 살아 남아주셔서 너무나 감사합니다."

김 연대장은 대원들을 향해 대화를 이어가다 목이 메어왔다. 대원들의 눈도 촉촉히 젖어 들었다.

"자 빨리 움직입시다. 모두들 온 건가요? 경계탑에 있던 대원들은?"

김 연대장이 묻자 한 대원이 머뭇거리며 얘기한다.

"이상한 게 두 대원 모두 어디선가 날라온 총알에 맞아서
그만……"

"그게 무슨 소리죠? 파충류가 이젠 총까지 쏠리는 없고. 누
가 총을 쐈다는 거죠?"

어처구니없는 소리로 들렸지만 지체할 시간이 없었다. 김
연대장은 차량 2대에 대원들을 모두 태워서 작전지역으로 이
동을 시작했다. 그러면서 창 밖으로 사령본부 건물이 파충류
에 의해 쓰러져 가는 것을 씁쓸하게 지켜만 볼 뿐이었다. 그러
면서 지하에 갇혀 있을 정 박사가 떠올랐다.

얼마나 시간이 지났을까.

정신을 차린 이 소대장은 주변을 둘러보자 쓰러진 파충류가
곁에 누워 있었고 창문 너머 베란다에는 울음에 지친 소년이
이 소대장을 애처롭게 쳐다보고 있었다. 출혈이 상당히 심했
는지 일어서다 다시 어지러움을 느끼고 주저앉고 만다. 앉은
상태에서 어깨를 보니 상당히 깊게 파충류 이빨에 물려 있었
고 시간이 흐르며 지혈은 되었지만 감염이 우려된다. 우선 소
독약을 뿌리고 붕대를 감았지만 극심한 통증은 여전했고, 무
엇보다 감염증이 우려되고 있다. 창 밖을 바라보니 일부 건물
에 연기가 피어 오르는걸 보면 치열한 전투가 있었음을 짐작
하지만 인기척이나 파충류 흔적은 보이지 않았다. 다시 한번
어지러움증과 더불어 파충류에게 물린 부위는 물론 온몸이 쑤
시는 것을 느낀다. 쓰러져서 쉬고 싶은 생각뿐이지만 그럴 시
간이 없었다. 맹목적으로 움직이는 것이 아닌 생각을 정리할
필요도 생겼다. 지금 한시라도 빨리 전투가 치열한 부대원들
과 합류하는 것이 중요하다고 생각 들었다. 그러다가 창문 너
머 울고 있는 소년을 발견하고 이제 갓 유치원생 정도 되는 그
에게 손을 내밀며 말을 걸었다.

"몇 살이니? 이름은 뭐니?"

"5살이고, 이재준이에요…"

소년은 손바닥으로 다섯을 펼쳐 보이고 울먹이며 다소 경계를 하는 듯이 얘기한다.

"그래, 착하다. 여기가 니네 집이니? 누구랑 살고 있었어?

"우리 집은 저기 건너편인데요. 아빠가 우리 모두 떠나야 된다 해서 아침에 나갔는데 안 들어와서 엄마랑 아빠 찾으러 왔다가 여기 온 거에요⋯⋯"

"그래 우리 재준이 똑똑하구나. 그럼 아빠는 나랑 나가서 찾아보자. 아저씨는 힘도 세고 좋은 사람이니까 이젠 안심해도 돼."

이 소대장이 소년의 머리를 쓰다듬으며 얘길 한다.

"엄마는 어디 있어요?"

소년의 물음에 이 소대장은 밖에 쓰러져 있는 여인이 떠올랐다.

"아마 엄마도 아빠 찾으러 간 거 같아. 이 아저씨가 엄마 아빠 찾게 도와줄 테니 같이 가자."

이 소대장의 말을 듣고 손을 잡고 따라 나서는 소년을 보니 맘이 아파졌다. 그의 엄마가 쓰러져 있는 곳을 피해서 내려온 이 소대장은 상황이 심각하다는 것을 도로로 내려오자 마자 알게 되었다.

온 도시가 말 그대로 폐허가 되어 버린 듯했다.

도로에는 수많은 파충류들의 시체가 가득 있었고, 건물에는 총탄의 흔적이 도심 곳곳에 상처가 되어 남아 있었다. 도시 전체가 이미 파충류와의 전쟁으로 상처가 가득한 모습은 그가 익숙하게 보아 왔던 그런 모습이 아니었다. R.Strauss의 교향시 'Metamorphosen'을 떠올리게 했다. 본부가 무사 할런지, 뒤따르는 파충류 무리가 있지는 않을지 우려가 되었다. 이렇게 걸어갈 수 없다고 생각한 이 소대장은 주변을 둘러보자 버려진 오토바이가 있는 것을 발견했다. 소년과 함께 오토바이를 탄 이 소대장은 본부 쪽을 향해 급하게 이동을 시작했다. 사령본부 인근까지 오자 소이탄 폭격으로 도로에 큰 웅덩이가 생겨 오토바이로 직진할 수 없었다. 웅덩이에서 수백 미터 앞에 떨어져 있는 본부 건물을 보니 파충류가 할퀴고 간 흔적으로 인해 건물의 외부가 상당히 훼손되어 있었다. 사령본부 안으로 들어가야 되겠다고 마음을 먹은 이 소대장은 오토바이를 포탄 웅덩이 앞에 버리고 아수라장이 된 도로를 지나 천천히 사령본부를 향해 걸어가기 시작했다. 사령본부 앞쪽으로 걸어

갈수록 파충류 시체의 수도 많아지고, 대원들의 시체도 보이는 것으로 봐서 얼마나 상황이 심각했는지 짐작하게 했다. 긴장을 하며 내부로 들어간 이 소대장은 혹시 모를 파충류의 공격에 대비해 소년을 업고 천천히 걸어 들어갔다. 사령본부 정문을 지나 건물 안으로 천천히 들어가자 새한국 부대가 내부를 지키고 있는 것이 보였다. 이 소대장은 파충류 공격에 대한 긴장감 속에서 새한국 진영을 보자 다소 긴장이 풀리며 반가운 마음이 들었다. 소년을 어깨에서 천천히 내려놓으며 안으로 들어가자 한 병사가 나와서 이 소대장을 막아선다.

"어떻게 오신 겁니까?"

"어떻게 오다뇨? 여기가 제가 근무하고 있는 정부군 사령본부니까 온 거죠. 우리 부대원들은 다 어디간 거죠?"

이 소대장이 의아해하며 묻자 병사는 핏기 없는 무표정한 얼굴로 이 소대장의 눈을 주시하고 몸의 이곳 저곳을 살피며 다시 얘기한다.

"지금 정부군 사령부는 궤멸됐습니다. 여기 계시면 안됩니다."

"궤멸되다니 무슨 말이에요? 당신 어디 소속이야?"

병사의 갑작스러운 대답에 발끈한 이 소대장은 흥분해서 목소리를 높이며 얘기했다. 그러자 상황실 쪽에서 이 소리를 듣고 한 여자가 걸어 나왔다. 소령 계급을 달고 있는 이 지휘관은 현재 이 소대장과 병사가 나눴던 모든 상황을 알기라도 한 듯한 표정을 하며 웃는 얼굴로 얘기한다.

"이 소대장님이시죠? 저희도 이 소대장님은 잘 알고 있습니다. 이 곳으로 들어오시죠."

낯선 소령이 이끈 상황실로 들어서자 이 소대장은 이상한 것을 느꼈다. 그가 늘 근무했던 낯익은 이 공간이 무엇인지 모르게 바뀌어 있었다. 그리고 상황실 내부에도 전에 보지 못했던 낯선 장비들도 놓여 있었으며, 그를 맞이하는 병사들의 표정도 하나 같이 무표정하고 핏기 없는 얼굴들이었다. 상황실 너머 사무실로 이 소대장을 이끈 그 군인은 자신을 한예은 소령이라고 소개하며 이 소대장을 자리에 앉도록 권유했다. 그리고 그의 부하로 보이는 대원을 불러 이 소대장과 같이 온 꼬마를 맡아 달라고 지시를 한다. 자리에 앉아 방안을 둘러보자 한 여인이 또 들어온다. 새한국 측 신경숙 보좌관이다. 그녀는 무표정한 얼굴로 들어와서는 이 소대장을 이리저리 살펴보더니 그의 다친 어깨를 보며 묻는다.

"전투 중에 파충류에게 물리셨나 봐요?"

마치 이 소대장이 어떻게 부상을 당했는지 아는 것처럼 묻는 신 보좌관의 말에 이 소대장은 의아해서 묻는다.

"파충류에 물린걸 어떻게 아세요?"

"저도 물려본 적 있거든요. 그 당시엔 기분이 좀 그랬는데 지금은 그것도 좋은 경험이자 기회가 된 것이라 생각되요."

곁에 있던 한 소령이 대답을 한다.

"기분 더러운 일인데 경험이나 기회라뇨?"

한 소령의 말이 정신 나간 거라 생각한 이 소대장이 어이없다는 듯이 묻는다.

"그건 차차 아시게 될 거예요."

이렇게 얘기하면서 한 소령은 말을 이어간다.

"전 사실 지난 정부군과의 전쟁에서 느낀 것이 있어요. 인간들이 언제까지 이렇게 싸워야만 하는지 말이죠. 우리가 서로 이렇게 싸우는 것의 근본적인 원인을 생각해본다면 그건 결국 우리 서로가 다른 생각을 갖게 된 것이니까요. 다른 생각을 하게 된 원인을 생각해볼까요? 남한에 거대 장벽이 생겨나 다시 남한이 반으로 갈라져 싸워온 것도 결국은 이기심 때문이었어요. 더 멀리 내다보면 자원의 편재가 결국 사람들을 반목하게 만들었고, 이런 불평등한 상황에 대한 변화의 필요성이 몇몇 사람들의 욕심과 이기심에 막혀 합리적인 의사결정을 가로막게 되고 이는 다시 많은 사람들을 안 좋은 상황에 처하게 만들어 버린 거죠."

이 소대장은 지금 상황에서 왜 이런 얘기를 들어야 하는가 의구심이 생겨 심기가 불편한 듯 주변을 둘러보고 있지만, 한소령은 아랑곳하지 않고 자신의 말을 이어갔다.

"우린 하나로 만들어져 더 가까이 대화하고 뭉쳐야 됩니다. 우리 인간에게는 무엇인가 높은 수준의 연대감 같은 것이 필요해요. 그리고 시야를 더 넓게 보고 우리 인간들이 어떻게 나아가야 하는지 잘 생각해봐야 합니다. 이 소대장님은 지금 그런 선택의 기로 앞에 있어요."

"뭘 팔려고 하는지는 모르겠지만, 전 지금 그런 거 살 시간 없어요. 당신들 어디 소속이고, 우리 정부군은 다 어디간 거죠?"

이렇게 얘기하면서 이 소대장은 사무실 내부가 무척 덥다는 느낌이 들면서 현기증이 밀려온다.

"너무 그렇게만 생각하지 마시고, 여기 이쪽으로 잠깐 와보세요."

한 소령은 그렇게 얘기하면서 심란해 하는 이 소대장을 일어나게 해서 사무실 한 켠에 있는 탁자로 이끈다. 파충류 습격이 있기 전 대대장실로 쓰였던 방이 갑자기 이렇게 바뀌어 있는 것도 상당히 의아스러운 일이다. 한 소령은 그러면서 이 소대장에게 탁자 위에 놓여있는 그 패드 같은 것에 손을 올려 보도록 권유한다. 거부하는 이 소대장에게 한 소령은 다시 얘기한다.

"제가 드리는 말씀대로 하면 지금 이 소대장님이 궁금하게 생각하시는 모든 것을 다 아시게 될 거에요. 제 말 믿고 한번 해보세요."

이게 도대체 무슨 상황인가 하는 생각이 머릿속에서 계속 떠올랐지만, 한 소령의 말처럼 한번의 단순 접촉으로 모든 상황을 알게 해준다는 말에 의심을 풀고 천천히 손을 갖다 댄다. 그러자 이 소대장의 머릿속에는 말로 표현할 수 없는 무엇인가의 표시나 상징, 기호 같은 것이 떠올랐다. 놀라는 이 소대장을 향해 한 소령은 괜찮다며 등을 쓰다듬어 주며 조금 더 해

보라고 권한다. 다시 한번 해보자 갑자기 한 소령이 누구인지 자신에게 무엇을 얘기하려는지 다 알 것 같은 느낌이 들었다.

"당신들은 대체 뭐죠? 당신들 생각을 다 알 거 같아요. 당신들 인간이 아니죠?"

"그런 게 중요한 게 아니에요. 우리가 물리적으로 아무리 떨어져 존재했다 하더라도 우린 이미 아주 작은 영역에서 조차 하나로 연결되어 있어요. 지구뿐만 아니고 우리가 살고 있는 우주조차도 마찬가지고요. 단지 우리가 지구라는 편협한 공간에 살면서 그걸 모르고 부정했던 거죠. '나'라고 하는 일부분이 전체를 이끌어 가기도 하고 대표하기도 하면서 전체적인 우리를 연대하기도 해요. 우린 인간들의 소통 실패와 반목에 대해 오랫동안 관심 있게 보고 연구해 왔어요. 그리고 더 행복하게 살수 있는 방법이 무엇인지도 이미 다 해결책을 갖고 있어요. 인간들은 지금보다 더 행복할 수 있고 더 높은 수준의 지적인 호기심까지 충족할 수 있도록 우리가 도와드릴 수 있어요."

"당신들이 왜 이러는지 알 수 있을 거 같아요. 아니, 사실 당신들은 허상인 거죠? 당신들의 정체를 정확히 모르는 이상 전 당신들의 생각 동의하기 어려워요."

뒷걸음질 치며 혼란스러워 하는 이 소대장을 향해 곁에 있던 신 보좌관이 다시 얘기한다.

"의문점에 대한 대답을 전부 다 드릴 수 있어요. 이 소대장님이 아시는 건 이제 아주 작은 부분에 지나지 않아요. 마음의 거부감을 털어 버리고 여기에 다시 손을 대어 보세요."

신 보좌관이 천천히 타이르듯 얘기를 하자, 이 소대장의 눈빛이 흔들리며 그녀의 눈을 주시하면서 주저한다. 그러다 어쩔 수 없다는 듯이 다시 손을 그 물체에 향한다. 한 소령은 그런 이 소대장을 바라보며 그의 어깨에 손을 얹으려는 찰나에, 이 소대장이 갑자기 그녀의 허리 춤에 있는 권총을 뺏어 뒤쪽으로 가서 목을 조르며 머리에 총을 대며 윽박지른다.

"내가 이 따위 장난으로 넘어갈 것 같아? 허튼 짓 하면 네 대갈통 날아갈 테니 내 말 잘 듣는 게 좋을 거야. 난 파충류건 새한국군이건 죽이는 거에 이골이 난 놈이니까."

그리고는 권총을 신 보좌관에 들이대며 그녀에게 소리친다.

"그리고 신 보좌관 당신. 당신이 이런 분야에 적성이 맞고 인간에 대한 배신이 취미인지 모르지만 잘 알아둬. 그렇게 인간을 배신만 하고 살다가 언젠가 험한 꼴을 당하게 될 거야. 특히 나 같이 꽉 막힌 놈들한테 말야!"

이 소대장이 소리를 질렀지만 그녀는 꿈쩍도 하지 않는다.

이 소대장은 한 소령의 목을 더 강하게 잡아당기며 문 쪽으로 향한다. 문 밖을 나가자 사무실 밖에 있던 대원들이 일제히 주시하며 허리춤에서 총을 꺼내려고 한다.

"니네 보스 황천길 보내기 싫으면 손모가지 그대로 두는 게 좋을 거다. 그리고 나와 같이 온 꼬마도 당장 데리고 와!"

"그리고 너! 그래 너 새끼야! 넌 지금 당장 뛰쳐나가서 차량 하나 대기시켜!"

이 소대장이 전체에게 총을 겨누며, 모니터 앞에 있던 한 대원에게 차량을 준비하도록 소리지른다. 그러면서 다시 천장에 총을 발사해 모두에게 실제라는 경고를 남긴다. 그리고는 총구를 상황실 전체 대원을 향해 한 바퀴 조준하며 위협한다. 총에 움찔한 대원들은 눈치를 보며 뒷걸음질치다 입구 쪽으로 길을 터준다. 천천히 정문 쪽으로 걸어 움직이자 정문 앞에는 군용 짚이 한 대 대기하고 있고 꼬마도 따라 나온다. 이 소대장은 꼬마는 뒷자리, 한 소령은 옆자리에 태운 채 주변을 살핀 후 긴급 출발한다. 정문을 벗어나 도로를 약 300여 미터 달려 건물이 시야에서 멀어지자 한 소령을 발로 차서 차량에서 떨어뜨린다. 본부건물에서 나온 대원들이 한 소령을 부축하자 그녀는 아무일 없다는 듯이 손을 털며 멀어져 가는 이 소대장을 바라본다. 한 소령을 바라본 대원들도 그의 뜻을 알았다는 듯이 다시 발걸음을 돌려 건물로 향한다.

약 20여 분간 정신없이 달린 이 소대장은 백미러를 보고 따라오는 차량이 없는 것을 확인한다. 그제서야 차를 멈추고는 숨을 고른다. 그리고 건물에 있었던 상황을 돌이켜 생각해 보다가 핸들에 머리를 묻고 한숨을 쉰다. 정신 없는 하루였다. 그렇게 생각에 잠겼다가 무엇이 생각이 난 것처럼 고개를 들어 왼쪽 어깨를 만져 보았다. 파충류에 물려 그를 괴롭히던 통증이 거짓말처럼 없어졌다. 피가 흘러 딱딱하게 말라버린 전투복 상의를 조심스럽게 벗어 속옷을 열어 보았다. 그러자 파충류에 물려 끔찍하게 찢겨 있던 그의 어깨가 새 살이 돋아난 것처럼 아무런 흔적이 없는 것이었다. 믿을 수 없는 상황에 이 소대장은 그 자리에서 한동안 멍하니 있을 수밖에 없었다. 그 상황은 마치 자신이 그날 오전에 겪었던 일이 사실이었는지조차 의심스럽게 만들었다. 큰 충격이 있으면 겪었던 기억이 하나도 나지 않을 만큼 지워질 때가 있는데 오늘이 그런 거 같다는 생각이 들었다. 그리고 스스로 꿈을 꾸고 있는 것이 아닌가 하는 착각도 들었다. 특히 아까 사무실에서 패드에 손을 댔던 그 낯선 이미지들이 그의 머릿속에서 계속 떠오른다. 이 소대장은 전쟁 전 그의 지인이 개신교의 심령대부흥회에 갔다가 성령의 힘으로 치아가 금으로 바뀌었단 소리를 듣고 터무니없는 일이라고 생각 했었으나 자신이 바로 그런 상황을 맞이한 것은 아닌가 의심했다. 이 소대장은 이 모든 상황이 자신이 겪은 말도 안되는 하루 탓이라 생각하고 한시라도 빨리 차를 작전지역으로 돌려야 된다고 생각했다. 뒷자리에 있던 꼬마도 어느덧 잠 들어있다. 군용차량을 움직여 어두운 밤의 도로를 주행하면서 오늘 자신이 겪은 일을 그 누구도 이해할 수 없다는 것을 직감적으로 깨달았다. 그러다가 다시 또 그의 머리에 말로 표현하기 어려운 무엇인가가 떠올랐다. 마치 촉촉한 실리콘을 잡았던 것 같은 그 물질이 그의 손에 닿았을 때 그는 한 소령의 의도를 직감적으로 느낄 수 있었다. 그러면서 그 미지의 존재들과 연대감을 갖게 되는 말로 형언하기 어려운 기분이었다. 그리고 부대에서 자신을 바라보는 그들의 이상한 눈빛과 느낌이 다시 떠오르면서 생소한 기분을 다시 갖게 만들었다. 여러 가지 생각으로 머리가 복잡해져 이 소대장은 시원한 밤바람을 느끼고 싶어 차에서 내렸다. 밖은 이제 아무 일도 없듯이 고요한 밤이었고 보름달에 비친 모든 사물이 마치 깨어 있듯이 빛나고 있었다. Beethoven의 마지막 피아노 소나타 32번 2악장 Arietta와 같이 지금 이 밤의 분위기가 무한히 조용하고 평온하지만 그의 내면에서는 형용할 수 없는 무엇인지 모를 격정적인 것이 쉴새 없이 자라나고 있는 것처럼 느껴진다.

밝은 달에 비친 도로 옆으로 펼쳐진 들판에는 개망초 꽃이 하얗게 펼쳐져 있었다. 개망초는 흔하다는 이유로 그동안 사람들에게 업신여겨져 왔지만 환한 달빛에 비친 개망초 꽃은 심란한 이 소대장의 마음을 알기라도 하는 듯 하얗게 그를 반기며 그의 상처를 어루만지는 것 같았다.

그렇게 몇 분이나 지났을까. 갑자기 산속에서 인기척이 들려왔다. 이 소대장은 다시 긴장하고 천천히 권총을 빼들면서 천천히 숲 속을 주시하며 걸어갔다. 가까이 다가가자 파충류 한 마리가 그의 앞에 덩그러니 나타났다. 긴장한 그는 권총을 들고 파충류를 조준했다. 하지만 파충류는 그를 잠시 주시하더니 고개를 돌려 앞쪽으로 걸어갔다. 그 뒤를 따라 다시 몇 마리의 무리가 그를 무시라도 하듯이 그냥 스치고 지나갈 뿐이다. 낮은 산등성이를 넘어온 파충류들의 길을 보기 위해 산 위에 오르자 수많은 파충류 무리들이 어둠 속을 걸어오고 있는 것이 보였다. 당황한 이 소대장은 도로에 멈춰있는 군용차량을 다시 타고 달리기 시작했다. 작전지역에 거의 다다를 무렵 정신없이 고속으로 도로를 달리던 이 소대장은 도로에 갑자기 쏟아진 파충류 떼를 피하려고 이리저리 핸들을 꺾다가 가드레일을 들이박고는 그대로 차량이 전복되고 만다. 놀란 파충류 떼들도 차량을 경계하며 혓바닥을 날름거리며 사고 난 차량 안으로 경계심을 갖고 다가가다가 이 소대장을 보고는 그대로 작전지역으로 가던 길을 계속 향한다. 차량이 뒤집혀 피를 흘리며 거꾸로 처박힌 이 소대장은 정신이 차차 희미해져 갔다.

한편 정체를 알 수 없는 부대원들의 공격을 받고 낭떠러지에 떨어졌던 김 소령에게 한 두 방울씩 빗방울이 떨어지기 시작했다. 빗방울은 오랜 더위와 가뭄에 말라가던 수풀에 활기를 주 듯 꺼져가고 있는 김 소령의 입술에 생명의 기운을 한 방울씩 떨어뜨려 주었다. 가까스로 의식을 차린 김 소령은 온 몸에 극심한 통증을 느꼈다. 그렇게 오랫동안 정신이 깬 상태로 우두커니 그 곳에 앉아 있을 수밖에 없었던 그는 아직 온 몸의 통증이 남아있지만 이대로 있을 수는 없다고 생각하고 지친 몸을 이끌고 자리에서 일어난다.

　일련의 사건들이 의심스러웠던 그는 부대로 복귀하려다 시간이 늦어 한 대령의 사택으로 찾아갔다. 사택 앞에는 평소와 달리 낯선 부대원들이 보초를 서고 있었다. 이상하게 생각한 그는 은밀히 내부로 진입했다. 내부로 잠입해 들어가자 사람들의 목소리와 인기척, 그리고 무엇인가 심하게 움직이고 있는 것이 느껴졌고 파충류 비린내가 심하게 나고 있었다. 그 광경을 자세히 보기 위해 거실 쪽으로 천천히 들어갈수록 파충류 비린내는 더 강해지고, 피비린내 같은 것이 코를 찌르고 있었다. 분위기가 심상치 않음을 알고 숨죽이며 다가가던 그는 그 참혹한 광경에 할 말을 잃고 말았다.

　거실 테이블 위에는 한 여인의 온 몸이 묶인 채 나체로 누워 있었고, 한 대령과 파충류 한 마리가 마치 만찬을 즐기듯 살아있는 그 여인을 뜯고 있던 것이었다. 거실 테이블엔 피가 흥건해 있었고, 묶여있는 그 여인은 공포에 휩싸여 산 채로 뜯 기는 그 고통으로 인해 계속해서 몸부림치고 있었다. 그런 가 운데 한 대령과 파충류는 그런 상황이 익숙한 듯 아무렇지도 않게 만찬을 즐기고 있었다. 충격적인 장면에 놀라 뒷걸음질 치던 김 소령은 주방 쪽에서 술과 칼을 갖고 들어오는 민경호 국장과 마주쳤다. 서로 당황해 어쩔 줄 모르는 사이 김 소령은 그의 손에 있던 칼을 빼앗아 그의 목에 꽂아 넣었다. 갑작스러 운 소동에 놀란 한 대령과 파충류도 이 곳을 보며 소리지르며 달려오자 김 소령은 허리춤의 권총을 꺼내 파충류 머리에 명 중시킨다. 순식간에 일어난 상황 탓에 긴장한 채 총을 겨누고 있던 김 소령에게 한 대령이 얘기한다.

"김 소령 반가워. 살아 있었네."

"당신 정체가 대체 뭐야?"

김 소령이 크게 소리치며 얘기한다.

"긴장하지 말고 내 말 잘 들어봐. 내가 얘기했잖아. 우리의 적이 누구인지 잘 생각해야 한다고. 우리가 저 놈들과 몇 번 손잡았다고 예전 일들 다 까맣게 잊어버리고 같은 편이 될 수 는 없는 거야. 저들도 그럴 생각도 없고. 그러니 자네도 너무 순진하게 생각하지 말라고. 이게 뭔가. 자네 꼴을 보라고. 자네 누구보다도 용맹한 엘리트였는데 이 대대장인가 뭔가 하는 놈의 꼬임에 꼬여서 지금 나한테 총을 겨누고 있는 게 말이 되나? 충성밖에 모른다는 놈이 한 순간에 배신하는 거야? 내가 널 거두어주고 지금 여기까지 널 만들어준 것 몰라?"

"그…러기엔 지금 당신의 모습을 한번 보시죠? 당신이 지금 인간이에요, 악마에요?"

"악마? 좋다. 여기서 여자 한 명 죽이는 걸 보고 니가 악마라고 한다면 악마라고 해두자. 그럼 저들이 벌인 학살은? 단순히 악마라고만 할 수 있어? 그들의 총 앞에 죽어나간 수많은 생명들은 뭐냐고? 우리가 왜 목숨 걸고 과거에 전쟁을 한건지 아나? 우리의 제대로 된 권리를 찾기 위해서였다고! 하지만 그들이 그런 우리에게 준 것이 뭐야? 그들이 그렇게 자애롭고 평등해서 우리의 수많은 사람들이 희생당했어? 니가 겨눈 총의 방향을 잘 생각해보라고. 그 총구의 방향이 무엇을 얘기하는 건지."

밖에서 총소리를 듣고 경계 근무 중이던 대원들이 거실로 뛰어 들어왔다. 그리고는 대치중인 김 소령에게 일제히 총을 겨눈다.

"그런 이유 때문에 저들과 손잡았나요?"

"저들은 한가지의 방향성을 원해. 저들도 사실 정부군 진영에 제안을 했던 거고. 그들은 거절했지만 우리는 받아들였을 뿐이야."

"아무리 그렇더라도 저런 짐승 같은 세력들과 손잡는 게 말이 됩니까?"

"짐승? 자네 참 순진하군. 정부군 놈들이 우리를 인간으로 한번이라도 본 적이 있나? 우리가 해충이야? 우리가 살충제 뿌려서 없어져야 하는 대상이야? 겉으로는 악수하고 어깨동무하고 좋지? 생각이 다르다는 이유로 우리가 그런 취급을 받아야 돼? 네 눈에는 파충류가 짐승으로 보이겠지만, 내 눈에는 정부군 놈들이 인간으로 보이지 않아. 짐승만도 못한 놈들이라고."

"전 한 대령님이 무슨 말을 해도 지금 이 순간은 이해할 수 없습니다. 이게 대체 말이 되는 상황입니까?"

"저들의 모습이 파충류이지만 그건 그냥 수단이고 허상일 뿐이야. 사실 그들의 실제적인 본질은 그게 아니야. 인간인 우리가 이해 못하고 있는 부분이기도 하고. 자 그만 그 총을 내리고 여기 앉아 보게."

한 대령은 경비대원들에게 눈치를 주며 자리를 정리하게 만든다. 그리고는 김 소령의 권총을 뺏고 자리가 정리되자, 거실에 둘만 남게 되고 한 대령이 김 소령에게 다시 얘기한다.

"우린 살아남아야 돼. 그러기 위해서는 우리의 적을 반드시 없애야 하고. 우리가 손잡은 그들이 자네 눈에는 안 좋게 보이지만 사실 그렇지 않아. 그들은 우리에게 메시지를 주려는 것뿐이고, 인간에게 더 인간답고 행복하게 살 수 있는 방향을 제시하려고 하고 있어. 하지만 저들도 그들의 입장과 반대되는 세력들에게 더 이상 자비라는 건 없어. 우리가 그들을 제지할 만한 능력도 되지 않고. 자, 우리 한번 편하게 생각해 볼까? 복잡하게 생각할 것 없어. 우리는 지금 상황에서 어떤 식으로든 이용하면 된다고. 전략적 동맹이라고 해두자고. 우린 손해 볼 것 없는 거야."

흔들리는 김 소령을 보면서 그는 다시 패드를 갖다 놓는다. 지금 이 순간 김 소령에게는 또 다른 선택이란 없는 것처럼 느껴진다.

"자네는 우리에게 없어서는 안되는 존재라고. 내가 자네 생각을 모르는 것 아냐. 그리고 한동안 방황한 것도 알고 있고.

그러지 않아도 내가 자넬 조용히 불러서 얘기하려고 했어. 하지만 아무려면 어떤가? 오늘 이렇게 기회가 생긴 거니까. 자이제 긴장을 풀고 허심탄회하게 얘기해 보라고."

이렇게 얘기하며 김 소령의 어깨를 다독거리며 패드에 눈길을 준다.

김 소령은 혼란을 느꼈다. 정부군과 협력해 공동전선을 구축하긴 했지만 정부군 내부적으로는 여전히 협력관계에 부정적인 시선을 가진 세력이 다수라는 것을 잘 알고 있다. 고민하고 있는 사이 거실이 유난히 후텁지근하다는 것을 느꼈다. 김소령은 긴장감과 더불어 거실의 높은 온도로 인해 땀이 연신흐르고 있었다. 하지만 한 대령을 바라보자 그는 긴 팔에 자켓까지 입었음에도 땀이 전혀 흐르고 있지 않았다. 그는 지난번그를 궁지에 몰았던 미지의 대원들이 다시 떠올랐다.

"잠시 더워서 창문을 좀 열겠습니다."

거실 소파에 일어나 창문 쪽으로 향하던 그는 주변을 살피다 골프채를 발견했다. 창문을 여는 척하다가 골프채를 들어한 대령의 머리에 내리친다. 한 대령이 반항할 시간도 없이 계속되는 그의 난폭한 스윙에 한 대령은 가차없이 쓰러지고 만다. 계속해서 거칠게 내지르자 그의 피부가 벗겨지면서 피를 흘린다.

　그때 다시 소리를 듣고 외부의 대원들이 달려와 상황을 확인하고는 그에게 총을 난사한다. 난사되는 총알을 피해 소파 밑으로 몸을 숨긴 김 소령은 거실 창문을 깨고 몸을 날려 빠져 나간다. 그리고는 깜깜한 정원 나무 속에 숨어 기회를 기다리다 땅에 꽂혀있는 삽을 발견한다. 두 명의 대원이 불을 밝히며 정원으로 서서히 걸어 나온다. 그리고는 각자 눈치를 주고 받아 정원 오른쪽과 왼쪽으로 나뉘어서 수색을 시작한다. 나무 뒤에 숨어서 삽을 움켜쥐고 있던 김 소령은 오른쪽으로 좁혀오는 대원 한 명의 총 든 손을 삽으로 내리치고 그의 목에 삽을 내리 꽂는다. 이에 놀란 왼쪽 대원이 총을 난사하자 정원 가운데에 세워진 바위에 몸을 숨긴 김 소령은 숨진 대원의 총을 뺏어 들고 총소리가 멈추길 기다린다. 연신 사격을 하던 대원의 총알이 떨어져 탄창을 교체하려는 찰라 김 소령은 바위 뒤에서 모습을 드러내며 연속적인 사격으로 그를 쓰러뜨린다. 갑작스러운 상황에서 목숨을 잃을 뻔했던 김 소령은 다시 정원에 털썩 주저앉고 말았다. 그리고는 오늘 벌어진 일을 돌이켜 보았다. 그러자 무엇인가 이 실체에 대해 알아내야 한다는 생각에 다시 한 대령의 저택으로 들어간다.

　거실에 들어가자 한 대령은 피를 흘리며 쓰러져 있었고 총격전으로 어수선한 상황이었다. 다시 누군가의 추가적인 공격이 걱정되긴 했으나 김 소령은 우선 집안 여기 저기를 돌아보기로 했다. 집안 곳곳엔 별다른 특이점이 발견되지는 않고 있다. 그러다가 갑자기 생각이 난 듯 그의 서재에 들어가서 컴퓨터를 접속해 보았다. 본부에 있는 그의 사무실에서도 그가 늘 컴퓨터 모니터만 주시하고 있던 것이 생각나서 였다. 컴퓨터 바탕화면에는 'Live Monitor'라는 프로그램이 눈에 띄였다.

그 프로그램을 열자 수많은 건물이 실시간으로 보여지고 있었다. 이 화면은 가로 세로 약 20개이상의 독립된 건물을 보여주고 있었다. 그 중에 NW3라고 명명되어진 건물을 클릭해서 들어갔다. 그 순간 김 소령은 크게 놀라고 말았다. 그 곳은 거대한 파충류 사육장이었고, 실시간으로 파충류 사육현황이 그대로 보여지고 있었다. 놀란 김 소령은 다른 건물을 눌러 보았지만 역시 마찬가지였다.

충격적인 모습에 김 소령은 아연실색하게 되었다. 그가 지금까지 이런 자들의 명령을 듣고 움직였다는 사실에 분노를 느꼈다. 그리고 언제부터 이렇게 이들이 변해갔는지 생각을 하게 되었다. 그는 이내 다시 거실로 돌아갔다. 그리고는 신음하며 쓰러져 죽어가는 한 대령의 멱살을 잡고 일으켜 세웠다.

"당신들 대체 파충류와 손잡고 무슨 일을 벌인 거야?"

"자네…그렇게 사명감…갖고…일한다고…좋은 결말을…갖게 될 것 같나…?"

한 대령은 입에서 피를 흘리며 감겨지는 눈을 다시 뜨고 김 소령을 보고는 비웃 듯이 얘기한다.

"그래서 결국 당신들이 원하는 게 이런 거였어? 도대체 언제부터 그런 거야?"

"아무리 인간이…노력해도…인간들의 결말은 똑같아…"

"이젠 마치 인간이 아닌 것처럼 얘기하는군."

한 대령의 마지막 말을 들은 김 소령은 자리에서 일어나 그에게 총을 겨눈다. 그리고는 그대로 그에게 총을 발사한다. 그는 이내 힘없이 바닥에 다시 쓰러지며 피를 흘린다.

김 소령은 그리고는 건물 밖을 나와 어둠 속으로 도망치듯 사라져 간다.

정신을 잃고 쓰러져 누워있는 이 소대장을 누군가가 연신 깨워댔다. 이 소대장의 뺨을 계속 때려도 일어날 기미가 없자 차가운 물을 뿌리고 그를 억지로 일어나게 했다. 그의 눈 앞에 보인 건 죽었다고 소문이 났던 김민근 소령이었다. 그가 깨어나자 김 소령은 그의 옷 덜미를 잡고 차에서 끌어내려 바닥에 내동댕이쳤다. 그리곤 팔을 뒤로 넘기게 해서, 목과 팔을 밧줄로 단단히 묶었다. 아직 정신이 온전히 깨어나지 못한 이 소대장이 그런 그를 향해 낮은 목소리로 얘기했다.

"지금 당신 뭐하는거에요. 난 지금 다쳤단 말이에요."

"닥쳐 이 새끼야. 한번만 더 얘기해봐. 죽여버릴 테니까!"

김 소령은 신음하듯 대답하는 이 소대장을 호통치며 군화발로 그의 가슴을 다시 밟았다. 이 소대장은 다시 비명소리를 내며 고통을 호소했다.

"입 닥치고 따라오지 않으면 내 손에 죽을 줄 알아!"

"잠깐, 아이……아이가 있어요."

"니가 그렇게 운전을 하는데 살아 남았을 거라 생각되냐!"

김 소령은 이 소대장을 마치 멧돼지 다루듯 밧줄로 묶고는 한 손으로 그를 끌고 작전현장 쪽으로 향했다. 군복에 핏자국이 군데군데 있고 마치 화가 나있는 짐승처럼 무섭게 으르렁거리고 있는 김민근 소령을 보니 지난번 수색작전 이후 사라지고 무슨 일을 겪었던 것처럼 더 거칠게 분노에 가득 차있었다. 아니, 마치 살기와 증오의 화신이 된 것처럼 보였다. 이 소대장이 말을 하려고 하면 김 소령은 어김없이 그에게 주먹을 휘둘러 쓰러뜨렸다. 분노한 김 소령에게 대화 따위는 통하지 않는 것처럼 보였다. 그의 분노가 궁금하고 공포스럽기도 했지만 더 이상 무언가를 할 수 없었다. 단지 그의 손에 개처럼 이끌려 기어가다시피 하는 것 이외엔 차가운 분위기를 깨는 다른 방법이 없었다. 그 무거운 침묵이 이 소대장을 더 짓누르게 했다. 그렇게 둘은 아무 말없이 1시간여를 조용히 산등성이를 넘어 걸었다. 그러다 보니 그들의 눈 아래에는 작전현장이 보였다.

사령본부는 예상을 뛰어넘는 파충류 떼들의 공격에 상당히 당황하고 있었다. 당초 알려진 것과 달리 이번 작전도 사실 사령본부에서 파충류를 궤멸하기 위해 화력을 집중하고 있었고, 사전에 허위 정보를 흘려 혼란을 주려 했다. 단지 예상했던 것보다 훨씬 대규모의 공격과, 시간을 앞선 공습으로 수뇌부도 당황했다. 하지만 그런 결정을 감행하게 된 것은 무엇보다도 파충류의 기세가 본부까지 거세게 밀고 온다는 정보와 새한국군에 대한 불신감 때문이었다. 문제는 충분한 시간을 확보하지 못한 채 공습해 오는 파충류 공격에 대한 대비 부족 상황이다. 이 대대장을 중심으로 진행되던 함정작전이 아직 실현되기 전이었고, 무엇보다 파충류들의 대규모 공습에 전열을 가다듬기 어렵다. 현재 상황실에는 김일현 연대장, 현승표 전략실장, 조태현 정보국장 등 현존하는 얼마 남지 않은 G섹터 정부군 수뇌부들이 다 모여있다. 또한 그들을 믿고 모인 민간인 수천 명도 테마파크 내부에서 불안에 떤 듯 모여 있다. 사실상 더 이상 후퇴할 전선도 남아있지 않다.

"지원 소식은 없나요?"

김 연대장이 조 국장에게 묻는다.

"아래 지역에도 파충류의 대규모 공습으로 전열을 가다듬기 어려운 상황이라고 합니다. 우리가 여기서 어떻게든 마무리하지 않으면 희망이 없습니다."

조 국장이 체념하듯 대답한다.

"2중대는 남쪽, 3중대는 동쪽 후미를 잘라낸다. 후미를 끊어주는 것이 무엇보다 중요하다."

이제욱 대대장은 각 중대장에게 지시를 내린 후 전력팀에게 전력수급사항을 점검한다.

"지금 이 상태로 가면 30분도 못 버티니 시간을 당겨서 진행해! 모두 죽이고 싶지 않다면!"

"이제 공사가 막바지이긴 한데, 예상치 못한 파충류의 등장에 마무리가 덜 된 듯해요. 적어도 5시간은 걸린다고 하네요."

현 실장이 이 대대장에게 다가가서 얘기한다.

"5시간이요? 지금 30분 버티기도 힘든 상황이에요. 저희가 최대한 시간을 끌어볼 테니 서두르라고 해주세요."

이 대대장의 얘기에 현 실장도 관련 기술 감독자들과 대화를 하며 공사를 빨리 종료할 것을 주문한다.

2, 3중대의 협공작전으로 파충류 무리는 선두와 후미그룹이 서서히 틈이 벌어지기 시작한다. 상당히 치열한 전투가 이어지고 있다. 특히 파충류들은 유기적으로 움직이면서도 전체적인 전략적 방향성이 정해지면 마치 집단지성이 있는 것처럼 지능적으로 대응을 한다. 인간과 달리 파충류 그룹 전체의 이익을 위해서는 소수의 희생도 아랑곳하지 않는 무서운 놈들이다. 또한 파충류들이 지금까지의 양상과는 다른 형태의 공격성을 보이는 것은 이들도 이번 공격에 대한 절박함이 드러나 있는 것처럼 보인다. 사격거리가 가까워지게 되면 선발대의 희생으로 후미그룹이 엄청난 속도로 밀고 오기 때문에 우군의 상당한 피해가 발생하고 있다. 따라서 최대한 거리를 확보하고 전투를 벌이는 것이 관건이나 쉽지 않은 상황이다. 이런 공방전이 두 시간 이상 계속되고 있다.

그때 외부 경계탑에서 긴급한 무전이 왔다. 상당한 규모의 파충류 떼가 무리를 지어 몰려온다는 것이다. 500~600미터 이상으로 늘어선 선두 무리가 후미 그룹을 최대 1km이상까지 이끌고 맹렬한 규모로 돌진하고 있다고 전한다. 상황실에서 레이더를 통해 확인한 생체 신호도 그 압도적인 규모에 입을 다물지 못하게 했다.

"여기서 모두 떼죽음을 당할 수는 없는 것 아닙니까?"

현 실장이 조심스럽게 얘기한다.

"그렇다고 우리가 물러날 다른 곳이 있는 것도 아니지요."

김 연대장도 체념하듯 얘기한다.

"우선 우리가 최대한 막아보도록 하겠습니다. 우리가 오랫동안 계획한 작전대로 우선 진행해 보시죠. 현 실장님과 조 국장님은 다른 방법이 있는지 빨리 찾아주시기 바랍니다."

이 대대장은 아랑곳없다는 듯이 얘기하며 다시 지휘 현장으로 나갔다.

2개 중대의 맹렬한 화력 전으로 후미그룹과 분리가 되자 남쪽과 동쪽 후미가 급속히 정문 쪽으로 밀려 들어온다. 선두와 거리가 점차 좁혀오자 선두에서는 정문을 돌파하기 위해 파충류들이 서로의 몸을 올라타면서 탑을 쌓기 시작한다. 탑을 쌓아 5미터가량의 철제 정문을 통과한다면 내부가 순식간에 함락되는 것은 시간 문제다. 이 대대장은 경계탑의 자동 화기조들이 정문에 있는 파충류들을 향해 집중적인 사격을 하도록 지시한다. 하지만 수 천 마리의 파충류 떼가 정문 앞에 우글거리고 있는 상황에서 이들을 화력으로만 대응하기엔 시간과 물리적인 한계만 있을 뿐이다. 또한 이 놈들을 빨리 정문에서 떼어 내지 않으면 현재 다가오고 있는 파충류 2차 부대에 의해 테마파크 전체는 쑥대밭이 될 것이다.

김 연대장이 후미그룹과 이들을 분리하기 위해 기갑부대에게 지시한다.

"2, 3중대와 후방 파충류 떼와 거리만 확보되면 더 이상 다가오지 못하도록 기갑부대들이 집중 사격해 주세요. 지금 상황이 촉박하니 화력 아끼지 말고 더 과감히 대응해 주세요."

기갑부대의 집중사격에 주변일대는 다시 엄청난 소음을 내며 귀청을 찢을듯한 소리를 낸다. 파충류 1차 공격선 후미에서 질주하던 파충류 떼들이 탱크의 포탄에 몸뚱이가 찢겨 날아가면서 주변은 화염과 파충류 시체로 다시 난장판이 되어간다. 정문에서는 파충류들이 탑을 쌓아 기어오르면서 하나 둘씩 정문을 넘어서고 있다. 그럴 때마다 경계탑과 내부 자동화부대가 대응사격 하고 있지만 수많은 파충류가 정문에 매달리게 되자 문이 계속 삐걱거리는 소리가 나면서 금방이라도 무너지려고 하고 있다. 이제 파충류 2차 공격 선 까지 300미터도 채 남지 않았다. 희망이 보이지 않는다. 정문에는 1차 공격선이 맹렬히 공격하며 철제문을 무너 뜨리려 도발하고 있고, 2차 파충류 공격선은 이제 선두의 파충류 무리와 합류하기 직전이다.

그때였다.

상공에 갑자기 나타난 전투기 1대가 투척한 폭탄이 파충류 무리에 투하된다. 그러자 엄청난 굉음과 함께 1차 공격진에 달라붙던 후미 그룹의 파충류 시체가 널부러지면서 충격이 가해진다. 이를 지켜보던 본부에서도 환호성이 울린다. 그리고 그 뒤를 따라 전투기 3대가 더 나타나 차례로 폭탄을 투여하고 자동화기를 난사하기 시작한다. 지속되는 공중전 지원으로 전황은 다시 전기를 맞고 있다. 파충류 떼들도 갑작스러운 전투기 공격에 속수무책으로 허물어지면서 차츰 그 위세를 잃어가고 있다.

"C섹터에 있는 우리 측 정부군과 A섹터에 있는 새한국 측에 공중 지원요청을 했습니다. 전투기를 보유하고 있으니까요. 하지만 그 쪽도 마지막까지 파충류와 전투를 벌이고 있어서 다소 늦었다고 합니다. 최근 나타난 파충류가 마치 약속이라도 한 것처럼 전국에서 동시다발적으로 공격을 하고 있다고 합니다."

조 국장이 차분히 얘기한다.

"동시다발 공격이요? 오늘이 무슨 인간 사냥의 날이라도 되는 줄 알고 있나 보네요. 저 도마뱀 새끼들이 마지막까지 발악하는 것 같았습니다. 그리고 새한국 놈들 전부 나쁜 놈들만 있을 줄 알았는데 그래도 정신 똑바로 박힌 놈들이 있긴 있네요. 이렇게 새한국이 반가웠던 것이 도대체 얼마만인가요?"

현 실장이 기뻐하며 얘기하자 조 국장도 그를 쳐다보며 흐뭇한 미소를 짓는다.

하지만 지금은 문 앞까지 밀고 들어온 파충류는 계획했던 대로 대응해야 한다. 우선은 가용자원을 총동원해서 저지선을 막는 방법 밖에 없다고 판단 되었다. 특히 이 작전은 전력을 이용해 대규모 감전을 일으키려는 것으로 최근 파충류에 철 성분의 뿔이 생긴 것에 대한 실험을 진행하면서 추진하게 되었다. 그래서 미리부터 테마파크 주위를 약품과 전기 펜스로 철저히 방어를 하고 상대적으로 정문 쪽을 약하게 만들어 파충류들을 최대한 그 쪽으로 유인토록 한 작전이다. 유인된 파충류들을 위해 정문 내외부를 중심으로 일종의 함정을 마련해 놓고 거기서 대량의 전력 공격으로 타격을 주고자 하고 있다. 그리고 전력 공격을 성공시키기 위해서는 가동전력이 어느 정도 확보가 되어야 하는데 위급상황에서 한시적으로 사용하던 비상전력을 늘려야 하는 기술상 한계가 있다.

그런 상황에서 동쪽 산을 너머 시커먼 파충류 떼들이 다시 덤벼들기 시작했다. 2차 공격진 이상의 규모로 순식간에 작전

지역을 향해 내달리고 있다. 그러면서 그 선두는 겹겹이 쌓여 있는 그들 동료의 시체를 발판 삼아 정문을 너머 공원내부로 진입하기 시도한다. 또한 전투기 공격을 피하고 돌진하던 상당수의 파충류 잔당들이 정문 쪽으로 돌진해 온다.

또한 그때 민병대 합류 소식이 들려온다. 파충류 공격으로 가동을 멈췄던 중부지역 자동차 공장에서 결성된 민병대는 엔지니어들과 지역 주민들이 주축이 되어 만들어진 부대다. 특히 엔지니어들을 중심으로 최근 출몰빈도가 높아진 쇠뿔을 가진 파충류에 대한 전기공격 장치를 트럭에 장착해 중부지역에서 파충류 퇴치에 혁혁한 공을 세우고 있다. 한편으로는 이런 중부지역의 대형 공격으로 파충류들이 타지역으로 쫓기듯 퍼지고 있고, 오늘처럼 G섹터 지역으로 상당수 무리가 올라오고 있는 이유이기도 했다. 대형트럭과 짚차량을 개조해 만든 차량들이 무리를 지으며 이곳에 속속들이 모여들고 있는 모습은 보는 것만으로 장관이었고 그 자체가 정부군에게는 상당한 힘이 되었다.

동쪽 산을 너머 진격해 오던 파충류 떼들은 전기 충격장치를 장착한 민병대 차량의 공격으로 후미가 격퇴당하기 시작한다. 하지만 선두는 더욱 속도를 내서 정문 쪽으로 질주를 시작한다. 다시 엄청난 화력전이 전개된다.

정문에 모여들어 쌓이기 시작한 파충류 떼로 인해 정문이 하중을 견디지 못하고 끼이음을 내며 비틀거리기 시작한다. 정문이 쓰러지면 주변에 연결된 펜스까지도 전부 날아갈 상황이라고 이를 지켜보던 조태현 국장이 얘기한다. 끊임없이 정문에서 동료들을 밟고 올라선 파충류들은 계속해서 정문에서 뛰어나와 내부로 진입한다. 그럴 때마다 내부에서 1중대가 뛰어들고 있는 파충류들을 향해 사격을 가하고 있다.

"정문은 지금 바로 무너뜨려야 됩니다. 시간이 늦어지면 전체 방어막이 해체될 수도 있어요."

조 국장의 말에 이 대대장은 1중대에 지시해 정문을 해체할 수 있도록 한다. 하지만 밖에 워낙 다수의 파충류가 겹겹이 있어 작업자체가 불가능한 것으로 보이자 이 대대장은 유탄 발사조에게 지시해서 그대로 정문 양쪽을 포격하라고 명령한다.

우선 오른쪽이 포격을 맞아 기우뚱거리자 하중이 오른쪽으로 쏠리면서 파충류 시체가 우르르 떨어지기 시작한다. 그러자 왼쪽도 포격을 받으면서 육중한 철문이 하중을 견디지 못하고 그대로 안쪽으로 쓰러진다.

이제는 대부분의 무리들이 정문을 중심으로 모이게 된 상황이다. 수뇌부는 지금이 작전을 시행할 시간이라고 생각했다.

김 연대장이 폭파팀에 지시를 해 설치해 놓은 폭약을 터뜨리도록 했다. 그러자 엄청난 폭발음과 함께 정문을 중심으로 한 반경 800여 제곱 미터 정도 되는 공간 지반이 함몰되면서 그대로 지하의 함정으로 곤두박질치게 되었다.

그러자 전투에 참여하고 있는 대원들 모두 환호성을 지르며 기뻐한다.

우선은 가동전력 범위에서 작전을 진행해 보기로 했다. 전력팀에 확인한 결과로는 타 건물에 있는 설비를 병렬 연결하는 과정에서 시간이 상당부분 소요되고 있었고, 우선 확보된 기기로 대응 시 최대 5분가량의 전력이 공급 가능한 상황이라고 한다. 그 이상을 지탱하기 위해서는 상당량의 석유를 보충해야 하는데, 실제 건물가동 후 거의 사용한 적이 없는 노후 시설이라 수작업에 의존해야 하고 이 작업이 서두른다 해도 최소 10분이 소요된다. 결국 불가능한 일이다. 이 대대장은 신속하게 지시를 내린다.

"내부 경계중인 1중대에서는 소방호수를 연결해 물을 뿌린다."

정문 앞에 모여든 파충류 떼들에게 물을 뿌리자 마치 소금을 맞은 미꾸라지 떼처럼 서로 엉켜 붙고 몸을 움직인다. 또 마치 한낮의 더위를 식히려는 배려가 있는 것처럼 물기를 머금은 파충류들은 투명하게 빛나며 꿈틀거리기 시작한다. 바로 그 순간 물에 닿아 빛나고 있는 파충류에 대한 전력 공격이 시작되었다. 전기 줄에서 전기가 튕기는 듯한 소리가 나면서 파충류들을 덮친 그물에도 전기가 전달되면서 파충류들은 괴성을 지르고 파드득 소리를 내며 괴로워한다. 그런 파충류들에게 자동소총을 비롯 가용한 화력이 총동원된다. 감전으로 인해 튀겨지는 듯한 냄새가 주변일대를 휩싼다. 몸부림치며 괴로워하는 파충류 떼들은 5분여의 시간이 지나가자 달궈진 프라이팬에서 꿈틀거리는 미꾸라지와 같이 맹렬하게 비틀거리다가 점차 힘을 잃고 멈추고 만다. 간간이 쓰러진 무리에서 튀어나와 돌격하는 파충류를 향해 주변에서 사격하는 소리가 이따금씩 들릴 뿐이다.

파충류 무리가 떨어져 고립되자 이 대대장은 지금이 기회라고 생각이 들었다.

"지금은 무조건 기름을 부어서 튀겨버리자고! 전력팀은 아까 작전 후 남은 기름 갖고 와서 쏟아 부을 수 있도록!"

전투가 한창 막바지로 치닫고 있을 무렵 새한국의 김민근 소령이 불쑥 정부군 작전지역을 찾아왔다는 연락이 왔다. 이 소대장을 밧줄로 완전 포박한 상태로 포로처럼, 아니 마치 포

획한 동물을 다루듯 데리고 왔다는 것이다. 전투중인 대원들
에게 끌려온 김 소령은 그러면서 연신 이 대대장을 만나게 해
달라고 소리치고, 이 소대장을 절대로 놔줘선 안 된다고 얘기
했다. 이 대대장 앞으로 끌려온 김 소령은 이 대대장을 보자
흥분하며 반가워하며 그의 손을 잡았다. 지휘부에 있던 대원
들은 어리둥절하며 이 상황을 지켜본다.

"너 이 새끼야 제 정신이야? 거지꼴을 하고 나타나서 사람
과 파충류도 구분 못해서 미친 놈처럼 우리 대원을 질질 끌고
다녀?"

이 대대장이 이 소대장을 끌고 온 김 소령을 보고 분노하며
크게 소리지른다. 그러자 그는 그가 겪었던 일들을 천천히 설
명해준다.

"대대장님 지금 엄청난 일이 벌어지고 있습니다. 우리가 상
황을 눈에 보이는 데로, 너무 단편적으로만 생각했던 것 같
습니다. 파충류 몇 마리만 죽인다고 해결되지 않는 상황입니
다…"

"내가 이런 상황에서도 네 헛소리 들어줘야 돼? 저 괴물 같
은 놈들 미쳐 날뛰고 있는 거 안보여?"

"제가 옛날부터 어둡고 지저분한 데에서 자라왔고, 그때마다 죽을 고비 넘기면서 살아남은 건 남들보다 머리에 뭐 든 게 없어도, 상황이 좆같아도 그때마다 본능처럼 상황을 알아채는 재주가 있어서 살아 남았습니다. 근데 지금은 그런 상황을 훨씬 벗어났습니다. 우리가 싸우는 저 파충류 새끼들도 사실은 다 껍데기일 뿐이고요."

"너 뭐하고 돌아다니다가 이런 꼬락서니냐? 그리고 그 되도 않는 개소리는 뭐고! 간단히 얘기해. 나 네 얘기 들어줄 시간 없어!"

그러지 김 소령이 갑자기 주변에 있던 대원의 허리춤에서 장검을 꺼내 이 소대장의 어깨에 갖다 꽂는다. 모두들 일순 놀라며 그를 제지한다.

"이 미친놈이 너 뭐하는 거야 새끼야!"

이 대대장도 놀라서 소리치며 김 소령의 가슴팍을 군화발로 차서 넘어뜨린다.

"이 새끼는 껍데기만 사람이지 속은 썩어 들어가고 있습니다. 더 이상 인간이 아니고 예전에 대대장님이 알던 그 이호영 이라는 놈은 더더욱 아니고요."

"이 소대장, 이 새끼가 뭐라는 거냐? 너 괜찮아?"

이 대대장과 대원들이 김 소령을 밀쳐버리고, 칼을 맞은 이 소대장을 부축하며 의무병을 부른다. 의무병이 와서 상처부위를 보고 만지려고 하자, 이 소대장은 그를 밀치고 어깨에 박힌 장검을 아무렇지도 않게 쉽게 빼버리며 얘기한다.

"대대장님 김 소령 말이 맞습니다. 저도 믿기 힘든 상황을 겪어서 상황을 어떻게 설명해야 할지 모르겠습니다."

이 소대장은 이 대대장에게 자신이 겪은 일을 차근차근 설명했다. 이 소대장은 설명하면서 소통 패드와 같은 장치에서 느낀 그 감정을 제대로 표현하고 전달하는 것에 애를 먹었다. 시각, 촉각, 청각의 감각을 통해 세상을 보며 인식하고 있는 인간이란 존재가, 전혀 다른 방식의 수단을 통해 소통하고 있는 대상과 그들이 전하는 의미에 대해 제대로 이해시키는 것이 너무나 어렵기 때문이다. 하지만 그가 알게 된 그 의미들은 인간의 언어로 형용하기 어려운 수준이었지만 반드시 전달해야 된다는 필요성을 느꼈다. 또한 그 자신도 그런 의지로 인해 차츰 변해가고 있다는 것을 알게 되었다.

"저 자신도 믿기 어려워요. 하지만 더 아셔야 할 것 같아요. 그래야 지금 상황이 설명이 될 것 같아요."

"저 따위 소리 계속 들으실 거에요? 지금 저 놈은 결국 앞잡이가 돼서 떠드는 개소리일 뿐이에요."

김민근 소령이 소리지르며 얘기하자 이 소대장이 다시 말을 이어간다.

"전 이 모든 상황에 대한 설명이 필요하다고 생각이 들어요. 제가 그들을 통해 어렴풋이 알게 된 그런 것들이 맞는 지도요."

"그래서 이 소대장은 무슨 말이 하고 싶은 건데? 그리고 김 소령 말이 맞다면 이 소대장은 내가 아는 이 소대장과 똑같은데 도대체 무슨 말을 하고 있는 거야?"

"대대장님. 저는 서서히 변해가고 있습니다. 내부에서 싸우고 있는 거지만 저 역시 얼마나 더 이호영으로 살 수 있을지는 확신이 서지 않습니다. 우선 그들에게 찾아가서 그들의 얘기를 듣고, 우리가 알지 못하는 더 본질적인 의도를 알아야 되요. 그것이 이 전쟁을 끝낼 수 있는 유일한 방법이기도 하고요."

지휘부는 다시 논란에 휩싸였다. 그들을 만나서 휴전을 하자는 쪽과 오늘까지 이어진 성공적인 작전이 보여주듯이 더 강하게 밀어붙여 계속 이 전세를 유지하자는 쪽이 팽팽하게 맞섰다. 열띤 토론 중에 이 소대장이 다시 얘기를 꺼냈다.

"그들이 원하는 것은 저와 이 대대장님이에요."

일순 토론장에 적막이 흘렀다. 이 소대장을 누구보다 아꼈던 사람으로 이 대대장도 그를 안타까운 눈으로 한참 동안 쳐다보았다. 그리곤 입을 열었다.

"좋아, 내가 같이 갈게."

"무슨 미친 소리에요? 우리가 이제 승리를 목전에 두었는데 말이에요. 저 자식들은 이제 패배가 두려워 우리에게 협상을 하거나 속임수를 쓰는 거라고요."

현 실장이 흥분하며 얘기한다.

"속임수든 아니든 일단 저들이 저를 원한다면 제가 가야죠."

이 대대장은 단호하게 얘기했다. 조 국장과 김 연대장도 그런 그의 맘을 알고 조용히 눈빛으로 격려를 해주었다.

이 소대장과 이 대대장은 소대 규모의 인원만 꾸려서 원정에 올랐다. 이 소대장의 말에 의하면 단 둘만 오라는 신호가 있었으나, 본부 측에서 신변안전을 이유로 최소한의 병력은 필요하다 판단했다. 대신 이들과 직접 전투를 벌였던 새한국 측의 김 소령도 동행하기로 했다. 사실 김 소령은 지난 사건 이후로 새한국 측 수뇌부를 철저히 불신하고 있다. 평소 그의 성격을 비추어 봤을 때 그가 이렇게 바뀌었다는 것은 지난 실종 기간 동안 그가 겪었을 일을 다시 한번 짐작하게 한다. 대신 그는 나머지 새한국 지휘부에 그가 겪은 일을 알려주기로 했다.

사태를 파악한 정부군 내부에서는 혹시 모르게 전염되었을 수도 있는 G섹터 새한국과의 전투에 대비하기로 했다. 새한국 측 수뇌부는 정부군의 피해가 상당한 것으로 파악하고 있다. 따라서 본부가 궤멸되었고, 이곳 테마파크엔 소규모 병력만 남았을 것으로 추정하고 있다. 하지만 아직까지 공식적으로 새한국 측에서 어떠한 메시지도 군사적인 도발도 없는 상황이다. 따라서 김 소령의 진술에만 의존해 지금 선제적으로 어떤 군사적인 행동을 한다는 것은 위험한 것이라 판단했다. 그리고 김 소령의 말에 의하면 전염된 세력이 단지 수뇌부에만 국한되었을 수도 있기 때문에 나머지 새한국 지휘부가 이런 상황을 빨리 알고 대응을 해주기를 기대하고 있다.

"그를 만나면 아마도 실마리가 풀릴 거에요."

이 소대장은 그렇게 얘기했다. 김 소령 얘기처럼 새한국 측 수뇌부가 일련의 파충류 공격 및 최근의 미스터리한 일과 연루 되어있고, 이를 해결하기 위해서는 이 소대장의 말대로 그 문제의 근원을 찾아가야 하는 것이 보다 직접적인 방법이라는 의견이 모아졌다.

약 5시간에 걸친 이동 끝에 중부지역 중간에 위치한 장소에 도착했다. 이 곳은 산골에 위치해 있었고, 저수지 앞에 있었다. 산 밑에 만들어진 그 건물은 그 앞을 저수지가 고스란히 막고 있어 사실상 외부와 차단되어 있는 지역이었다. 따라서 거기에 접근하기 위해서는 배를 타고 가거나, 주변에 둘러싸인 산길을 하루 이상 정도 우회해서 걸어가야 했다.

진입하는 방법을 고민하고 있을 때 갑자기 이 대대장 부대 위로 반짝이는 무엇인가가 떠올랐다. 이것은 마치 차가운 금속성의 색깔을 띄고 있으면서도 잘 다듬어진 것처럼 빛을 받아 빛나고 있었고, 수은처럼 자유자재로 모양이 변하고 있었다. 그 주변은 마치 순백의 눈부신 빛처럼 환하게 빛나고 있으며, 그러면서 동그란 원반의 모양처럼 되더니 가운데에 그리스 조각상과 같은 얼굴이 나타났다. 그 얼굴은 이 대대장 주변을 빙빙 돌면서 마치 자유롭게 이들을 쳐다보기라도 하는 것 같았다. 상상하기 어려운 모습에 놀란 이 대대장 부대원 모두는 정체를 모를 존재의 갑작스러운 등장에 몸을 움츠리며 한마디도, 한 발짝도 움직이지 못한 채 공포스럽게 그 광경을 숨죽이며 지켜보았다. 이 대대장도 처음엔 다소 당황했지만, 이내 특유의 무게감을 찾으며 다시 한 발짝도 물러서지 않은 채 그것을 지켜보았다.

"이 대대장님만을 원했는데 많은 분들이 오셨네요?"

"스스로를 밝히지 않았고, 우리도 당신들에 대해 아는 정보가 없는데 맨몸뚱이로 당신 앞에 나타날 수는 없는 거 아닌가요?"

그 말에 그 금속성의 얼굴은 대원들의 주변을 이리저리 날아다니며 다시 이들을 지켜보았다. 마치 중력과 무관한 듯 거침없는 움직임이었다. 호기심이 가득한 채 이들을 이리저리 살피는 모습은 괴기스럽고 위압 스러운 느낌 마저도 들었다.

"당신들이 느끼는 감정이란 것 이해하기 어렵지만 느끼고 있습니다. 당신들이 지금 느끼고 있는 것이 만약 공포라고 한다면 두려워하지 마세요, 저희는 당신에게 어떤 해를 끼치려는 게 아니니까요."

"지금 지구상에 벌인 일들이 당신들과 관련 있다면, 지금 당신이 한 얘기는 신뢰할 만한 얘기는 아닌 거 같네요."

"그런 당신의 생각 공감은 하지만, 저희가 해 온 일들에 대해서 인간들이 정확하게 이해하기 위해서는 많은 설명과 전제 조건이 필요해요. 사실 인간의 이성으로 이것을 총체적으로 이해하기도 어렵고요."

"상대가 어떤 성향인지, 실체가 무엇인지 모르는 상황에서 신뢰를 바란다는 것은 어렵고 무모한 거죠."

"실체라는 것이 무엇인지요? 그 실체라는 것이 있다면 인간의 실체에 대해서 설명해 주실 수 있나요?"

"지금 말장난 하자는 거 아니잖아요. 당신들을 밝혀야 무엇이든 대화가 될 것 아녜요."

이 대대장도 흔들리지 않고 허공에 떠있는 그 얼굴을 보고 대화를 이어간다.

"인간들이 궁금해하는 실체라는 것이 무엇인가요? 눈 앞에 보이는 가시적인 모습인가요? 아니면 목소리? 상대를 만질 때의 촉감? 아니면 인간들이 말하는 영혼 같은 건가요? 만약 그린 거라면 저는 당신들이 원하는 어떤 대상으로도 나타날 수 있습니다."

그것은 마치 요술이라도 부리듯이 여러 모습으로 변하며 얘기했다. 사람들이 숭배하던 신의 모습에서, 순박한 아기의 모습, 인디언 추장, 뿔이 달린 악마의 모습, 아시아의 승려, 기독교 순례자의 모습 등 여러 형태로 변하며 마치 입을 벙긋거리면서 이야기를 했다. 그것을 바라본 사람 모두가 그 곳을 응시하고 있었지만, 그것은 어느 방향에서 보더라도 같은 모습을 보여준다. 한반도에서 바라본 달이 같은 모습만 비추고 있는 것처럼 말이다.

"전 여러분과 대화와 소통을 하고 싶었어요. 그래서 여러분이 이해하기 쉬운 모습으로 나타난 거에요. 여러분은 겉으로 드러난 모습이 중요하지 않다는 것을 알아줬으면 해요. 그리고 보다 효과적인 소통을 위해서는 이것보다 제가 제안했던 방식이 훨씬 나을 거에요."

그 얼굴이 그렇게 제시하며 그 동그란 패드를 이 대대장 앞에 내밀자, 김 소령이 옆에서 가로 막는다.

"개수작하지마! 우리가 니네들 속셈 모를 줄 알아?"

김 소령이 이 대대장 앞으로 다가가 그를 보호하며 격렬하게 막아서고 고함을 지른다. 그러면서 그 패드를 총으로 쏴버린다. 그러자 그곳엔 다시 아무 것도 없었다는 듯이 흔적도 없이 사라진다.

"제가 그 패드를 통해 소통하려고 했던 이유는 인간들을 속박해온, 그 육체적인 제약을 떠나 더 자유롭게 모든 것을 이해하기를 바라는 마음에서 예요."

그 얼굴은 마치 사람을 현혹시키듯 바로 대원들의 얼굴 앞에 나타나서 말을 이어간다. 그러면서 갑자기 깜깜한 어둠으로 바뀐다. 주변은 다시 공포감에 휩싸인다. 그러다가 어둠이 걷히면서 이 대대장과 이 소대장의 눈 앞에 밝게 빛나는 작은 구멍이 나타난다. 어둠 속의 그 작은 구멍 속을 보니 숲 속으로 향하는 오솔길이 나타난다. 김 소령은 격렬하게 말렸지만 이 대대장은 괜찮다며 이 소대장과 천천히 구멍 속으로 걸어 들어간다.

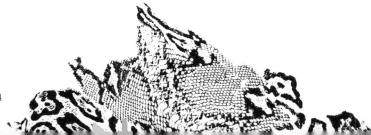

천천히 걸어 들어가자 눈 앞에 오솔길이 끝나고 허름한 건물이 나타난다. 아주 오래되어 보이는 목조 건물이었다. 내부로 들어가자 마치 마구간 같은 모습을 하고 있었고 그 안에는 여러 종류의 동물들이 키워지고 있었다. 내부에는 인부로 보이는 사람이 몇 명 있었지만 동물들은 별다른 통제 없이 자유롭게 천천히 거닐고 있었고, 왠지 모를 신비스러운 분위기마저 감돌았다. 건물 안에 더 들어가자 공격성을 보이던 파충류들이 보였다. 이 대대장과 이 소대장은 본능적으로 총을 갖다 대면서 긴장했지만 파충류들은 마치 온순한 동물처럼 태연히 건물내부를 걸어 다니고 있었다. 건물 내부를 이리저리 살피고 다시 반대편으로 걸어 나가자 대청 마루가 있는 허름하며 소박한 집이 나타났다. 대청마루에는 백발의 노인이 걸터앉아 수확한 것으로 보이는 옥수수를 따서 정리하고 있었다. 그리고 그 옆에는 이 곳과는 어울리지 않는 건물이 서있었다. 햇빛을 받아 빛이 나고 있는 검정색의 낯선 건물로서 투명하고 매끈하게 빛나는 4미터 높이 이상의 직사각형 형태였지만 건물인지 물체인지는 알 수 없었다. 인간들이 일찍이 보지 못한 그런 형태였다.

이 대대장이 대청마루에 있는 백발 노인의 곁으로 천천히 다가가자 그는 알 수 없는 미소를 지으며 그를 반긴다. 이 대대장은 생각과 다른 모습에 놀라 자신도 모르게 고개를 끄떡이며 인사를 하고는 그의 옆 대청마루에 앉는다.

"당신인가요?"

이 대대장이 묻자 그는 조용히 대답한다.

"우리는 인간이 더 넓은 세상을 이해할 수 있도록, 더 번영할 수 있도록 과거에서부터 많은 신호를 보여줬어요. 과거에는 보다 극적인 모습으로 인간들 앞에 나타나기도 했어요. 우리의 실체적인 진실을 말해주기 위해서 과거 인간이 갖고 있는 지식의 한계는 분명했고 따라서 이해할 수 있는 영역은 한정적이기 때문에 우리는 그때마다 그 당시의 인간 수준에 맞는 모습을 구현해서 그들에게 분명한 메시지를 던져주고 싶었어요. 인간 사이에 벌어지는 수많은 반목과 갈등, 전쟁에 대해서 말이죠. 하지만 그것도 결국 실패였어요. 인간들이 갖고 있는 편협한 시간의 한정성은 그 많은 진리를 받아들이기에 너무 조급했고 분명한 메시지조차 현실적이고 미시적인 차원에서만 이해하려고 했어요. 그런 사소한 오해들은 우리가 생각하는 것보다 훨씬 많은 간극을 야기했고, 참담한 결과를 낳게했어요. 인간들이 고통스럽지 않고 서로 연대하고 사랑할 수 있도록 던져준 메시지들이 참혹한 전쟁과 고통이 돼서 인간들을 구분 짓고 죽이며 차별하게 만들었으니까요. 그것도 짧은 시간 동안 육체에 머물러 갇혀있는 물질적 기반의 의식 한계라고 판단했어요. 그들은 생존을 바탕으로 만들어졌는데 우리가 그런 것을 간과하고 그들의 육체적인 한계를 벗어난 너무 어렵고 앞서나간 얘기만을 하게 한 것이었죠. 네 맞아요. 우린 교만했던 것도 분명히 있어요. 우리보다 진화과정에서 한 단계 낮은 인간을 모두 이해할 수 있다고 착각했던 거죠."

그때 방문을 열고 정희연 박사가 등장한다. 갑작스러운 그녀의 등장에 이 대대장과 이 소대장은 의아해했다. 그녀는 환한 웃음을 지으며 이 소대장을 힘껏 끌어안는다.

"괜찮으세요? 어디 아프신 데는 없고요?"

마치 사랑하는 연인 사이의 만남처럼 그녀는 한동안 이 소대장을 끌어안으며 얘기했다.

"정말 잘 오셨어요. 너무 오랫동안 기다리고 있었어요."

그녀는 그렇게 얘기하며 이 소대장의 얼굴과 몸 여기저기를 만지며 살핀다.

"희연씨…어떻게 된 거에요? 어쩌다 여기까지 오시게 된 거에요?"

이 소대장이 묻자 정 박사가 대답한다.

"그동안 설명하기 힘든 많은 일들이 있었어요. 헛된 일로 방황도 많았지만 이제야 모든 것을 알게 되고 마음이 편안해 진 것 같아요."

그녀를 바라본 호영은 그녀가 변했지만 역설적이게도 다시 원래 그녀로 돌아온 것 같은 느낌을 받았다. 순수하고 때묻지 않은 예전의 그녀 그 모습으로 말이다. 다시 예전과 같이 그를 사랑스럽게 바라보는 그녀의 아름다운 눈빛이 느껴졌다. 어 쩌면 지금 그녀가 신체적으로 어떤 변이를 겪고 있는지 모르 지만 그런 변화와 별도로 인간으로서 심적인 변화를 거듭하던 그녀는 역설적이지만 이렇게 다시 그의 앞에 예전의 그녀와 같은 모습으로 돌아와 앉아있는 것이다.

"당신은 어떻게 그런 짓을 저지르고 뻔뻔스럽게 이렇게 우 리 앞에 나타난 거죠? 그리고 왜 여기에 있는 거죠?"

이 대대장은 그녀를 보자 자리에서 일어나 경계하듯 쳐다보 며 쏘아붙인다.

"그녀는 자신의 삶에 최선을 다한 것 뿐이에요. 그녀만큼 순수하게 스스로 삶의 무게를 온전히 견디며 지탱하고 살아온 사람도 드물어요. 그녀가 삶에 대해 그토록 성실한 자세를 갖 지 않았더라면 그런 일은 애초에 하지 않았을 테니까요. 누구라도 그녀를 비난할 자격은 없어요. 우리 모두는 그녀에게 무엇인가를 강요만 했지 그녀의 삶을 들여다보고 동정하지는 않았어요. 그런 속박을 견디며 그녀가 걸어온 것에 대해 우리는 조금이라도 생각해 봐야 합니다."

그녀를 보자 감정이 격앙된 이 대대장을 향해 그 노인이 막아서며 얘기한다.

"혹시 임신하셨어요?"

그녀의 몸과 행동이 부자연스러운 것을 느낀 이 소대장이 그녀에게 묻는다. 그러자 노인이 대신 대답한다.

"그녀는 우리와 인간을 연결할 새로운 매개체예요. 인간들에게 더 높은 수준의 사랑과 깊은 의미를 전달해줄 그런 소중한 존재를 그녀 안에 머금고 있어요. 그로 인해 인간들이 진정 가치 있는 길을 걸을 수 있도록 도와주고 안내해 줄 거예요."

그는 마치 이 대대장을 잘 알고 있는 것처럼 자리에 앉는 그를 향해 대화를 이어간다. 대화를 이어가려는 그에게 이 대대장이 묻는다.

"근데 왜 하필 나를 부른 거죠?"

"인간들은 육체에 갇혀 있다는 치명적인 한계를 갖고 있고, 그 한계로 인해 더 넓고 자유롭게 볼 수 있는 기회조차 갖지 못하고 있어요. 저희는 이것이 공평하지 못하다고 생각이 들었어요. 인간이 생각하는 것과 같이 우리가 살고 있는 우주는 어떤 생존을 위한 당위성을 갖고 돌아가고 있지는 않아요. 보다 자연스럽고 평화로우며 긴밀한 상호작용을 바탕으로 하고 있어요. 하지만 지구에 뿌리내린 생명이란 씨앗은 어디서 유래했는지 모르지만 상당한 적대감을 갖고 있어요. 서로 조화롭게 살아갈 수 있는 여지가 충분히 있는데도 불구하고 진화와 개선이라는 구실로 대결과 반목을 정당화해 왔고, 경쟁이라는 지구적인 이념이 지구상의 생명체들에게 최고의 이념이 되어 버렸어요. 당신들의 육신을 이루고 있는 그 공통적인 세포단위의 작은 영역들을 보세요. 그들은 이미 태생적으로 공통된 기반을 갖고 있어요. 세포를 더 자세히 나누어서 원자 단위 이하까지 보면 완전히 같은 구조로 되어있고요. 바로 여러분은 아주 작은 부분 마저도 하나도 다르지 않은 완전히 같은 존재인 거죠."

그리고 저희가 바라보고 관찰했던 이 대대장님은 용기 있으며, 특별한 사람이에요. 그리고 어떤 것에도 타협하지 않고 본인의 신념과 가치를 관철시키는 분이기도 하고요. 그래서 그 누구보다 믿음직스럽고 신뢰할 수 있지만 그로 인해 무서운 분이기도 하고요. 우리는 아주 오랫동안 당신을 지켜보고 있었어요."

"오랫동안 나를 보고 있었다고요?"

그는 얼굴에 미소를 띠며 천천히 대화를 이어간다.

"세포를 기반으로 한 당신 조상들의 흔적을 보세요. 당신들의 몸에서, 또 과거에서부터 현재까지, 지구상의 아주 많은 곳에서 적대적인 씨앗을 뿌리고 있어요. 우린 그런 인간의 태생적 한계에도 관심을 가져왔어요. 세포기반의 이기적인 본능이 뿌리깊게 도사리고 있어요. 생존에 대한 강박적인 프로그램이 당신들의 감각을 진화시켰지만 또한 퇴화시켰고, 지금 인간이 바라보는 것처럼 적대적인 세상을 바라보게 만들어 버린 거죠. 생각해 보세요. 지금 인간들이 바라보고 있는 세상은 청각, 시각, 후각, 촉각, 미각 등을 바탕으로 세상을 규정하고 이해하려 하고 있어요. 그 감각들은 바로 지구라는 편협한 공간에 살 수밖에 없었던 인간들에게 그 환경에 맞는 생존 수단에 지나지 않아요. 아주 먼 옛날 당신들의 오래된 조상이 눈을 처음으로 갖게 된 것처럼 말이죠. 인간들이 지금 우리를 이해하려는 것도 바로 인간들이 갖고 있는 육체적인 그 그릇을 한 치도 벗어나지 못하고 있어요. 그래서 우리가 여러분과 소통하는데 어려움을 겪고 있어요. 여러분은 한때 우리를 신이라 칭하며 칭송하고 숭배하다가, 지금은 가장 극악무도한 악마라고 치부하고 우리에게 무기를 겨누고 있어요. 여러분과 친숙한 애완견들을 바라보세요. 그들은 다른 감각보다 발전한 후각이라는 감각을 통해서 다른 어떤 감각보다 우선해서 이 세상을 바라보며 이해하고 있어요. 여러분은 어떻게 생각하세요? 여러분과 친숙하고 사랑스러운 그 개가 바라보는 세상이 답답하다고 생각되지 않으세요? 세상을 개들처럼 단지 후각에 절대적으로 의존하면서 이해할 수 있을까요? 세상은 후각만으로 인지하기에는 더 넓고 다양한 모습을 갖고 있는데도 말이죠. 마찬가지로 인간인 여러분도 당신들의 제한적인 감각기관을 통해 수집된 그런 제한적인 정보가 여러분을 규정하고 그 한계로 매몰되게 하고 있어요. 그것은 마치 후각을 통해 세상을 판단하려는 개들과 같아요. 여러분 스스로가 가진 감각의 한계로 세상을 바라보는 틀을 제한하고 있어요. 하지만 여러분도 그들에 대한 애정이 있기 때문에 그들을 더 높은 수준으로 인도해주고 싶을 거라 생각이 되요. 또 그들과 더 깊게 소통하고 더 많은 얘기를 해주고 싶으며 그들 내면의 목소리에 더 깊숙이 소통할 수 있는 수단을 찾으려고 하는 것과 말이죠."

"그래서 얼마 전까지 스스로 메시아라고 떠들고 다닌 자도 다 당신이 꾸민 짓인가요?"

"인간은 스스로 믿고 싶은 것만 믿으려고 해요. 혼란한 상황에서 특정 패턴과 비연속적인 형태만으로도 어떤 의미를 빨리 찾는 것이 생존에 유리하다 보니 그런 습성이 나타난 것이고요. 인간의 생태계에서 그런 경향이 수많은 불확실한 환경을 보다 효율적으로 대처할 수 있지만 다른 한편으로는 믿음과 신념이라는 뜻밖의 부산물을 만들어 내기도 하죠. 스스로 메시아라고 지칭한 사람들이 나타난 것도 그런 인간 심리의 토양을 기반으로 성장해 나간 것뿐이죠."

"그 말은 결국 잘못된 것은 전부 인간 탓이라는 말로 밖에 안 들리네요. 누구신지는 모르겠지만, 저는 그런 훈계 같은 소리나 들으려고 그 먼 길을 달려 여기까지 온 건 아니에요. 무엇보다도 지금 당신들이 벌인 이런 대형 학살과 무차별적인 폭력에 대한 설명과 책임이 선행이 되어야 신뢰를 갖고 대화를 할 수 있겠죠. 그리고 대체 그 파충류 새끼들은 뭐죠?"

이 대대장이 다시 한번 목소리를 높여 얘기한다. 그는 다시 아주 낮은 바람의 목소리처럼 이 대대장의 귀에 대고 속삭인다. 이 대대장의 귀에 대고 낮게 속삭이지만 그 소리가 귀를 통해 들린 건지, 다른 수단을 통해 뇌에 전달된 건지 분간할 수 없을 정도다.

"파충류는 아주 오랫동안 인간들이 멸시해 온 동물이지만 지구상에 있는 그 어느 생명체 보다도 오랫동안 살아 남았어요. 그리고 그들은 직접적으로 당신들의 조상이기도 하고 한

때는 이 지구를 지배하던 지배자이기도 했고요. 어쩌면 인간들이 가진 그런 잔혹한 속성도 과거 그런 조상들의 습성을 닮아서 그런 것 일수도 있겠죠. 그리고 그들은 전체의 목표를 위해 효율적으로 움직이는 아주 뛰어나고 유기적인 존재들이에요. 특히 그들은 전체를 위해 결코 죽음을 두려워하지 않습니다. 이를 통해 수백 만년 동안 이 지구에 살아 남아서 영향력을 발휘하고 있는 거죠. 또한 이를 바탕으로 인간이 이해할 만한 메시지를 전달한 것 뿐이에요. 그런 면에서 볼 때 죽음에 대해서는 인간 인식의 한계가 분명히 있어요. 인간은 그 죽음에 대한 공포감으로 자유를 향한 항해에 올라타지 못하고 있어요. 그것도 결국 인간이 가진 소통의 한계에요. 사실 그 문제를 먼저 설명하려고 했어요. 우리가 왜 그토록 소통에 집착해서 인간에게 설명하려고 하는지 말이에요."

노인은 지팡이를 짚고 자리에서 일어나 호수를 보며 대화를 이어간다.

"인간이 반목을 갖게 된 것은 개개인의 능력의 차이에요. 이것은 다분히 육체적인 다양성이기도 하고요. 육체적인 다양성을 갖는 건 사실 중요하고 장점이 있어요. 다양한 환경에 생존할 수 있는 가능성이 너무나 높아지기 때문이죠. 하지만 연대감이 결여된 그런 다양성은 편협과 오만을 낳았어요. 그래서 인간들은 조화롭게 성장하지 못하고 경쟁과 증오를 당연하게 여기며 긴 역사를 지내왔어요. 동일한 사건에 대해 생각하고 이해하는 정도가 다른 것은 결국 갈등을 야기할 소지를 다분히 갖고 있어요. 갈등을 통해 잉태된 인간들의 과거는 늘 폭력과 야만이었어요. 그리고 그 폭력은 복수를 낳고 이는 대를 이어서 계속 이어지고 있어요. 이는 결국 조직을 중심으로 격리되고 경쟁하면서 수많은 자원을 효율적으로 사용하지 못하고 늘 낭비하고 황폐화시키며 지구의 종말을 앞당기고 인간의 파멸을 이끌었어요. 또한 그런 만큼 수도 없는 불평등을 야기시켜 아주 오랜 시간 동안 인간들은 굶주리고 병들며 죽어가는 이해하지 못 할 일들을 벌여왔어요. 많이 가진 자들은 감당하지 못 할 정도로 많은 부를 통해 그들의 배를 채웠지만, 그 탐욕은 굶어 죽은 동족이 있어도 결코 양보하거나 하지 않았죠. 인간도 우리처럼 전체적인 연대가 이루어져야 해요. 단순히 인간이 이해하는 형식적인 연대를 말하는 것이 아니에요. 육체적인 공유의 네트워크가 이루어져야 그동안 인간들이 벌여온 반목을 극복할 수 있어요. 그건 상대에 대한 이해에서 시작이에요. 하지만 그 이해라는 것, 인간이 가진 육체적인 한계를 극복할 다른 수단이 필요하고 그것을 저희가 제시한 것이에요."

"그 패드인가 뭔가 하는 것, 결국 우리 인간을 당신들의 개와 같은 존재로 만들고 싶어하는 거잖아요! 그리고 당신들이 그 연대감이란 것을 통해 죽음을 극복한다고요? 그건 대체 무슨 소리죠?"

이 대대장이 소리지르듯 물어본다.

"우린 죽음을 우리 구성원 전체의 시각으로 봐요. 우린 이미 전체가 정신적으로나 육체적으로나 연결이 되어있기 때문에 개별 대상이 느끼는 모든 감각에 대해 생생하게 알 수 있어요. 죽음과 그 고통, 그 이후까지 말이죠. 인간들이 어떤 사고를 당해서 살이 떨어져 나가거나 피를 흘렸을 때 통증을 느끼지만 슬퍼하지는 않아요. 바로 나 자신이라는 자아는 존재하고 있기 때문이죠. 우리도 마찬가지에요. 전체라는 공통의 단일 자의식이 있기 때문에 개별적인 존재들의 죽음에 대해서는 크게 신경 쓰지 않아요. 그렇기 때문에 우린 죽음, 탄생 등 인간들이 모르는 모든 것에 대해 너무나 잘 알고 있어요. 그런 면에서 조직에서는 전체가 가장 중요한 요소이고, 구성원이 역량을 모아야 할 부분이에요. 개별적인 존재들은 이런 전체의 방향을 위해 유기적으로 움직이는 세포와 같은 거에요. 그래서 인간들은 아직도 죽음에 대해 무지하고 이해하지 못하고 있어요."

"그래서 인간도 당신들과 같이 죽은 동료 시체를 밟고 위로 올라가라고요?"

"지금 인간이 멸종의 나락으로 떨어지고 있는 이유를 생각해 보세요. 인간들이 너무 단순한 문제에 집착하고 있기 때문이에요. 인간이 스스로 설정한 그 시각에 다른 의미 있는 가치가 있더라도 지금 인간들의 위치에서는 지각하고 알아 차리기가 어려워요. 바로 지금 발이 아픈 이유, 배가 고픈 것을 해결하는 것에만 집중하도록 태생부터 각인되어 있어서 그런 거에요. 인간들이 의미 있고 숭고하게 생각하는 사랑, 인류애, 모성 이런 것이 어떻게 발현하게 된 것인지도 먼저 잘 살펴보세요. 결국 생존에 유리한 방향으로 그렇게 프로그램이 된 것 뿐이에요. 파충류나 어류와 같이 다수의 알을 낳아 생존하는 것보다는 현재처럼 소수의 개체를 출산시켜 보살피는 행위를 하는 것이 유리해서 선택된 개념일 뿐이에요. 이 대대장님도 동료들이 쓰러져 나가는 것에 대해 분노를 느끼신다 하셨죠? 보살핀다, 사랑한다 이런 행위도 결국 조직이나 개체에 대한 생존가능성을 높이기 위해 본능적으로 발현된 것일 뿐이고 결국 그런 소프트웨어적인 접근으로 사랑, 모성애, 인류애가 태동하게 된 것일 뿐이에요. 결국 생존 수단일 뿐 숭고하고 우주저 너머에 있는 절대적인 개념은 결코 아니에요. 인간은 큰 틀에서 효율적인 것을 생각해봐야 되요. 어떤 것이 인간이라는 유기체가 생존해 나가기 유리한 것인지 말이죠. 그런 면에서 죽음을 생각하면 이해가 더 쉽지 않을까 생각이 되요. 인간은 그 태초에 각인된 틀에서 한 발짝도 움직이지 못하고 너무 경직되어 있으니까요. 그래서 엄청난 실수를 저지르고 하고 있어요. 바로 지금이 그런 상황이기도 하고요."

"그래 봤자 내 눈깔에 당신들은 그냥 인간을 좀먹는 버러지 같은 존재들뿐이에요. 지금 하는 얘기도 결국 인간을 집어삼키려는 바퀴벌레 같은 명분일 뿐이고, 그래서 당신들이 뭐라고 지껄이더라도 난 관심 없어요."

이 대대장이 다시 열을 내며 이야기한다.

"우리와 더 깊게 소통해야 되요. 인간들의 눈 앞에 벌어지고 있는 이런 일들 더 넓은 시각에서는 아무 의미 없는 것이에요. 최근 인간의 수많은 죽음에 충격을 받아왔겠지만, 인간의 역사에서 이런 일들은 이미 수도 없이 있었어요. 특별한 일이 아닌 거에요. 하지만 최근 인간이 이룩한 발전을 보세요. 최근 몇 백 년 동안 비약적인 과학과 문명의 발전을 이룩했고 그 어느 시기보다 문명과 지성이 높은 수준에 다다랐어요. 우리가 알려주려는 보다 본질적이고 실체적인 진실을 마주할 기회가 이제서야 온 거죠. 비록 지금 많은 희생이 있지만 인간은 더 의미 있는 존재로 재탄생할 수 있는 기회가 지금 이 순간 있어요. 인간의 98%는 늘 쓸모 없는 일상만 반복하고 있어요. 아주 소수의 존재만 뭔가 바꾸려고 하고 있고, 그런 사람들에 의해 역사가 움직이고 문명이 발전한 혁명기를 맞이하게 된 것이에요. 그런 것이 제가 이 대대장님을 뵙고 대화하고 싶은 이

유인 거고요."

"그래서 결국 쓸모 없다는 이유로 그 많은 사람들을 아무렇지도 않게 죽인 거였군. 그 딴 이유가 수많은 사람들을 죽이고, 우리가 그 피 위에 올라설 만큼 가치가 있다고 믿으라고? 헛소리도 그런 헛소리는 없는 것 같군요. 우린 그런 폭력적인 이념에 대항해서 지금까지 싸워오고 우리 인간들의 자유와 존엄성을 지키기 위해 피를 흘렸던 거라고요."

"인간들을 돌이켜 보세요. 인간들이 자랑하는 인본주의, 민주화, 산업혁명. 그런 과정을 겪으면서 인간 개개인의 삶이 발전했고 역사적으로 어느 때보다도 인간의 권리가 향상되었다고 자축하고 있죠? 하지만 역설적이게도 그런 환경이 인간의 이기심을 촉발시켜 지구는 사상 유래 없는 최악의 파멸 위기로 치닫고 있어요. 우리 종족도 지난 과거 동안 수많은 멸절의 위기가 있었지만 그 공통의 연대감, 집단 지성으로 훌륭히 극복했어요. 그게 다 반목 없는 공적 네트워크의 힘이에요. 그 긍정적인 연대감은 인간과 달리 부분합이 마이너스가 되는 일이 없어요. 우리는 그만큼 완벽하게 연대돼서 문제를 해결하고 번영을 지속하고 있어요. 인간과 달리 나와 너의 개념이 없는 완벽하게 하나가 된 존재에요. 인간도 충분히 그럴만한 가치가 있고, 기회가 있어요. 개별적으로 부정적인 요인은 총체적인 부분에서 아주 사소한 것일 뿐이고, 다른 시각에서 더 좋

은 정보를 수집하고 제공할 여지가 충분히 있기 때문에 약점
도 장점이 될 수 있는 거에요. 더 크고 넓게 봐서 인간이란 매
력적인 종의 영속성을 준비하셔야 돼요."

"난 당신네들의 그런 개 같은 논리보다는 지금 내 옆에 있
는 내 동료, 내 가족이 비교할 수 없이 훨씬 더 중요해요! 당
신네가 그렇게 핏대 세워서 떠드는 것 난 알고 싶지도 않아요!
그래요 당신 말대로 인간이 이해 못한다고 했죠? 당신들이 열
심히 연구해 보세요. 난 당신이 뭘 하던 관심이 없고, 당신이
앞으로 또 지껄여대도 지금과 같은 선택을 할거니까요. 설사
이것이 내 목숨을 요구한다면 내 모가지를 기꺼이 내놓더라도
당신들 뜻대로는 안 될거에요."

이렇게 얘기하자 노인이 그의 얼굴을 지긋이 바라본다. 마
치 그의 생각과 마음까지 다 알고 있다는 표정이다. 이 대대장
이 말을 이어간다.

"저는 군인이에요. 군인은 제가 사랑하는 사람들을 지키는
것이 가장 큰 일이에요. 하지만 안타깝게도 당신을 막지 못한
나는 어찌 보면 군인 입장에서는 실패했다고도 볼 수 있어요.
그래서 지금 이 순간에도 그 괴물 같은 파충류 떼들을 죽이기
위해 우리 동료들은 아직도 죽어나가고 있는걸 생각해보면 내
가 지금 당장 당신을 죽이지 않는 것도 군인으로서뿐만 아니

라 인간으로서도 직무유기에요. 그런데 당신은 여기서 기껏 저런 동물이나 키우면서 한가한 소리를 하고 있는 것 보면 분노가 치미네요."

그때 같이 왔던 이 소대장이 주변을 둘러보고 오면서 이 대대장에게 얘기한다.

"대대장님, 저 농장은 일종의 발원지에요. 겉으론 평화로운 농장 같지만 결국 저기서 모든 일이 다 벌어진 거라고요."

"그게 무슨 소리야? 농장에서 무슨 일이 벌어진다니?"

"노인께서 말씀해주시죠. 저기서 무슨 일이 벌어졌는지?"

이 소대장이 노인을 보며 얘기한다. 지팡이를 짚고 있던 노인은 그를 향해 어린 염소가 달려오자 무릎을 굽혀 머리를 연신 쓰다듬으면서 얘기한다.

"네 호영씨 얘기가 맞아요. 여기서 모든 일이 벌어졌죠."

"여기서 모든 일이 벌어졌다니 무슨 말씀이세요?"

"단지 인간에게 어떤 신호와 메시지를 주기 위한 것이었어요. 하지만 그런 개별적인 사례들이 과거엔 인간들에게 분명한 의미를 전달하기 어렵단 걸 알았어요. 그래서 우린 인간이 더 이해하기 쉬운 분명한 메시지를 만들기 위해 노력해 왔어요."

"그래서 그 메시지란 게 결국 인간을 감염시킨 건가요? 과거의 수많은 질병으로도 모자라 이제는 인간의 마음까지 조정하려고 하는 거에요? 당신들이 도대체 무슨 권한으로요?"

이 소대장이 그에게 분노하며 얘기한다. 아마도 이제 얼마 남지 않은 그의 인간성과 그를 통한 인간적인 분노가 점차 변해가고 있는 자신에게 저항하고자 하는 신호 같다는 생각도 든다.

"그건 단지 인간을 지금보다 더 위대하고 완벽한 존재로 만들기 위한 과정일 뿐이에요. 아까 세포의 이기심 말씀드렸죠? 세포막이라는 이기적인 장벽에 둘러싸인 세포는 그 자체로 붕괴를 예고하고 있어요. 협력과 교류가 없다면 그 발전에는 한계가 있는 것이고, 나만 모든 자원을 독차지할 자격이 되고 이를 통해 어떤 대상을 통제할 수 있다는 것은 단기간 생존 가능성이 높아질지 몰라도 거시적 관점의 붕괴를 촉발할 뿐이에요. 결국 그런 잘못된 방식으로 만들어진 오류는 인간의 역사 이래 끊임없이 두터워져만 갔어요. 따라서 남을 사랑하지 못하는, 늘 반목과 전쟁을 일삼는 그런 이기적인 연대의 테두리를 붕괴시킬 필요가 있어요. 그래야 인간이 지금의 야만상태를 벗어나 협력하고 더 넓은 세상으로 나아갈 수 있어요."

"결국 당신들이 생각하는 그런 방식대로 만들기 위해서 당신들은 지금까지 무수히도 많은 그런 짓을 벌여왔던 것이라고? 그런 터무니없는 생각으로 이기심의 장벽이라는 핑계로 인간의 세포막을 뚫어 전염시킬 바이러스를 수도 없이 만들어서 뿌려댄 거였고! 그리고 이 세상을 집어삼킬 듯 파충류를 통해 벌인 일도 결국 인간의 연대를 파괴시키기 위해 당신이 뿌려놓은 바이러스 같은 것이고! 당신들이 인간에게 소통의 중요성을 얘기했죠? 당신이 말하는 이런 것을 우리 인간들은 소통이라고 얘기하지 않아. 이런 일방성은 강요와 협박, 파쇼일 뿐이라고!"

"그게 무슨 소리야! 알아듣기 쉽게 나한테 얘기해봐."

이 대대장이 답답한 듯 이 소대장에게 묻는다.

이 소대장은 분노에 찬 듯 말을 이어간다.

"대대장님. 저들은 예전부터 저 농장과 같은 곳에서 수많은 질병을 만들어 인간에게 전파했었고, 그때마다 그들이 원하는

인간을 만들기 위한 명목으로 소수의 사람들만 살아남게 하려
했어요. 그래도 자신들 뜻대로 되지 않으니까 바이러스와 파
충류를 매개로 숙주인 인간의 정신을 지배하고 연대감마저 무
너뜨리려 하고 있어요."

"인간을 당신들 입맛에 맞게 조정하고 주무르겠다고? 당신
들의 뜻대로 조정 당해서 우리가 당신들이 만들어 놓은 허망
한 물속에 뛰어들어 죽기를 바라는 건가요?"

"제가 바라는 건 단 한가지에요. 그 의미를 해석하는 것은
인간의 마음이지만 우리가 지향하는 그 본질은 달라지지 않아
요."

"당신 눈에는 인간이 결국 집에서 키우는 애완동물보다도
못하다는 거네요. 그래도 우리 인간은 강아지에게 동정심과
애정이라는 것이 있는데 당신은 인간을 강아지 정도 수준으로
도 생각하지 않는군요. 그들에게 더 높은 세상을 보여준다는
명목으로 그들의 자식과 형제들이 다른 생각을 갖고 있다면
가차없이 죽여 버렸으니까요."

"지금 당장 인간들이 우리가 벌여온 일들을 이해하리라고
바라진 않아요. 물질적인 신체를 기반으로 발생된 인간 의식
의 한계이기도 하고요. 하지만 저의 손을 잡는다면 이해하실

거란 생각이 들어요."

노인의 얘기를 한참 듣던 이 대대장은 잠시 생각에 잠겼다. 그리고는 일어서서 해가 지고 있는 호수를 바라봤다.

"당신의 얘기를 들으니까 이런 생각이 드네요. 저도 마찬가지로 그런 생각을 가진 적이 있으니까요. 만약 내가 키우던 강아지를 너무 사랑한 나머지 그에게 나와 같은 사고방식과 생활패턴을 주었을 때 그는 행복할까 의문이 들어요. 그에게 글을 가르치고, 우주의 기원을 가르치고, 수학을 가르침으로 인해 그들이 행복할까요? 아님 들판에서 갈비뼈를 물고 뛰어다니는 것이 더 행복할까요? 당신의 목적이 숭고하고 인간을 위한다고 스스로 생각할지 몰라도 당신에게 인간은 장난감 그 이상도 이하도 아니라는 생각이 드네요. 그것도 엄청난 희생과 목숨을 요구하는 무자비하고 잔인한 당신 손 안에 있는 피에 물든 그런 장난감……"

그렇게 말했지만 그 말에 그 노인은 미동조차 하지 않는다.

"소용없어요. 결국 저 노인도 빈 껍데기일 뿐이에요. 그는 사실 지구에 와 있지도 않아요. 아주 먼 우주 너머에서 의식만 전송되어 온 존재이고, 그의 육신도 단지 지구에서 배양된 허상일 뿐이에요."

"그게 무슨 소리야? 껍데기일 뿐이라니? 여기 이렇게 살이 붙어 있고 피가 흐르는 육신을 갖고 숨을 쉬며 내 앞에 있는데도?"

이 대대장이 이 소대장에게 소리치듯 얘기한다.

"이들은 아주 높은 과학기술을 바탕으로 우주 저 멀리에 살고 있는 존재들이에요. 여기에서 이 사람을 죽인다 해도 아무런 의미가 없어요."

이 소대장의 말을 종합해 보면 그들은 현실적으로 수많은 제약이 따르는 물리적인 이동이나 생물학적인 여행보다 다른 형태의 이동시스템을 구축해 놓았다고 한다. 그들은 광 데이터 전송기술을 기반으로 한 이동 네트워크를 우주 곳곳에 이미 구축해 놓고 있으며, 의식을 그들의 뇌에서 다운로드하고 데이터화해서 빛의 형태로 전송하고 있다고 한다. 이로 인해 물리적 제한에서 벗어나 자유롭게 우주 어디라도 여행이 가능하며 인간의 기술로는 구현하지 못했던 방식을 이들은 이미 아주 오래전부터 수많은 지역에 구축해 놓았다. 실제로 이들이 만들어 놓은 행성간 레이저 네트워크가 수도 없이 많고 이를 통해 이들은 아주 손쉽게 우주 곳곳에 동시성을 갖고 존재하고 있다는 것이다. 어찌 보면 의식의 형태로 존재하고 있는 것이다. 세포도 어떻게 보면 정밀한 나노봇이라고도 볼 수 있고, 이들은 그들만의 생물학적인 기술을 바탕으로 그들의 의식을 인간과 같은 생명체에 주입하는 기술을 갖고 있다고 설명하고 있다.

"따라서 결국 그를 죽인다 하더라도 우주 너머에서 쏘아진 그의 의식은 다른 육신을 찾아서 언제든 부활할 거예요. 아니면 시간이 걸리더라도 스스로 배양하거나 누구를 통해 잉태될 수도 있고요. 저기 정 박사의 몸에 있는 존재와 마찬가지이죠. 육체적인 죽음은 그들에게 아무 의미도 없어요. 아무 일도 없다는 듯이 우리 앞에 인간의 형태로 다시 나타난다는 것이죠."

"결국 다시 시작한다면 시간이 걸린다는 뜻 아냐? 그렇다면 시간을 벌 수 있다는 얘기이기도 하고."

노인은 태연한 듯 그를 보다가 다시 호수로 둘러싸인 마당을 천천히 걷는다.

"당신을 죽인다는데 그리 여유가 있어? 아까처럼 또 요술이라도 부려서 바보 만들어 보시지 않고?"

"당신이 나를 죽인다 해도 그건 큰 의미가 없어요. 죽음이라는 것이 우리에게 그렇게 중요한 의미도 아니고요. 이미 우리 종족 모두는 수많은 죽음을 직접 겪었어요. 인간과는 아주 다른 부분이죠. 어떻게 보면 우린 죽음 그 자체이기도 하고, 죽음 또한 삶의 다른 형태이기도 해요. 죽음 그 자체를 설명한다 해도 인간인 당신이 이해할 수 있는 영역을 벗어나기도 했고요."

"좋아요. 그럼 저도 다분히 인간인 제 입장에서만 생각할 거예요. 당신을 인간들이 신이라 부르고 칭송했든, 악마라 부르며 저주했든 저는 그 딴 건 관심 없어요. 신이라 칭하며 당신을 칭송한 자들이 벌인 수많은 만행들을 전 분명히 알고 있으니까요. 그래서 제 얘기해볼까요? 당신이란 존재가 애초부터 인간의 마음 속에 없었으면 어땠을까요? 당신이 얘기했죠? 인간은 소통의 실패로 늘 반목과 갈등을 자초한다고. 네 맞아요. 인간은 불완전하기 때문에 그런 거죠. 그런 인간사회에 당신을 받아들여 더 셀 수도 없는 갈등을 반복할 이유가 대체 뭐가 있을까요? 그깟 숭고한 의미? 보다 높은 지적 호기심? 그딴 건 개나 쳐먹으라고 하시죠! 당신이 얘기하는 보다 본질적이고 이해하기 어려운 높은 수준의 개념들, 인간인 우리 인식의 한계라는 것 결국 지금 나에게는 현실감 없는 얘기예요. 그런 걸 알기 위해서 그런 희생을 강요하는 당신의 오만은 더더욱 구역질 나고요. 전 당신이 아무리 지껄이고 날 죽이려 위협한다고 하더라도 선택은 늘 동일해요. 당신이 제시한 그 오만한 제안과 제 가족과 사랑하는 사람, 이 둘 중에 하나를 선택하라고 강요 받는다면 전 몇 천 번, 몇 만 번을 강요 받고 내

목에 칼을 들이 밀어도 늘 똑 같은 선택을 할 거에요. 가족과 사랑하는 사람을 향한 선택에는 변함없을 거에요. 당신이 아무리 떠들어 대고 고상한 얘기를 지껄인다 해도 말이죠."

그러면서 이 대대장이 권총을 꺼내 든다.

이 대대장의 갑작스러운 행동에 정 박사가 깜짝 놀라면서 그를 말리려 한다. 그럼에도 그 노인은 이 대대장을 가만히 쳐다만 볼 뿐 미동도 하지 않는다.

"당신이 인간의 소통실패에 대해서 얘기했죠? 그 얘기를 들으니 갑자기 이런 생각이 나네요. 당신들은 이런 상황을 예상했나요? 당신들이 벌인 일에 대해 결국은 제가 지금처럼 당신 머리에 총을 들이밀고 방아쇠를 당기려는 상황 말이에요. 당신들이 한 차원 높다고 자랑하는 그런 일방적인 의사소통이 지금의 이런 실패를 가져온 거니까요. 인간 사회라면 어땠을까요? 갑론을박으로 다양한 의견이 있었을 것이고, 당신들이 벌인 이런 방식에 대해 한편으로는 극심한 반대 의견이 있었을 겁니다. 이는 결국 다른 형태의 과정으로 펼쳐졌을 수도 있고 지금과 같은 결과가 나오지 않았을 수도 있겠죠. 어때요? 당신들 소통 방식이 결국 이런 것도 예상한 건가요?"

노인은 그 얘기를 듣지만 미동도 하지 않고 가만히 눈을 감고 상념에 잠긴 듯하다.

"당신 얘기는 아주 잘 들었어요. 당신들의 충돌과 갈등 없는 사회 저도 존중합니다. 저도 갈등과 반목, 의심 이런 것들에 대해서는 그 누구보다도 지긋지긋 하니까요. 그런 면에서 그런 훌륭한 소통 체계는 인간들이 갖고 있는 방식보다 존중할 만한 가치가 있다고 평가해 드리고 싶습니다. 박수 쳐드리고 싶어요. 하지만 저희와는 맞지 않는 방식인 것 같네요. 당신들이 우려한 이런 촌스러운 방식을 통해 40억 년도 넘는 기간 동안 이 지구상의 생명체들은 번성하고 있으니까요. 네, 제가 기꺼이 악역을 맡을 테니 당신은 당신이 있던 곳으로 돌아가시죠."

그리고는 그대로 노인의 머리에 방아쇠를 당긴다. 총을 맞은 그 노인은 힘없이 피를 흘리며 쓰러진다. 그러자 옆에 있던 정 박사가 비명을 지르며 쓰러진 그의 곁에 다가와 그를 안으며 흐느낀다. 여느 인간과 다를 바 없는 평범한 죽음이다. 피가 흐르고 육신에서 떨어져 나간 살점이 땅바닥을 나뒹굴며 마른 바닥을 붉게 적신다. 이 소대장이 곁에서 그 광경을 지켜본다. 한편으로는 결국 이런 일을 벌인 것의 결말이 이런 것이었나 하는 생각에 허무한 생각도 든다. 그의 뇌리에 그동안 죽어간 수많은 그의 동료, 가족, 지인들의 얼굴이 스쳐 지나간다. 한동안 그렇게 말을 잊고 그 자리에 서 있다.

"그럼 나머지 파충류들과 전염된 새한국 세력들은 어떻게 되는 거야?"

"지금 벌어진 일들에 대해 저들도 이미 알게 되었을 거에요. 이 자가 죽은 이상 그들도 더 이상 아무 것도 하지 못할 거고 남아있는 파충류도 빈 껍데기가 되었을 거에요."

"그렇다면 왜 우리를 막거나 죽이려 하지 않은 거야?"

"이미 전세가 기울어서 그랬어요. 그들의 의도대로 인간들이 계속 대립하고 충돌했더라면 더 쉽게 이 전쟁을 끝낼 수 있었는데 예상치 못한 인간들의 협력에 불리해진 전황을 뒤엎는 것이 어려워진 것을 깨달았어요. 반목을 일삼던 인간들이 극적으로 협력할 수도 있다는 점에 대해 그들이 간과한 것이기도 하고요. 그래서 막바지에 그들이 인간처럼 양 진영과 협상하려 한 것이고요. 또 다른 한편으로는 과거에도 저들이 그런 일을 벌였다고 하는 것처럼, 단순히 메시지만 주려 한 것이라면, 그런 메시지를 통해 인간이 어떤 형태로든 변화하는 것만 바랐을 수도 있어요. 그런 것으로도 그들의 목적은 충분히 달성했다고도 볼 수 있죠. 반면에 그들이 실패한다고 하더라도 그들은 잃을 것도, 안타까워할 일도 없어요. 그들에게 인간은 그저 우리가 집에서 키우는 애완동물 정도일 수도 있으니까요."

"잘난 척 하더니만 결국 불리해지니 인간처럼 외교라도 했군. 하지만 이런 일들을 어떻게 받아들일지는 이제 인간인 우리의 몫인 것 같네. 그들이 주려고 한 메시지가 좋든 나쁘든 간에 우린 큰 상처를 입었고 그런 과정에서 얻게 된 좋은 경험도, 나쁜 경험도 있으니까. 우리를 비롯해 많은 사람들이 이것에 대해 잘 판단하고 평가할 날이 오겠지. 또 그가 얘기한 것처럼 이 전쟁이 인간의 욕심을 종결시키지는 못 할 테니까. 그래 알았어. 그럼 이런 상황을 빨리 전세계에 전파해야겠군. 우리 인간들이 이제 이 전투에서 교두보를 찾았다는 뜻이니까."

이 대대장이 잘 알았다는 듯이 이 소대장을 바라보고는 걸어 나가려고 한다. 그러자 이 소대장이 그를 조심스럽게 바라보며 다시 말을 이어간다.

"대대장님……저도 이젠 변해 버렸어요……아니 조금씩 변화하고 있어요. 대대장님한테 말씀드리는 거지만 전 사실 지금 저한테 벌어지고 있는 그런 변화가 몹시 두려워요. 전 지금도 가까스로 벼랑에 떨어지지 않으려 안간힘을 쓰며 간신히 버티고 있지만 힘이 부쳐요."

이 소대장의 갑작스러운 말에 이 대대장이 의아해한다.

"무슨 소리야? 또 뭐가 또 남아 있는 거야?"

" '나'라는 존재를 정의 내리기 힘들지만 제 안에서 또 다른 내가 자라나고 있다는 걸 느껴요. 그래서 조금씩 지금과는 다른 '나'로 변한다는 것도 두렵고요. 지금의 이런 나, 생각하고 존재하고 있는 나를 빼앗긴다고 생각하면 말이에요."

"이 소대장 왜 그래? 이제 다 끝났는데."

흔들리는 이 소대장을 보며 이 대대장이 그를 말리듯 바라보며 얘기한다.

"결국 '자아'나 '나'라는 것은 우리의 육체를 기반으로 만들어진 것일 뿐이에요. 사실 우리의 육체는 다분히 물질적이고 유한하며 부질없는 것인데 말이죠. 전 한때 우리의 영혼이 고귀하고 영원할 것이라고 생각했지만 지금 변하고 있는 스스로를 느끼며 무섭고 너무나 괴로워요. 전혀 새로운 육체에 갇혀 상상할 수 없는 나 자신이 된다는 것은, 지금의 내가 볼 때 소름 끼치고 용납할 수 없는 일인데도 말이죠. 물론 지금 이런 나의 생각도 전부 허공 속으로 연기처럼 사라지고 말거에요."

그는 고통스러워하며 말을 이어간다.

"대대장님 이제 저는 더 이상 같이 갈 수는 없어요……저는 이제 그만 떠날 게요. 조금씩 조금 전의 나와 다른 내가 되어가고 있으니까요······마지막으로 모두들 저를 이호영으로 기억해 주시길 바랄 뿐이에요. 모든 사람들의 기억 속에 남아있는 바로 그 이호영으로 말이에요."

그렇게 얘기하며 쓰러진 노인 곁에 울고 있는 정 박사를 부축해서 일으킨다. 그러면서 그녀의 눈가에 묻은 눈물을 닦아주며 손을 꼭 잡고 뒷걸음질 치듯 그녀를 이끌고 걸어간다.

"무슨 소리야. 이 소대장 때문에 우리가 이렇게 이겼는데 가다니? 그리고 저 노인도 죽었는데 모든 게 제자리로 돌아오는 것 아냐? 이제 같이 나가서 재건해야 돼. 자네의 역할도 크고."

"저 노인이 죽는다 해도, 이미 변이가 시작된 제 몸의 물리적인 변화는 거스를 수 없어요. 하지만 대대장님 말씀만으로도 너무 벅차네요. 우리가 다시 그렇게 일어서서 갈 수 있다는 게 말이에요. 상상만으로도 너무 기뻐요. 저도 늘 그런 꿈을 꾸었어요. 우리 가족이 예전과 같이 다 모여서 지금까지의 이런 소동을 다 잊고 행복하게 살아가기를 말이죠. 하지만 지금은 그런 것이 너무 멀게만 느껴져요."

"왜 그래? 우린 그럴 수 있어. 그렇게 하자고."

"전 늘 이 대대장님을 존경했어요. 그 변함없는 모습, 그 당당한 모습에 힘들고 흔들릴 때마다 저를 잡아주셨으니까요. 그걸로 너무 감사해요. 제 머릿속에서 제 이름이 잊혀지지 않는 이상 대대장님을 잊지 않으려 노력할거에요. 그리고 저의 가족들에게도 제가 용감하게 싸우다 죽었다고만 전해주세요."

이렇게 말하고 이 대대장과 멀어져 가자 눈 앞에 검은 숲이 펼쳐지고 이호영의 머리 속에는 여러가지 생각이 교차한다. 그는 다시 한번 정희연의 손을 꼭 잡는다. 그녀의 손을 다시 잡자 예전 사랑했던 그녀와의 시절로 돌아간 것 같이 느껴지고, 지금 그녀가 자기 곁에 있는 것이 진정 다행이라고 생각이 들었다.

그러면서 여러 그리운 사람들과 상념들, 추억들이 그의 머리 속에 떠오르고 스쳐 지나간다. 그가 사랑했던 사람들과 행복한 시절의 가족들 모습, 참혹한 전투 과정 중에 피를 흘리며 쓰러져 나간 동료들과 부대원들의 얼굴, 과거 회사 생활하던 시절의 동료들과 사무실의 낯익은 풍경과 분위기들, 쉬는 시간에 창문 밖으로 보이는 일상의 모습들, 긴장감이 돌던 회의 시간들, 그리고 출퇴근 시간 지하철 역에서 비슷한 시간에 늘 마주쳤지만 이름조차 모르는 아주 평범한 사람들까지 그런 모든 모습과 기억들이 아쉽게 느껴졌다. 이런 변화를 겪으며 사라져야 하는 그의 숙명을 돌이켜 보며 그의 눈에도 눈물이 흐른다. 그런 그를 알아 차리고 손을 잡은 채 걸어가던 정 박사도 그의 얼굴에 흐르는 눈물을 닦아준다. 그러면서 마치 얼마 남지 않은 늦은 낮의 햇살처럼 애처롭게 남아 있던 그의 이성, 자아 마저도 어둠에 굴복해 빨려 들어가듯 그를 저 깊은 미지의 공간, 어두운 숲 속으로 조금씩 잡아당기고 있다.

"무슨 소리야. 난 자네를 가족처럼 생각했고 자네를 떠나보낸다는 생각 따위는 하지 않았다고. 그러지 마!"

이 대대장은 갑작스러운 이 소대장의 말에 놀라면서 그를 달래며 소리쳐 보지만 그는 아쉬운 듯 이 대대장의 얼굴을 잠시 돌아볼 뿐 계속 숲 속으로 걸어가기만 한다. 이 대대장도 김 소령의 말을 떠올리며 그가 신체적으로 변하고 있다는 사실을 알게 되었다.

"호영아 그러지마!"

그런 그를 이 대대장이 애처롭게 부르며 소리치지만 호영은 차츰 석양이 지고 있는 어두운 숲 속을 향해 정 박사와 손을 잡고 사라져 간다.

말릴 틈도 없이 사라져 버린 둘의 모습을 보자 이 대대장도 다리에 힘이 풀려 그 자리에 주저앉고 만다. 그렇게 사라져간 그들을 생각하니 이 대대장의 눈에도 눈물이 맺힌다. 그가 무엇을 위해 그토록 싸웠으며, 그가 이렇게 떠날 수밖에 없었나 하는 생각이 들었다.

그렇게 사라져 가는 둘을 보던 이 대대장은 서로 사랑한다는 것을 드러내지는 못했지만, 서로 진심으로 사랑했던 둘이 이제야 누구의 방해나 어떤 제약도 받지 않고 진정 사랑할 수 있는 곳으로 갈 수 있는 것이 아닐까 하는 생각이 들었다. 그러면서 만약 변화가 불가피하다면 아팠던 과거는 모두 잊고 서로 행복하게 사랑하기를 마음 속으로 기원했다.

그때 무전으로 보고가 들어온다. G섹터 새한국 진영 측에서 수뇌부의 이상 행동을 감지한 장교들이 해당 지휘부를 색출하고 감염된 대원들을 격리시킨 후 작전지역으로 속속 지원하러 몰려오고 있다는 소식이다. 반목하고 의심하며 파멸로 치달았던 인간들이 다시 한번 손을 잡고 공동전선을 마련해 승리하고 있는 것이다. 그 반목의 순간들은 고통스러웠지만 인간생명의 가치와 존엄성을 짓밟고 있는 저들에 대항한 그들의 투지는 그 어떤 이념이나 명분보다 더 높았기 때문이다.

만감이 교차하듯 한참 동안 그렇게 앉아있던 그를 향해 호수에는 그날따라 더 아름답게 석양이 비친다. 짧은 시간을 살다 사라져 가는 우리 인간과 달리 자연은 그렇듯 한결 같은 모습을 극적으로 보여준다.

최근에 지구에 일어난 사건들은 어쩌면 아주 긴 시간의 흐름에서 보면 특별할 것 없는 사소한 에피소드일지도 모른다. 자연은 변함없이 그런 일들을 수도 없이 겪으며 묵묵히 흘러가기 때문이다.

이 대대장은 지친 몸을 이끌고 자리를 일어나 다시 눈부신 석양을 향해 천천히 걸어나간다.

작가의 말

    우리는 사회라는 공동의 울타리에 함께 하고 있습니다. 그 안에서 태어나서 성장하고 사랑하며 성숙해져 갑니다. 하지만 그런 안락함과는 달리 그 속에서 상처받고 고민하며 번민합니다. 그런 상처로 때론 움츠려 들며 숨어버리고 싶기도 하며 상대에 대한 미움의 마음이 커질 수도 있습니다. 불신의 감정이 생기기도 하겠죠. 그러다가 시간이 흐르면서 정신이 들어 기지개를 켜고 일어나면, 자신이 속해 있던 그 안락한 테두리가 그리워지며 어두운 숲속에 홀로 남아 있던 나를 깨워 많은 사람들이 이야기 나누고 있는 밝고 활기찬 공간으로 나가고 싶어집니다. 하지만 또 언젠가는 기어이 상처를 받아 나락으로 떨어질 것 같은 절망감을 느끼며 다시 나만이 있는 곳으로 그림자처럼 숨어들곤 하겠죠. 어리석게도 우리는 그런 과정을 반복하며 살아갑니다.

왜 그런 걸까요?

결국 그 상처의 근원을 가만히 들여다보면 소통이라는 주제가 어김없이 등장합니다. 상처받는 것, 미움 이런 감정들은 공통적으로 소통의 실패에서 기인하고 있다는 것을 알 수 있습니다. 표현의 부정확성, 의미에 대한 잘못된 이해, 소통 당사자의 역량 등 개별적인 문제에서부터 언어가 주는 표현력의 한계와 개인적 가치관에 영향을 주는 여러 가지 요인들까지 의미의 정확한 전달과 소통을 방해하는 요소는 너무나 많습니다.

기업에서 근무하고 있는 저도 업무 현장에서 소통의 중요성에 대해 실감하고 있으며, 상대의 의미를 정확하게 파악하고 내가 갖고 있는 생각을 보다 효과적으로 전달하기 위해 노력하고 있으며 이는 아주 중요한 과정이기도 합니다. 역사적으로도 사회가 성숙될수록 효율적인 의사소통 체계를 갖추었으며 이는 곧 성공의 영광을 가능하게 했지만, 그렇지 못할 때는 파멸과 실패를 경험할 수밖에 없었으니까요.

필자는 이러한 소통이라는 이슈에 주목해 이 주제에 대해 많은 아이디어를 불어넣어 개별적인 소재로 최대한 형상화하려 했습니다. 이런 과정에서 다양한 소설적인 설정과 상상력을 가미하기도 했으며 극단적인 소재 및 캐릭터, 배경 및 서사

구조도 적극 사용하면서 극적 긴장감을 높이려 했습니다.

또한 필자가 가진 다양한 상상력을 소설에 은유적으로, 때론 풍자적으로 표현해서 독자들의 흥미로운 참여를 유도해 보았습니다. 한발 더 나아가서는 소통과 인간의 본성이라는 부분까지 그 대상과 의미를 확장해 보았을 때 과연 앞으로 다가올 인공지능이나, 우리가 향후 맞이하게 될 수도 있는 미지의 대상과의 조우에서 그들과 소통이란 게 가능할까라는 회의감도 남습니다. 또한 그런 이슈와는 별도로 과연 무엇이 인간적이고, 무엇이 인간성을 위태롭게 하고 있는 것일까라는 의문도 가질 수 있습니다.

한편으로 그것에 앞서 과연 우리 모두는 서로에 대해 마음을 열고 진지하게 대화할 준비가 되었는가 하는 문제제기도 있을수 있습니다. 필자는 이런 다양한 주제에 대해 소설로 형성화하는 과정에서 물리학, 생물학, 종교, 철학 등 평소 관심을 갖고 있던 분야의 개념과 이론 등을 참고했으며 이를 통해 주제의식을 보다 선명하게 부각하기 위해 노력했습니다.

독자 여러분이 이 소설을 함께 하시면서 낯설지만 역동적이며 때론 놀라운 상황을 만나기도 하고, 그런 과정에서 뜻하지 않는 이슈와 대면하셨을 거라 생각됩니다. 또한 그런 대상들에 대해 때론 흥미롭기도, 불편하기도 하며 어느 순간 애착을 갖게 되어 슬퍼하셨을 거라고도 생각됩니다. 그것은 아마도 우리 모두가 평소 관심을 갖고 있었지만 일상에 묻혀 꺼내지 못했거나, 마음 한구석에 갖고 있었지만 애써 무관심했던 이유일 수도 있고, 다른 한편으로는 이것에 대해 마음을 열고 지켜보며 대화할 수 있는 상대를 아직 찾지 못해서 그런 것일 수도 있겠습니다.

모쪼록 이런 여정을 통해 이 주제에 대해 많은 호기심을 갖고 다시 생각해 보는 시간이 되셨다면 좋겠고, 그런 과정에서 다소 생소하고 어두우며 거친 뜻밖의 상황을 만나게 되셨더라도 그동안 가지셨던 가치관이나 선입견의 무게를 내려놓고 보다 자유로운 마음으로 천천히 생각해 보실 기회가 되었다면 더욱 가치있는 시간이 되셨으리라 생각됩니다.

또한 그 과정에서 저와 함께 소통이라는 테마에 대해 진지하게 생각하고 관심을 가질 수 있는 계기가 되셨다면 저자로서 더할 나위 없는 영광이 될 것 같습니다.

감사합니다.

저자 이시형 드림

파멸로부터의 생존자들

초판 1쇄 펴냄   2020년 9월 22일

지은이	이시형
발행인	박민홍
기획총괄	김현주
교정교열	오서연
마케팅	정의재
디자인	최계은
인쇄	명일인쇄
발행처	그래비티북스
등록	2017년 10월 31일(제2017-000220호)
주소	06782 서울시 서초구 논현로45(양재동, 보람빌딩 2층)
전화	02-508-4501
팩스	02-571-4508
전자우편	say1@cremuge.com
ISBN	979-11-89852-15-3

그래비티북스는 (주)무게중심의 출판 전문 브랜드입니다.

이 도서의 국립중앙도서관 출판예정도서목록(CIP)은 서지정보유통지원시스템 홈페이지
(http://seoji.nl.go.kr)와 국가자료종합목록 구축시스템(http://kolis-net.nl.go.kr)에서
이용하실 수 있습니다. (CIP제어번호 : CIP2020039386)